검황지존보

劍皇至尊步

휘(暉) 신무협 판타지 소설

1

검황지존보 1

휘 新무협 판타지 소설

초판 1쇄 찍은 날 § 2006년 8월 9일
초판 1쇄 펴낸 날 § 2006년 8월 16일

지은이 § 휘
펴낸이 § 서경석

편집장 § 문혜영
편집책임 § 이재권
편집 § 유경화 · 심재영

펴낸곳 § 도서출판 청어람
등록번호 § 제1081-1-89호
등록일자 § 1999. 5. 31
어람번호 § 제2-0975호

주소 § 경기도 부천시 원미구 심곡1동 350-1 남성B/D 3F (우) 420-011
전화 § 032-656-4452 팩스 § 032-656-4453
http://www.chungeoram.com
E-mail § eoram99@chollian.net

ⓒ 휘, 2006

ISBN 89-251-0252-8 04810
ISBN 89-251-0251-X (세트)

劍·皇·至·尊·步

검황지존보

휘(暉) 신무협 판타지 소설

1

대경은 묵직한 무게를 느끼며 마치 자신의 한 부분인양 소중하게 느껴졌다. 이제는 자신과 평생을 같이할 벗이자, 애검이었다. 마음속 깊은 곳에서 울리는 검명(劍鳴)을 들었다. '웅웅웅' 마치 새 주인을 반기는 것처럼… 훗날 검황지존이라 불리는 작은 검룡의 외침이었다.

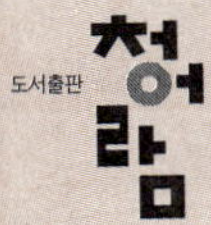
도서출판 청어람

Fantastic Oriental Heroe

목차

第一章

새로운 인연

별리(別離), 그리고 만남

절강성(折江省)이 인접한 안휘성(安徽省)의 남동부에 현씨들이 모여 사는 '집현촌(集玄村)'이라 불리는 마을이 있다.

이들이 처음 이곳에 정착할 당시 이 지역은 황산(黃山)의 끝 자락에 위치한 불모지였다. 하지만 주변의 물길을 끌어오고 밤낮으로 열심히 논과 밭을 일구었다.

지성이면 감천이라 했던가? 결국 집현촌은 농사를 지을 수 있는 비옥한 땅으로 변했다. 이후 마을의 촌장을 중심으로 살기 좋은 마을로 가꾸어왔다.

그런데 십수 년 전부터 오랜 기근에 시달리다 이곳으로 이

주해 오는 이방인들이 생겼다. 그들은 주로 집현촌의 외곽 구릉지에 밭을 갈고 삶의 터전을 마련했다. 집현촌 사람들은 그들을 배척하지 않고 오히려 정착할 수 있도록 많은 도움을 주었다. 그들 또한 고마움에 대한 보답으로 추수 때나 마을에 큰 공사가 있을 때에는 만사 제쳐 놓고 달려가 도왔다. 결국 시간이 흐르면서 서로 간에 믿음이 생기고 상부상조하는 관계로 바뀌어갔다.

이후 집현촌 사람들은 그들이 사는 곳을 일컬어 '외현촌(外玄村)'이라 불렀다.

햇볕이 따스한 봄날, 외현촌의 어느 초가집 담벼락에 한 소년이 등을 기댄 채 앉아 있었다.

제법 귀여운 용모의 소년이건만 눈물이 가득 고인 눈망울은 그저 먼 산만을 바라보고 있었다. 그렇게 얼마의 시간이 지났을까? 망부석 같던 몸을 움직이며 소년은 크게 한숨을 내쉬었다.

"휴우, 이젠 어떻게 해야 하나?"

소년의 이름은 장대경, 나이는 열두 살. 사서삼경(四書三經)은 물론 예기(禮記)와 춘추(春秋)에 능통한 외현촌의 신동이었다.

어린 나이에 병색이 완연한 나이 든 아버지의 손을 잡고 이곳 외현촌에 온 것이 칠 년 전의 일이었다.

아버지는 병참(兵站)에서 서기를 담당하던 지방 관청의 말단 관리였다.

원래 병참은 군수 물자를 관리하기 때문에 항상 비리가 끊이지 않는 곳이었다. 그러나 낮은 지위에도 매사 투명하고 공정한 일 처리로 상관의 신임은 물론 주변의 존경을 받아왔다. 또한 늦은 나이에 조강지처를 얻어 아들을 낳으니 풍족하지는 않지만 정말 만족스러운 삶이었다.

그런데 호사다마(好事多魔)라 했던가? 그의 운명이 바뀌는 큰일이 생겼으니, 탐관오리의 대명사라 할 수 있는 악덕 도독(都督)이 부임해 온 것이다.

필연적인 결과로 병참에서 누명을 쓰고 삭탈관직당하고 말았다. 징역을 살아야 할 만큼 커다란 금액의 횡령죄였으나 주변의 도움으로 겨우 옥살이만은 면한 채 쫓겨난 것이다.

억울함에 탄원서도 내보고, 도독과의 면담도 요청해 보았다.

하지만 돌아오는 것은 '심한 매질'과 '파렴치한'이란 오명뿐이었다. 또한 그에 대한 나쁜 소문이 퍼지면서 주변의 알고 지내던 사람들도 하나둘 멀어져 갔다. 결국 얼마 지나지 않아 화병으로 병석에 눕고 말았다.

이후 그의 몰골은 나날이 초췌해져 갔다.

좋다는 약은 다 써보았지만 백약이 무효했다. 의원조차 마음을 다스리지 않고는 병을 치료할 수 없다고 말했지만, 이미 지친 몸과 마음은 자포자기의 심정이 되어 그를 극단적인 상황으로 몰아갔다.

비바람이 몰아치던 어느 날 밤, 천둥소리에 잠에서 깨어 멍하니 창밖을 바라보았을 때였다. 머릿속으로 지난날이 스쳐 갔다.

나이 들어 얻은 조강지처는 산고의 후유증을 심하게 앓아 왔다.

그런데 자신 때문에 받은 충격이 더해져 쓰러진 후, 같이 앓다가 얼마 전 어린 아들을 부탁한다고 말하며 허망하게 눈을 감았다.

자신의 결백을 인정해 주던 동료도 상관의 눈치 때문에 발길을 끊은 지 오래되었다. 게다가 이미 관리들의 수탈에 익숙해져 있는 마을 사람들의 반응은 더했다. 속닥거리며 냉랭한 시선으로 바라보기 일쑤였고, 마주치기를 꺼려했다.

'잘못이라고는 올바른 삶을 살고자 노력한 것뿐인데……'

가만히 생각해 보니 자신이 처한 상황이 이해가 가지 않았다.

이제는 억울한 감정도 생기지 않았다. 아무리 생각해 봐도 그에게 있어 '희망'이란 단어는 없었다. 그저 모든 것이 원망스럽고 한스러울 뿐이었다. 더 이상의 삶은 무의미했다. 이승과의 이별만이 남아 있을 뿐이었다.

몰래 준비해 놓았던 독약을 꺼내 물에 풀고는 가만히 바라보았다.

‘이제 무거운 삶의 짐을 벗을 수 있으리라.’

잠시 후, 독약이 든 물그릇을 입으로 가져가려 할 때였다.

문득, 방구석에 몸을 웅크린 채 잠들어 있는 어린 아들의 모습이 보였다.

“아!”

자신도 모르게 한숨인지 탄식인지 모를 소리가 입에서 흘러나왔다.

‘대경이가 있었구나! 불쌍한 것…….’

자신이야 생에 대한 미련이 없으니 죽으면 그만이지만 어린 아들은 어떻게 될 것인가?

‘그래, 대경이가 장성할 때까지만…….’

막상 생각이 거기에 이르자 갑자기 생에 대한 의욕이 생겨났다. 그리고 한번 생기기 시작한 의욕은 강한 집착으로 나타났다.

다음날부터 일거리를 찾기 시작했다. 막일이라도 상관없었다. 주변의 따가운 시선조차도 의식하지 않았다. 그저 자신에게는 돈을 벌 수 있는 일자리가 필요할 뿐이었다.

그러나 하루, 이틀, 서서히 집착은 절망으로 변해갔다.

자신에 대한 편견은 둘째 치고라도 이미 병든 몸으로 그가 할 수 있는 일은 거의 없었다. 하지만 여기서 물러설 수도 없었다. 고민 끝에 가산(家産)을 정리한 후 마을을 떠났다. 그리고 어린 아들의 손을 잡고 여기저기 떠돌다가 정착한 곳이 이곳 외현촌이었다.

"아버지, 보고 싶어요. 흑흑."

대경의 눈에서 하염없이 눈물이 흘러나왔다.

아버지가 돌아가신 지 삼 개월이 지났다. 그동안 아무것도 할 수 없었다. 아버지의 죽음이 그를 정신적 공황 상태로 몰고 간 것이다. 다행히 이웃의 도움으로 상을 치르고 굶지 않고 지낼 수 있었다.

그런데 아침에 쌀독을 열어보니 그곳에는 한 톨의 쌀알도 남아 있지 않았다. 그제야 오랜 방황이 끝나며 냉엄한 현실을 인식할 수 있었다. 더 이상 주변의 도움만으로는 살 수 없다는 것을, 뭔가 해야 한다는 것을…….

'아버지, 저는 앞으로 어떻게 하면 좋아요? 흑흑흑.'

어머니에 대한 기억은 거의 없었다.

그저 어렴풋이 자신을 애처롭게 바라보고 있는 영상만이 남아 있을 뿐이었다. 반면에 자신의 기억 속에 남아 있는 것은 온통 아버지였다. 아버지를 제외하고 생각나는 것은 아무것도 없었다.

문득, 아버지와 함께했던 지난날이 주마등처럼 스쳐 갔다.

기억 속의 병든 아버지는 자신이 책을 읽고 있는 모습을 무척 좋아하셨다. 비록 빈곤한 삶의 연장이었지만 한 권의 책을 떼었을 때쯤이면 새로운 책을 가져다주셨다. 어디서 비싼 서적을 구해오시는지 이해가 되지 않았지만. 또한 가끔 책의 내용을 알겠느냐고 물으시면서 모르는 부분이 있으면 이해가 되도록 차분히 설명해 주셨다.

아버지는 자신이 대과에 합격하여 입신양명하길 원하셨다.

어쩌면 당신과는 다른 삶을 원하셨던 것 같다. 이후, 기대에 실망시켜 드리지 않기 위해 주독야독(晝讀夜讀)의 세월이 이어졌다. 언제부터인가 아버지의 지식을 뛰어넘는 책들을 읽기 시작했다.

그때부터 책을 익히는 것은 자신의 몫이었다.

처음에는 망망대해의 일엽편주(一葉片舟)와 같은 심정이었지만, 이해가 되지 않으면 이해가 될 때까지 읽고 또 읽었다. 그렇게 몇 날 며칠을 생각하며 읽다 보면 이상하게도 난해하기만 하던 내용이 저절로 이해가 되었다.

서서히 학문에 대한 자신감이 생겼다.

특히 자신이 익힌 책에 대해 설명할 때면 병석에 누워 뿌듯한 표정으로 자랑스러워하시던 아버지의 모습은 학문 습득에 대한 원동력이었다.

그런데 그런 아버지가 돌아가신 것이다.

"아버지……."

아무리 참으려 해도 자꾸만 눈물이 흘러나왔다.

잠시 후, 어지럽던 마음이 가라앉으며 아버지의 마지막 모습이 떠올랐다.

"대, 대경아, 쿨럭쿨럭! 개봉으로 가거라. 그곳에 가면 너

의 외숙부가 계실 것이다. 쿨럭쿨럭! 이 편지를 가지고 가거
라. 그, 그러면 너를 돌봐주실 거다. 으으으… 어린 너, 너를
두고 가자니……. 꼭 전시에 합격하여… 으음……."

품속을 뒤져 보니 낯익은 글씨의 서신이 있었다.

한참을 바라보다 다시 품속에 갈무리했다. 아버지의 체취
가 남아 있는 이곳을 떠나기는 정말 싫었지만 열두 살 나이에
천애고아가 된 대경이 외현촌에서 할 수 있는 일은 거의 없었
다. 이제 냉엄한 현실은 그에게 선택을 강요하고 있었다. 개
봉의 외숙부 댁으로 향하라고…….

그러나 그의 발길이 수많은 인연을 낳으리라고는 아무도
생각하지 못했다.

*　　　*　　　*

황산은 주봉인 연화봉(蓮花峰)을 중심으로 칠십여 개의 봉
우리가 모여 기암(奇岩), 기송(奇松), 온천(溫泉), 운해(雲海)의
사절(四絕)이라 불리며, 남북 백여 리에 걸쳐 산줄기가 퍼져
있는 천하제일의 명산이다.

이 장대한 황산의 남동부와 이어져 있는 산자락의 좁은 길
로 한 소년이 들어서고 있었다. 등에 커다란 봇짐을 둘러메고
주변을 두리번거리며 걷고 있는 소년은 외현촌을 떠나온 대
경이었다.

그는 지금 아침에 봉삼이 아버지와 주고받았던 이야기를
생각하고 있었다.

"후유, 정말로 떠나는 거니?"

"예, 아저씨."

"그래, 어쩌면 이곳에 있는 것보다 개봉에서 지내는 것이
훨씬 나을 거야. 하지만 서운하구나. 봉삼이도 무척 서운해
하던데……."

"예, 저도……."

외현촌 내에 또래가 없기도 했지만 친구라고는 봉삼이가
유일했다.

봉삼이는 대경이보다 형편이 좋아 집현촌 내에 있는 서당에
다녔다. 이백을 흉내 내어 시 구절을 읊기도 하고 장래의 재상
을 꿈꾸며 가끔은 대경의 박식함을 질투하기도 하던 소년이었
다. 떠나지 말고 자신의 집에서 지내자며 떼를 썼지만 대경은
아버지의 유언대로 개봉의 외숙부 댁으로 가기로 결정했다.

이윽고 봉삼이에 대한 생각을 접고는 물었다.

"아저씨, 개봉성으로 가는 지름길을 가르쳐 주세요."

"지름길은 황산을 넘어야 하는데… 네가 가기에는 너무 위
험하단다."

"괜찮아요, 아저씨. 가르쳐 주세요."

"하지만……."

"저는 빨리 가고 싶어요. 만약 위험하다면 돌아갈게요. 걱

정하지 마세요.”

봉삼이 아버지는 크게 한숨을 내쉬었다.

“후유! 만약 길을 잃으면 큰일이니 생각이 바뀌면 꼭 돌아가거라.”

“예.”

“마을 뒷산을 넘어 한 시진 정도 가면 황산의 초입이란다. 산등성이를 따라 조그만 길이 있을 거야. 꼭 그 길을 따라서 가거라. 노숙을 하더라도 그 길에서 크게 벗어나면 안 된다.”

대경이 고개를 끄덕이자 말을 이었다.

“황산을 지나면 구화산이 나올 거다.”

“구화산이요?”

“그래, 스님들이 많이 사는 곳이지. 크고 작은 절도 많고 황산보다는 훨씬 나을 게야. 구화산을 넘으면 안경이란 곳이 나오는데, 배를 타고 장강을 건너야 한단다. 그곳에서 합비로 가거라. 그리고 계속 북서쪽으로 향하면 하남성(河南省)이 나온단다. 개봉은 워낙 유명하니 거기서부터 길을 물으면 될 거야.”

“고맙습니다, 아저씨.”

“그래, 잘 가거라. 아니, 잠깐 기다려라.”

봉삼이 아버지는 재빨리 부엌으로 들어가 묵직한 보따리를 가지고 나오더니 대경에게 건네주었다.

대경의 무엇이냐고 묻는 듯한 표정을 보더니 말했다.

"아침 일찍 마누라가 준비해 놓은 주먹밥이란다. 가지고 가거라."

"아! 고맙습니다, 아저씨. 안녕히 계세요."

"그래, 조심해서 가거라. 나중에 꼭 한번 들르고. 불쌍한 것……."

그렇게 손을 흔들어주는 봉삼이 아버지의 안쓰러운 눈길을 뒤로하고 떠나왔다.

수월했던 길은 황산에 가까워질수록 험해지더니 이제는 정말 험한 길이 되었다.

'후유, 이제 겨우 산의 초입인 것 같은데 이렇게 험하다니, 정말로 난감하구나!'

아무리 보아도 굽이굽이 끝을 알 수 없는 산등성이를 따라 가파르게 놓여 있는 소로는 그의 발길을 거부하는 것 같았다.

사실 어린 소년이 초행길로 황산을 지나는 것은 굉장히 위험한 모험이었다. 하지만 외현촌을 벗어나 본 기억이 없는 대경은 좀 더 빨리 개봉으로 향할 수 있는 지름길이라 생각되어 선택했다.

주위에 어둠이 내리며 황산의 나흘째 밤은 다가오고 있었다.

소로 위에 있어야 할 대경이건만 커다란 바위와 울창한 나무가 우거진 숲 속에서 서성거리고 있었다. 지금 대경은 길을 잃고 헤매는 중이었다.

"큰일났다. 아직 유시(酉時)도 되지 않은 것 같은데 벌써 어두워지는구나! 빨리 길을 찾아야 할 텐데……."

사흘 동안 소로를 따라 걷다 보니 너무 돌고 있는 것 같았다.

가만히 생각해 보니, 산봉우리를 넘어가면 다시 길을 만날 수 있다는 생각이 들었다. 아침에 모험을 하기로 마음먹고 과감하게 눈앞에 보이는 높은 봉우리로 발길을 돌렸다.

그런데 그것이 큰 오산이었다.

산봉우리를 넘자 숲이 우거져 있는 넓은 분지가 보였다. 그 분지를 가로질렀을 때 길은커녕 또 다른 산봉우리가 놓여 있었다. 되돌아가려 했지만 사방이 숲으로 우거져 있어 지나온 길을 알 수가 없었다. 표시를 하지 않고 온 것에 대한 후회가 밀려왔으나, 해도 기울고 있어 선택의 여지가 없었다. 눈앞에 보이는 봉우리로 향했다. 그리고 다시 몇 개의 구릉을 넘었을 때 사방은 점점 더 어두워지고 있었다.

"할 수 없구나. 일단 이곳에서 노숙하고 내일 길을 찾아봐야겠다."

그렇게 마음을 정하고는 주변에 잠을 잘 만한 곳을 찾기 시작했다.

처음 노숙할 때는 겁이 많이 났으나 며칠 하다 보니 제법 몸에 익숙해져 있었다. 마침 큰 나무 아래에 넓은 바위가 놓여 있어 잠을 자기에는 최상의 자리였다. 긴장이 풀어지자 허기가 밀려왔다. 바위에 걸터앉아 봇짐을 풀고 안에서 건량을 꺼내 한 움큼 입에 물었다.

"후유, 건량도 얼마 남지 않았구나. 빨리 황산을 지나야 할 텐데……."

올 때는 제법 커다란 봇짐이었건만 봉삼이 아버지가 주신 주먹밥은 어느새 동이 나고 준비해 온 건량마저도 반이 남지 않았다.

사오 일 정도면 황산을 넘을 수 있다는 말을 듣고 마련한 건량이라 많이 준비하지 못한 것이다. 그나마 이틀 분의 주먹밥이 있었기에 망정이지 그마저 없었다면 큰 낭패를 당할 뻔했다.

주머니에는 집을 정리하고 받은 은자가 두 냥 있었지만 혹시 약초꾼이나 산을 넘는 장사꾼을 만나 건량이라도 살 수 있으면 모를까 전혀 도움이 되지 않았다.

허기진 배를 채우고 자리에 누우려 할 때였다.

갑자기 앞에 있는 소나무 가지가 흔들리며 노랗고 동그란 눈동자를 지닌 물체가 날아왔다.

"으헉!"

깜짝 놀라 바위에서 떨어졌다.

떨어질 때의 충격으로 어깨에 통증이 왔지만 오히려 정신이 들었다. 용기를 내어 가만히 바위 위로 고개를 들고는 앞을 바라보았다. 노란 한 쌍의 눈동자는 어느새 처음 흔들렸던 소나무 가지 위로 돌아가 있었다. 자세히 보니 커다란 부엉이 였다.

"어휴, 깜짝 놀랐네."

놀란 가슴을 쓸어내리고는 바위로 올라가 누웠다.

잠시 후, 쏟아지는 졸음 속에 부엉이가 있던 방향에서 푸드덕거리며 새들이 날아오르는 소리가 들렸다. 대경은 소리가 나는 쪽으로 몸을 돌렸다.

"이젠 놀라지 않아요, 부엉이님."

그런데 뭔가 이상한 느낌이 들었다.

부엉이와 새들은 다시 돌아오지 않았고, 주위는 너무나도 조용해 삭막한 느낌마저 들었다. 갑자기 온몸에 소름이 돋았다.

"이상하다. 왜 이렇게 조용하지?"

꼭 귀신이라도 튀어나올 것만 같았다.

놀란 눈으로 사방을 둘러보았지만 고요한 정적만이 흐를 뿐이었다. 마음을 진정시키려 애를 썼으나 등 뒤로 한기가 일며 스멀스멀 두려움이 피어올랐다.

'오늘은 길을 잃어 헤매고, 노숙하는 곳도 이상하고, 일진이 안 좋은 날이구나.'

억지로 누워서 잠을 청하려 했지만 한번 생긴 공포심은 쉽게 사라지지 않았다.

'빨리 내일이 왔으면 좋겠다.'

잠시 후, 아버지에 대한 생각이 떠오르며 두려움은 사라졌지만 갑자기 혼자라는 설움이 복받쳐 올랐다.

"보고 싶어요, 아버지. 흑흑……."

한참을 흐느껴 울던 대경은 바스락거리는 나뭇잎 소리에 깜짝 놀라 몸을 일으켰다.

바스락바스락.

소리가 나는 방향으로 고개를 돌리자 이번에는 푸른빛의 눈동자가 보였다.

한 쌍이던 눈빛이 점점 여러 개로 변해갔다. 정신을 차렸을 때는 이미 푸른 눈동자가 열을 넘어서고 있었다.

크르릉크르릉!

아뿔싸! 늑대 떼였다.

"헉!"

너무 놀라 비명도 나오지 않았다.

험한 황산의 깊은 계곡에 호랑이와 늑대 떼가 살고 있다는 소리는 들어보았지만 심각하게 생각하지 않았다. 약초꾼이 아니면 깊은 골짜기까지 갈 이유가 없었다. 당연히 사람들의 눈에 잘 띄지 않았고 잘 나타나지도 않았다.

대경은 비로소 자신이 깊은 골짜기의 한가운데 있다는 것을 깨달았다. 그러나 후회하기에는 이미 늦었다. 서서히 공포에 휩싸이며 몸이 굳어지고 있었다.

맨 앞에 서 있던 늑대가 크르릉거리며 다가왔다.

심장이 세차게 뛰기 시작했다. 마음은 도망가라 말하고 있

었지만 굳어져 있는 몸은 움직여 주지 않았다. 십이 세 소년
이 감당하기에는 너무도 절박한 상황이었다.

'아아, 어떻게 해야 하지? 제발, 제발……'

아무리 생각해 봐도 이 자리를 벗어날 수 있는 뚜렷한 방법
이 떠오르지 않았다.

이제 늑대와의 거리는 삼 장도 남지 않았다. 상황은 절망적
이었다. 바로 그때였다.

쿠워억쿠워억!

갑자기 옆에서 사나운 짐승의 울부짖는 소리가 들렸다.

고개를 돌리자 그곳에는 커다란 흑곰 한 마리가 두 팔을 벌
리고 서서 늑대들을 노려보고 있었다. 다가오던 늑대도 대경
은 아랑곳하지 않고 몸통을 돌리며 흑곰을 마주 보았다. 어느
새 뒤에 있던 늑대들도 가세해 크르릉거리며 대치하는 상황
이 되었다.

정말 대경에게 흑곰은 구세주와 같았다.

'하늘이 돕는구나!'

늑대의 매서운 눈빛이 사라지자 잠시의 여유가 생겼다.

순간적으로 정신이 번쩍 들며 가슴 깊숙한 곳에서 외치는
소리가 들렸다.

'도망가, 빨리!'

순간, 대경의 몸은 화살이 쏘아져 가듯 쏜살같이 내달리기
시작했다. 굳어진 몸이 풀어지며 먼저 반응한 것이다.

“헉헉헉!”

점점 숨이 차오기 시작했다.

어디로 얼마나 달려왔는지 모른다. 작은 나뭇가지에 긁히고 가시에 찔려 수많은 생채기가 났지만 아픔은 느껴지지 않았다. 그저 도망가야겠다는 생각뿐이었다. 그렇게 본능이 시키는 대로 달리고 또 달릴 뿐이었다.

“헉헉, 더 이상은 못 뛰겠다.”

대경은 멈춰 섰다.

그리고 몸을 구부려 팔로 무릎을 짚고는 거친 숨을 내쉬었다.

“헉헉, 여기가 어디지?”

우거진 숲이 달빛을 가려 사방이 어두웠다.

주위를 둘러보았지만 산짐승들이 다니는 통로와 같은 좁은 숲길만이 보였다. 물론 그 길 덕분에 자신이 여기까지 도망쳐 올 수 있었다.

“후유, 이젠 어떻게 하지?”

여기가 어딘지도 모르고 건량이 들어 있는 봇짐마저 두고 왔으니 막막하기만 했다.

그나마 자신이 지금 두 다리로 서 있을 수 있다는 것이 위로가 되었다. 그렇게 한참 생각에 잠겨 있을 때였다.

쿠워억쿠워억!

흑곰의 성나 울부짖는 소리가 들리더니 점점 가까워지고

있었다.

대경은 다시 움직이기 시작했다.

"헉헉헉!"

한참을 달렸다. 숨이 턱까지 차오르며 두 다리가 무거워졌다.

등 뒤로 흑곰의 울부짖는 소리가 가까워질수록 마음은 빨리 달리라 말하고 있었지만, 마음과는 달리 이미 무거워진 다리는 모래주머니를 매단 듯 움직여 주지 않았다. 체력에 한계가 온 것이다.

사실 무인이 아닌 이상 웬만한 어른이라도 이만큼 숲길을 달리기는 어려웠다. 살아야겠다는 본능이 여태껏 달릴 수 있게 해준 것이다.

결국 몸이 마음을 따라주지 못하고 다리가 휘청거리며 돌부리에 걸려 넘어지고 말았다. 힘겹게 몸을 일으키며 땅바닥에 주저앉았다. 앞을 보니 거대한 흑곰 한 마리가 서서 침을 흘리며 괴성을 지르고 있었다.

'아아……!'

결국 저 흑곰도 자신을 차지하기 위해 늑대들과 싸운 것이리라.

허탈해지며 온몸에 극도의 피로감이 몰려왔다. 그러나 다가오는 흑곰을 보자 마지막 저항이라도 하듯 땅바닥을 훑으며 뒷걸음치고 있는 자신이 느껴졌다. 그러나 그뿐이었다.

흑곰이 앞발을 휘두르며 덮쳐 왔다. 무의식중에 고개를 숙이자 앞발이 머리카락을 스쳐 지나갔다.

본능적으로 다시 한 번 뒷걸음치며 앞을 보았을 때 희미해지는 눈 속으로 크워억거리며 분해하는 흑곰의 모습이 보였다. 그리고 또 하나의 영상, 아버지의 모습이 떠올랐다.

'아버지……'

순간, 어디론가 떨어지는 것을 느끼며 정신을 잃었다.

＊　　　＊　　　＊

울창한 소나무가 우거진 깊은 계곡에 높이가 십 장은 되어 보이는 암벽이 솟아 있었다.

군데군데 풀이 자라고 갈라진 암벽 사이에는 강인한 생명력으로 당당하게 뿌리내리고 있는 한 그루 소나무가 힘차게 뻗어 있었다. 그 가지 위로 한 쌍의 새가 둥지를 틀어 지저귀는 모습은 자연이 한데 어울려 살아갈 수 있도록 만들어준 하나의 작은 세상을 보는 것 같았다. 그리고 자신의 자리를 지키며 묵묵히 살아가라는 가르침인 것 같기도 했다.

이 자연의 오묘함이 가득 담긴 암벽을 뒤로하고 통나무를 쌓아 올린 모옥이 한 채 자리하고 있었다. 모옥의 굴뚝에 모락모락 연기가 피어오르는 것으로 보아 누군가 살고 있는 것 같았다.

잠시 후, 문이 열리더니 약초 가방을 둘러멘 한 노인이 걸어나왔다.

파리한 얼굴에 커다란 상처가 나 있는 초췌한 몰골 위로 여기저기 구멍이 숭숭 뚫려 있는 남루한 푸른 도복 차림이었다. 도복의 구멍에 혈흔이 남아 있는 것으로 보아 필시 범상치 않은 부상을 입은 것 같았다.

하지만 험악하게 보이는 외모와는 달리 그의 모습은 주변과 너무나도 잘 어울렸다. 마치 한 폭의 그림 속에 당연히 있어야만 하는 구성 요소 중의 하나처럼 있는 듯 없는 듯 잘 동화되어 있었다.

가만히 서 있던 그가 움직이고 나서야 그의 존재를 알 수 있었다.

'마음이 심란한 것이 이상하구나. 마기(魔氣)가 아닌 것으로 보아 그는 아닐 테고……'

모든 것은 평소와 다름없었다.

그런데 이상하게도 문밖으로 나서자 마음이 흔들렸다. 주변을 느껴보았지만 동물의 기척뿐이었다.

'너무 예민해졌나?'

천천히 고개를 가로저으며 모옥의 옆을 지나 숲길로 향했다.

이각쯤 갔을까? 뒤로 절벽이 병풍처럼 둘러서 있는 넓은 분지가 보였다. 절벽 아래로는 크고 작은 숲이 우거져 있는데 이상하게도 한곳만은 풀이 돋아나고 있었다.

노인은 그곳으로 향했다. 그리고 유심히 바닥을 살펴보았다.

신기하게도 거기에는 수많은 생지황(生地黃)이 자라고 있었다.

생지황은 해열 작용에 뛰어나고, 술에 담가 여러 번 찌면 기(氣)를 보충해 주는 역할의 강장제로 사용되는 숙지황(熟地黃)을 만들 수 있는 약재였다.

"여기 있었구나!"

노인은 쭈그리고 앉아 생지황을 캐기 시작했다.

잠시 후, 생지황으로 가득 찬 약초 바구니를 보며 만족스러운 표정이 되어 돌아가던 노인의 걸음이 멈추어 섰다.

'응?

노인의 시선이 멀리 반대편 절벽 아래로 향했다. 무엇인가 기척이 느껴진 것이다.

'누군가 있다.'

천천히 발걸음이 그곳으로 향했다. 그리고 그곳에 이르렀을 때 노인의 눈이 커졌다.

"허!"

사람 키보다 조금 높은 나무 숲이 우거진 곳이었는데 유독 나뭇가지가 꺾어져 널브러져 있는 곳에 한 소년이 쓰러져 있었다.

노인은 얼른 다가가 소년의 몸을 살폈다. 그리곤 고개를 갸웃거리더니 한참 동안 맥을 짚은 후 감탄스런 표정을 지었다.

"천운이로고……."

보아하니 저 높은 절벽에서 떨어진 것이 분명했다.

대부분은 뼈가 부러지고 충격으로 인해 내부의 장기가 손상되어 즉사하는 경우가 많았다. 그런데 이 소년은 거친 생채기의 외상만 있을 뿐 뼈와 내장에는 이상이 없었다. 다행히 나무숲으로 떨어질 때 나뭇가지가 부러지면서 충격을 줄여주고, 한 자나 되는 바닥의 풀이 완충 작용을 해준 것이리라. 운이 좋았다. 하늘의 도움을 받아 무사한 소년은 바로 대경이었다.

미소 짓던 노인은 대경을 업고서 모옥으로 향했다.

'크으윽!'

대경은 온몸이 부서지는 듯한 통증을 느끼며 정신을 차렸다.

눈을 떠보니 나무로 잘 짜여 있는 천장이 보였다.

'으윽, 여기가 어디지?'

힘겹게 몸을 일으키며 주변을 둘러보았다.

천장은 촘촘하게 맞붙은 판자 사이로 송진을 발라 붙여 틈이 없고, 굵은 통나무로 쌓아 올린 벽면의 들뜬 틈은 진흙으로 단단하게 메워져 있었다. 햇빛이 들어오는 창문과 탁자, 그리고 자신이 누워 있는 침상이 전부였다. 실로 주인의 성정을 알 수 있는 아담한 모옥에 어울리는 간소함이었다.

‘내가 살아 있는 건가? 분명 정신을 잃으며 죽는 줄 알았는데…….’

가만히 생각해 보니 눈앞에 펼쳐져 있는 실내의 모습과 어디선가 코끝으로 스며드는 쓰디쓴 약 냄새가 자신이 이승의 한복판에 있다는 것을 가르쳐 주고 있었다. 누군가 자신을 구해준 것이 분명했다. 그때였다.

끼익!

문소리가 들리며 한 노인이 약사발을 들고 들어왔다.

무심코 노인의 모습을 본 대경은 기겁하고 말았다.

“헉! 누, 누구……?”

대경의 놀란 표정에 노인이 웃음을 터뜨렸다.

“허허허, 내 모습에 놀랐느냐?”

‘아차! 내 이 무슨 추태를…….’

마음을 편안하게 해주는 노인의 미소를 보자 정신이 번쩍 들며 자신이 저지른 실수를 깨달았다.

얼른 몸을 일으켜 예의를 차리려 했지만 몸의 통증 때문에 쉽게 움직이지 못했다.

“우욱!”

대경이 몸을 비틀자 어느새 다가온 노인이 어깨에 손을 짚었다.

“허허, 괜찮으니 움직이지 말아라. 비록 타박상이라고는 하지만 아직 울혈도 남아 있으니 며칠 더 요양해야 한다.”

대경은 얼른 두 손을 모아 공손하게 머리를 숙였다.

"구해주셔서 감사합니다. 제가 은인을 몰라뵙고 결례를 범했습니다."

"푸웃, 헛헛헛!"

노인이 크게 웃었다.

이미 세상만사 모든 희로애락을 초월했다고 생각했건만 눈앞의 소년이 마치 글깨나 읽은 서생처럼 처신하는 모습이 여간 귀엽지 않았다. 청량감마저 들었다.

'내가 또 무슨 잘못을 저질렀나?'

노인이 크게 웃고 있는 이유를 모르는 대경의 마음은 조마조마했다.

어려서부터 공맹(孔孟)을 읽어온 대경은 어른을 공경하고 결초보은해야 한다는 가르침을 당연한 삶의 일부로 여겼다. 하물며 구명지은을 입은 은인에게 계속 결례를 범한다면 그건 있을 수 없는 일이었다. 용기를 내어 물었다.

"혹 제가 어르신께 무례를……?"

"응? 아, 아니다. 무례는 무슨."

"하면……?"

"내 잠시 다른 생각을 한 것을 오해했구나. 자, 이것을 마시거라. 원기를 회복시켜 주는 숙지황에 쑥과 씀바귀를 넣어 달인 것이다."

"고맙습니다."

건네준 약사발을 두 손으로 공손하게 받아 마셨다.

'크흠, 씁쓸하구나!'

대경의 표정을 보자 노인이 웃으며 말했다.

"쓰냐?"

"예, 조금 씁니다."

"허허, 쓸 것이다. 본시 몸에 좋은 약은 쓰단다."

대경은 자신의 몸을 훑어보는 노인의 눈길이 부담스러워 창밖으로 시선을 돌렸다.

마침 바람에 날려 흔들리며 떨어지는 나뭇잎이 보였다. 마치 자신의 모습처럼……. 잠시 느끼던 상념은 노인의 질문에 의해 깨졌다.

"흠, 나이가 몇인고?"

"열두 살입니다."

"허! 어린 나이에 이 험한 황산에는 어인 일로?"

"예, 개봉으로 가는 길이었습니다."

"개봉? 하남성의 개봉을 말하는 것이냐?"

"예. 그곳에 있는 외숙부 댁에 기거하러 가는 길이었습니다."

"외숙부 댁에 몸을 의탁하러 간다?"

어린 몸으로 머나먼 개봉의 외숙부 댁으로 가려는 사연이 궁금해졌다.

노인은 잠시 머뭇거리더니 대경의 장심(掌心)에 손을 대며 물었다.

"무슨 연유로 가는지 말해줄 수 있겠느냐?"

이상하게도 손바닥을 통해 들어오는 간질거리며 상쾌한 기운과 노인의 몸에서 퍼져 나오는 허허로운 기운이 마음을 편안하게 만들어주었다.

그것이 꼭 무엇이라고 말하긴 어렵지만 마치 봄날의 따사로운 햇살처럼 손으로 잡을 순 없어도 느낄 수는 있었다.

"예, 사실은……."

대경은 자신이 기억하는 어린 시절에서부터 흑곰을 만나 목숨이 경각에 달하고 정신을 잃게 된 사연에 이르기까지 모두 상세하게 말했다.

또한 느낄 수 있었다. 즐거웠던 시절을 이야기할 때면 행복했고, 힘들던 시절을 이야기할 때면 약간의 푸념을 했다는 것을. 왜 그랬는지 모른다. 그러나 긴 이야기가 끝난 후, 마음속에 남아 있던 앙금이 사라지는 것을 느꼈다. 몸과 마음이 개운해지며 마치 남의 이야기를 한 것처럼 느껴졌다. 노인이 천천히 대경의 장심에서 손을 떼며 감탄스런 표정을 지었다.

"허허! 모든 천지 만물이 음양(陰陽)의 조화를 이루어 상생하는 것만이 도(道)라 여겼다니……. 조화를 이루기 위해서 존재하는 또 다른 도가 있다는 간단한 이치는 왜 몰랐단 말인가? 그것이 바로 음양을 이루는 무극(無極)인 것을……."

노인의 입에서 알 수 없는 말이 흘러나오자 대경은 노인을 바라보았다. 그리고 눈이 휘둥그레졌다.

갑자기 노인에게서 흘러나오던 허허로운 기운이 사라지고 눈앞에서 없어지는 듯한 느낌을 받은 것이다.

'어떻게 갑자기…….'

대경은 멍한 눈으로 다시 노인을 바라보았다.

노인은 좌정한 채 눈을 감고는 움직이지 않았다. 대경은 노인의 모습이 심상치 않음을 느꼈다. 그렇게 두 사람은 말없이 앉아 있었다.

태허 진인(太虛眞人)

‘세상에 도 아닌 것이 없다’ 라는 화두를 깨달은 노인의 눈이 떠진 것은 한 시진이 지나서였다.

처음 그의 눈에 띈 것은 거의 사색이 되어 있는 대경의 얼굴이었다.

눈이 마주치자 씨익 웃더니 대경은 그대로 쓰러져 버렸다. 아픈 몸에도 불구하고 자신의 명상을 방해하지 않기 위해 고통을 참고 있었으리라.

‘무량수불, 볼수록 탐나는 아이로구나!’

대경을 돌려 앉히고는 천천히 명문혈(命門穴)에 진기를 불어넣기 시작했다.

파리하던 얼굴이 차츰 평온한 기색으로 돌아오며 고른 숨을 내쉬기 시작했다. 노인은 명문에서 손을 뗀 후 시원한 봄바람이 불고 있는 창밖을 내다보았다. 문득, 지난날이 떠올랐다.

노인은 수개월 전에 무당을 떠나온 태허 진인이었다.

그는 현 무당 장문인 혜우자(慧宇子)의 사백이자 혜우자의 사부인 전대 장문인 태을 진인(太乙眞人)의 사형으로 검에 관한 한 독보적인 인물이었다.

강호에서는 무당검성(武當劍聖)이라 불리며 무당 이전에 태허 진인을 떠올릴 정도로 존경받는 절대 검호였다.

어린 시절에 사부인 허무 진인(虛無眞人)의 손을 잡고 무당에 입문한 이후 오로지 검의 길만을 걸어왔다. 태극혜검(太極慧劍)을 대성했을 때 그의 이름은 강호에 널리 퍼지기 시작했고, 장로가 되어 자신의 검로를 가고 있을 때 '무당검성'이라 불리게 되었다.

그와 달리 태을 진인은 현실적인 인물이었다.

그는 장문인 시절부터 무당의 세(勢) 확장에 힘써왔다. 현재 무당의 명성이 태산북두인 소림을 능가하는 것도 태허 진인이라는 상징적 존재와 더불어 그의 헌신적인 노력이 있었기에 가능했다.

태허 진인은 혜우자가 장문인에 오르자 혜우자의 사제인

혜검자(慧劍子), 혜진자(慧眞子), 그리고 혜허자(慧虛子)에게 장로 자리를 물려주고 금봉(金峰)에 '태허암'이란 암자를 짓고 칩거했다.

칩거 후, 세상을 관조하던 그는 무림에 발자취를 남기고 싶다는 생각을 하게 되었다. 이미 세속의 명예에는 초탈한 그였지만 평생을 검과 같이했으니 무엇인가 자신의 흔적을 남기고 싶었던 것이다.

이후, 자신의 검을 만들기 위해 온 정성을 쏟았다. 결국 태극혜검에 뒤지지 않는 '태허검(太虛劍)'을 만들 수 있었다.

그런데 이상하게도 갈증이 느껴졌다. 완벽한 초식에 깨달음을 얻는다면 강호에 우뚝 설 수 있는 상승의 검법이었지만 무엇인가 부족했다. 태허검을 수십 번 연구하고 검토해 보았지만 아무런 이상이 없었다. 오히려 너무도 완벽한 검법이었다.

기대에 찬 시선으로 자신을 바라보는 사제와 사손들을 위해 마무리를 지어야 했다. 하지만 갈증이 풀어지지 않는 한 태허검을 세상에 내놓을 수는 없었다. 그렇게 번민의 세월을 보내고 있을 때였다.

그의 노력을 가상히 여긴 태상노군의 보답이랄까? 기연을 얻게 되었다.

젊은 시절부터 절친하게 지내던 두 친우 중의 하나인 곤륜의 곤륜신노(崑崙神老)를 만났다. 절차탁마했지만 원하는 것을 얻지 못하고, 오히려 태허검을 창안한 것에 대해 축하를 받고 쓸쓸하게 돌아오던 길이었다.

한 계곡을 지날 때 우연히 무극동(無極洞)이라 쓰여 있는 무너진 동굴을 발견했다.

본래 서왕모(西王母)의 전설이 깃든 곤륜산은 초기 도인들의 성지였다. 그들은 신선술, 혹은 연단술을 연마하여 우화등선하기를 원했다. 따라서 유난히 개개인이 사용하던 크고 작은 도관(道館)이 많았다.

그들 중의 일부는 배교에 흡수되어 번성하였지만 사교로 몰려 관(官)과 무림의 공격을 받아 역사의 뒤안길로 사라졌고, 일부는 무림문파의 약당으로 흡수되어 각 문파의 비전 성약을 제조하는 데 지대한 공헌을 하였다.

그리고 일부는 당당히 무림의 곤륜파로 자리 잡게 되었다.

곤륜의 초창기에 곤륜 문도는 그들이 남긴 문서를 찾기 위해 온 산을 뒤지고 다녔다. 하지만 찾아낸 문서 중 실제로 쓸 만한 내용의 비서나 무공비급은 없었다. 오히려 그것을 보고 익히다가 주화입마되는 경우가 많았다. 차츰 곤륜에서는 배척하게 되었고, 가끔 상승무공을 꿈꾸는 삼류무인들이 기웃거렸다.

하지만 그들 중 고수가 된 사람은 없었고 오히려 삼류무공조차 펼칠 수 없는 몸이 되는 경우가 많았다. 차츰 무인들의 외면 속에 세월이 흐르고 지금은 누구도 거들떠보지 않았다.

아무튼 평소라면 그냥 지나쳤을 것이다.

그런데 이상하게도 동굴 안에서 자꾸 자신을 부르는 것 같았다. 호기심에 무너진 입구를 헤치고 들어가자, 삼 장은 되어 보이는 동굴 내부가 보였다.

좌정한 채 뼈만 앙상하게 남아 있는 한 구의 시체 앞에 '무극진경(無極眞經)' 이라고 쓰여 있는 책이 보였다.

무극 진인이라는 한 도인이 우화등선하기 전에 남긴 듯한 그것은 무극진기(無極眞氣)라는 일종의 심법이었는데, 하단전에 축기(畜氣)를 하는 일반 내공 심법과는 그 궤(軌)를 달리했다.

평소 같았으면 그냥 책을 덮었을 것이다. 하지만 이상하게도 계속 호기심이 생겨 정독하게 되었다. 그것은 무공을 익힐 때 기초로 시작하는 토납술을 위주로 한 심법이었다.

그런데 그 호흡하는 수련법이 달랐다. 독특한 호흡으로 보법을 통해 호흡하는 토납술이었다. 단순하지만 대성하면 모든 세맥이 뚫리고 자연지기(自然之氣)와 통기(通氣)할 수 있는, 어찌 보면 최고의 심법이기도 했다. 다만 대성하기 위해서는 오랜 시간을 맑은 정신으로 참고 인내해야 했다.

혹여 깨달음을 얻을 수 있다면 단숨에 경지에 오를 수도 있었다.

태허 진인은 금봉에 돌아온 후 오로지 무극진경에만 매달렸다.

이미 어느 정도의 경지에 올라 있는 상태라 어렵지 않게 익힐 수 있었다.

그런데 희한하게도 무극진기는 자신의 하단전에 자리하고 있는 양의심공(兩儀心功)과 잘 융화되었다.

처음에는 살살 아우르던 진기가 일정 시간이 지나면서 서서히 공력을 포용하기 시작했고, 전신 세맥으로 흘러갔다. 점점 간질간질거리는 기운이 전신 팔만사천 모공으로 들락거리는 것을 느낄 수 있었다.

아직 무극 진인이 말하는 무극의 경지에 이르지는 못했지만 하루가 다르게 무공을 보는 시야가 넓어져 갔다.

그러던 어느 날, '넘치는 것은 모자람만 못하다' 라는 화두를 깨닫게 되었다.

이후, 자연히 태허검에서 느끼던 갈증이 해소되었다. 너무도 완벽한 초식에 의지만을 담은 것이다. 의지조차 담을 수 있는 포용력이 부족했다. 포용력을 보태자 태허검은 한 단계 더 발전했다.

마음을 셋으로 나누어 검에 담았다.

제일초 기심유검(起心有劍), 마음에 검을 담으니,

제이초 행심종검(行心從劍), 마음을 따라 검이 향하고,

제삼초 심검무극(心劍無極), 검과 마음조차도 사라지는구나.

필생의 염원, 태허무극검(太虛無極劍)의 탄생이었다.

어느덧 해가 바뀌고 겨우내 금봉에 쌓였던 눈이 녹았다.

풀이 파릇파릇 돋아나기 시작했고, 기지개를 켜고 나온 개구리가 폴짝폴짝거리며 뛰어다녔다. 또한 큰 소나무 가지 위의 새 둥지에는 새 생명이 어미를 찾느라 짹짹거리며 지저귀고 있었다.

역시 봄은 만물을 소생시키는 대지의 어머니였다.

봄의 기운이 완연한 금봉의 한구석, 조용히 태허암이 자리하고 있었다.

그곳으로 한 도인이 제운종(蹄雲踪)을 펼치며 미끄러지듯 다가서고 있었다.

"사백님, 혜검자입니다."

"들어오너라."

문을 열고 들어선 혜검자는 탁자 뒤로 앉아 있는 사백의 모습을 보며 자신도 모르게 감탄하고 말았다.

"아!"

사백은 이미 탈속한 선인(仙人) 같아 보였다. 벌써 또 다른 경지에 이른 것이리라.

태허 진인이 차를 따라주었다.

"앉거라. 그래, 무슨 일이냐?"

"예, 남궁세가로부터 서신이 왔기에 전해 드리려고……."

혜검자는 서신을 탁자 위에 올려놓고는 조심스럽게 앉았다.

겉봉투에는 '태허 진인 친전' 이라 쓰여 있었다. 태허 진인의 시선이 혜검자에게로 향했다. 순간, 혜검자는 사백의 눈이 마치 투명한 거울처럼 참 맑다는 생각이 들었다.

"그동안 진전이 있었던 것 같구나."

"이제 겨우 사백님의 그림자를 밟았습니다."

"겸손하지 않아도 된다. 그래도 너의 검이 너희 장로들 중에 가장 출중하지 않느냐?"

"아직 태극혜검을 극성으로 연마하지 못했습니다. 십성을 넘은 후 도무지 진전이 없습니다."

혜검자의 억양에는 어떤 강한 열망이 담겨 있었다.

"십성과 십이성의 차이는 커 보이나 실제로는 깨달음의 차이일 뿐이다. 벽을 넘으면 대성할 수 있으니 너무 조급해하지 말고 담담하게 받아들이거라."

"예……."

혜검자는 약간 실망스런 표정으로 대답했다.

"혹 도움이 될까 모르겠다만……."

혜검자는 언제 그랬냐는 듯이 눈빛을 반짝이며 두 귀를 쫑긋거리고 있었다. 태허 진인은 미소를 지으며 입을 열었다.

"완벽한 초식을 이루어 음양의 원(圓)을 펼치기보다는 마음을 담아보거라. 그 마음에 자연스럽게 너의 진기를 담을 수 있다면 벽을 넘을 수 있을 게다."

"아!"

순간 혜검자는 머리가 맑아지는 것을 느꼈다.

마치 얽혀 있던 실타래가 풀어지는 것 같았다.

그동안 아무리 수련해도 벽은 높기만 했다. 진전이 없자 오히려 퇴보하는 느낌마저 들었다. 속이 새까맣게 타 들어갔다. 아무리 수련으로 몸을 혹사해도 갈증은 풀리지 않았다. 누군가 갈증을 풀어줄 사람이 필요했지만 아무도 없었다. 아니, 한 사람이 있었다. 바로 사백이었다.

그러나 약간의 문제가 있었다.

자신은 태을 진인의 제자이니 사부를 만나는 것처럼 원할 때마다 사백을 쉽게 만나기 어려웠다. 물론 사백을 자주 만나 가르침을 받는 것을 뭐라고 할 사람은 없었다. 하지만 강호에서 '무당일검(武當一劍)' 이란 명호를 얻고 제이의 무당검성이라 불리는 자신이 사백에게 가르침을 받는다면 사부의 입장에 있어 껄끄러울 수도 있었던 것이다.

타 들어가는 가슴으로 끙끙거리고 있던 차에 기회가 왔다.

아침에 남궁세가의 노가주 비룡검신(飛龍劍神) 남궁진천으로부터 사백에게 서신이 왔다는 것이다. 재빨리 자소궁으로 향했지만 이미 여러 명의 일대제자가 모여 있었다. 그때처럼 그들의 얼굴이 얄미워 보인 적이 없었다.

사실 극비의 내용이 아니면 서신을 전하는 일은 장로가 할 일이 아니었다. 그렇다고 기회를 놓칠 수도 없었다. 사백께 인사드린 것이 오래되었다는 궁색한 변명과 함께 서신을 전하겠다고 자청했다.

사제의 내심을 눈치 챈 장문 사형이 웃으며 서신을 건넸다.

"허허, 사제. 사백님께 안부 전하고 심부름 삯도 받아오게."

허탈한 표정을 짓고 있는 일대제자들을 무시하고 냉큼 서신을 챙겨 금봉으로 향했다.

결국 뿌듯한 표정이 되어 스스로를 위로하며 천천히 걸어 내려올 수 있었다.

'역시 웃어른들이 잘 계시는지, 불편한 것이 없는지 자주 찾아뵈어야 해. 암, 그렇고말고.'

한편, 편지를 읽고 있는 태허 진인은 미간을 모으고 있었다.

'무슨 일일까?'

서신에는 간략하게 빠른 시일 내에 남궁가를 꼭 방문해 달라는 내용이 적혀 있었다.

남궁진천을 떠올려 보았다.

자신이 알고 있는 그는 고강한 무공, 명석한 두뇌, 그리고 뛰어난 처세술을 지닌 완벽한 무인이었다.

오십여 년 전, '오황(五荒)의 난'이라 불리는 혈사가 일어났을 때 가장 많은 피해를 본 문파가 소림, 무당, 곤륜, 당문, 그리고 남궁세가였다.

그 난을 일으킨 세력은 지금은 전설로 내려오는 태고 무림

시절의 마종주였던 '마교(魔敎)'의 십마맥(十魔脈) 중 오마맥을 이었다는 혈도문(血刀門), 오행문(五行門), 비마문(飛魔門), 천독문(千毒門), 그리고 환희문(幻戱門)이었다.

당시 무림의 거대 문파는 거의 초토화되다시피 했고, 중소 문파는 아예 숨을 죽였다. 그 암흑 같던 시절이 끝났을 때 무림은 온통 시산혈해를 이루었다.

이후 오랜 시간이 흘러 세대가 바뀌었지만 아직도 무림인의 의식 속에 전설의 마교는 공포의 대상 그 자체였다.

그런데 멸문에 가까운 피해를 당하고서도 현재 남궁세가가 안경에 지부를 두고 장강 유역까지 영향력을 행사하는 안휘성 최대 문파로 성장할 수 있었던 것은 남궁진천이 있기에 가능했다.

그를 처음 만난 것은 장로 시절 하남성의 정주에 있는 무림맹을 방문했을 때였다.

오황의 난 이전에는 전통의 구파일방과 지금은 사라진 사마세가를 포함한 오대세가로 나뉘어 서로 견제하며 반목하던 시절이었다. 그 결과, 전란 초기에 적절히 대응하지 못하고 큰 피해를 불러온 것이다.

난 이후 그들은 유대의 필요성을 느끼고, 무림맹이란 단체를 만들었다. 그리고 무림맹은 삼 년에 한 번씩 모여 우의를 다지는 친목회장이자 '잠룡지회(潛龍之會)'라 불리는 일대제자 이하의 후학끼리 비무를 나누는 비무대회 장소로 이용되었다.

태허 진인은 술잔이 오가며 여흥이 최고조에 달하자 슬그머니 자리에서 일어나 주변에 있는 냇가로 향했다.

마침 달빛이 고즈넉한 데다가 시냇물 흐르는 소리가 한데 어우러져 제법 운치가 있었다. 물에 비친 달빛을 보며 사색에 빠져 있을 때 누군가가 다가오는 것을 느꼈다.

"허허, 제가 무당검성의 사색을 방해했나 봅니다."

약간 붉어진 얼굴의 남궁진천이었다.

"제가 워낙 조용한 것을 좋아하는 성격이라 자리를 비웠으니 이해해 주시기 바랍니다."

"사실 저도 너무 시끄러워서 도망 나오는 길이었습니다."

남궁진천이 옆 자리에 앉았다.

"무당검성을 가까이서 뵈니 실로 개안한 듯합니다."

"저야말로 검이 신의 경지에 이르렀다는 비룡검신을 뵈니 개안한 것 같습니다."

형식적인 인사가 오가자 남궁진천이 술잔을 내려놓았다.

"평소 흠모하던 진인께 한잔 올려도 되겠는지요?"

태허 진인은 남궁진천의 소탈한 모습에 호감이 갔다.

"저도 가끔은 곡차를 즐긴답니다."

그렇게 시작된 만남은 자연스레 검에 대한 이야기로 이어졌고, 새벽을 알리는 닭 울음소리가 들리고서야 끝이 났다.

날이 새자 서로 아쉬운 이별을 나누며 헤어졌다.

이후 매년 원단(元旦)이 되면 남궁진천은 무당으로 예물을 보내왔다.

아무리 생각해 봐도 자신에게 급하게 방문해 달라는 전갈을 보내올 이유가 없었다. 심상치 않은 일이 생긴 것이 분명했다.

남궁진천이 자신과 무당에게 보여준 성의를 생각해서라도 당연히 가봐야 했다.

'오랜만에 세상 구경을 하겠구나!'

다음날 아침, 무당의 입구인 원화관(元和館)에는 여러 도인들이 모여 태허 진인을 배웅하고 있었다.

"사형의 새로운 검을 견식도 못했는데 떠나시니……."

태을 진인이 아쉬운 듯 말하자 태허 진인이 환한 웃음을 지었다.

"허허허, 사제. 내 남궁가에서 돌아오면 정식으로 사손들에게 전수하겠네."

그 말에 배웅하던 도인들의 얼굴이 밝아졌다.

"학수고대하겠습니다."

태을 진인이 인사를 하자 장문인 혜우자와 장로들 역시 인사를 했다.

"사백님, 먼 길 조심해서 다녀오십시오."

"조심해서 다녀오십시오."

"그럼 사제와 장문인, 그리고 장로들도 잘 있게. 곧 돌아오겠네."

태허 진인은 손을 흔들며 사제와 사손들의 배웅을 받으며 떠났다. 그리고 그것이 그들과의 마지막이었다.

*　　　*　　　*

태허 진인이 합비에 있는 남궁세가에 도착한 것은 열흘이 지나서였다.

집무실에서 차를 마시고 있던 남궁진천이 일어서며 반갑게 맞았다.

"먼 길 오시느라 수고 많으셨습니다. 그런데 그사이 또 달라지셨군요. 감축드립니다."

"무량수불, 오래간만입니다. 가주께서도 그동안 많은 진전이 있으신 것 같습니다."

사 년 만의 재회였지만 서로 마음이 통해 하얀 밤을 지새웠던 사이라 전혀 어색하지 않았다. 오히려 다시 만난 지 얼마 안 되는 것 같았다.

"참, 앉으시지요. 안휘성의 명물 황산의 모봉차(毛峰茶)입니다."

"허! 이 귀한 모봉차를 맛보다니, 노가주께 항상 신세만 지는 것 같습니다."

"허허허, 신세를 져도 좋으니 제가 가주 직에서 물러나면 아예 남궁가에서 지내시지요. 마침 제자 분도 안 계시니 저와 함께 검리나 연구하며 노년을 보내시지요."

"허허허, 말씀만이라도 감사합니다."

차 한 잔을 마신 후 약간 굳어진 표정의 남궁진천이 입을
열었다.

"오시라 한 것은 다름이 아니라……."

남궁진천은 두 달 전 안경지부에서 발생한 사건에 대해 이
야기하기 시작했다.

안경은 장강으로 물자를 수송하는 포구가 발달해 있어 그
곳을 관리하는 남궁세가에게는 큰 수입원이 되는 곳이었다.
그래서 자신의 사촌 동생인 남궁진성이 직접 지부를 맡아 관
리했다.

그런데 그가 천주산(天柱山) 부근에서 시신으로 발견되었다.

남궁진성이 누구였던가? 무공만 따지자면 제왕검(帝王劍)
을 완벽하게 익혀 세가 내에서 자신 다음가는 고수였다. 그런
그가 송장이 되어 돌아온 것이다.

더욱이 시신에 남아 있는 흔적이 심상치 않았다. 온몸이
마치 물고기 비늘같이 생긴 구멍으로 벌집이 되어 있었다.
사인(死因)을 규명하기 위해 전 세가를 동원해 보았지만 현재
무림에서 그와 같은 무공을 쓰고 있는 문파는 없었다. 모두
그런 무공이 있다는 것도 몰랐다.

사건이 미궁 속에 빠져 있을 때 우연히 한 고서에서 실마리
를 얻을 수 있었다. 무명노인이라 적혀 있는 작자 미상의 '태

고무림서(太古武林書)'라는 고서였는데, 거기에 그와 유사한 무공이 적혀 있었다.

선악의 구분이 없던 무림 초기에 은림(隱林)에 용이 탄생하니 후에 그를 일컬어 대천마(大天魔)라 부르며 숭배했다. 그의 무공 중 서열 이위의 혈천폭린강(血天爆鱗罡)이 펼쳐지면 하늘이 온통 핏빛 역린(逆鱗)에 뒤덮이고 그 앞에 존재하는 모든 생명이 멸하리라…….

말을 마친 후 남궁진천은 한 권의 고서를 탁자 위에 올려놓았다.

책을 바라보고 있는 두 사람은 아무 말이 없었다. 만약 남궁진천이 생각하고 있는 것이 맞는다면 그것은 무림을 뒤흔들 만한 엄청난 대사건이었다. 그 폭풍의 핵 속에 두 사람이 조심스럽게 앉아 있었다.

사건의 심각성을 느낀 두 사람은 일단 확실한 내용을 알 때까지 함구하기로 했다. 다만 남궁진천이 세가를 비울 수 없는 입장이라 태허 진인이 대신 사건을 조사하기로 했다.

남궁진천은 길 안내를 위해 현재 남궁세가의 주력이라 할 수 있는 비룡대(飛龍隊)의 대주를 맡고 있는 아들 남궁진을 동행케 하였다. 남궁진은 십여 명의 비룡대원을 대동하고 태허 진인과 함께 길을 떠났다.

우선 시신이 발견된 천주산에 들러 현장을 둘러보았지만 적지 않은 시간이 흘러서 뚜렷한 단서를 얻을 수가 없었다. 단지 주변의 아름드리 소나무가 잘려 나간 면이 그의 시선을 끌었다. 단면이 마치 대패질을 한 듯 반듯하게 잘려 있었다. 웬만한 경지에 이른 검의 고수라 하더라도 사선으로 벨 수는 있어도 그 큰 소나무를 평면으로 반듯하게 자르기는 어려웠다. 만약 그것이 검이나 도가 아닌 권(拳)이나 장(掌)에 의해서 잘린 것이라면 상대는 적어도 강기 이상을 쓰는 고수가 분명했다. 아무튼 큰 성과 없이 남궁진과 함께 안경지부에 도착한 것은 합비를 떠난 지 닷새가 되는 날이었다.

남궁진을 포함한 지부의 사람들은 태허 진인을 극진하게 모셨다. 그들로서는 평생을 가도 무림에 명성이 자자한 무당 검성의 얼굴을 보는 것은 언감생심이었다. 그런 그가 지부에 머물러 있으니 얼굴을 볼 수 있다는 것만으로도 큰 행운이라 할 수 있었다.

한편, 태허 진인은 귀빈들이 머무는 현천각에서 차를 마시며 생각에 잠겨 있었다.

'만약 그가 혈천폭린강이란 전설의 무공을 익힌 자라면 왜 남궁진성을 살해했을까?' 라는 의문이 머리에서 떠나지 않았다.

아무리 남궁진성이 제왕검을 극성으로 익힌 고수라 할지라도 상대가 될 수는 없었을 것이다. 더욱이 상황을 종합해 보면 급습을 한 것 같지도 않고, 마치 비무를 벌인 것 같았다. 그것도 단 일 초의 승부로. 그 정도의 고수라면 굳이 원한이 있지 않은 이상 죽일 이유가 없었다. 주변의 말에 의하면, 죽은 남궁진성은 원한을 살 만큼 행동거지가 나쁜 사람도 아니었다.

'바람이나 쏘여야겠다.'

아무리 생각해 봐도 이유를 알 수 없었다.

막 일어서려는 순간, 누군가 다가왔다. 바로 남궁진이었다.

"어르신, 진입니다."

"들어오게."

방 안으로 들어선 남궁진은 태허 진인을 향해 공손히 머리를 숙였다.

"불편한 점은 없으신지요?"

"허허허, 불편한 것이 무엇이 있겠나? 오히려 분에 넘치는 생활을 하고 있는 것 같네."

남궁진은 그동안 같이 다니며 느낀 것이지만 소탈한 모습의 진인이 좋았다.

닮고 싶었다. 언젠가 남의 위에 올랐을 때 아랫사람을 위엄이 아닌 저 모습으로 대하리라고 다짐했다.

"부탁이 있는데, 들어주겠는가?"

남궁진은 퍼뜩 정신을 차렸다.

“말씀하시지요.”

“내 이곳에 오래 있었더니 답답하구먼. 첫날 보니까 장원이 꽤 넓은 것 같던데 구경 좀 시켜주겠나?”

“물론입니다. 나가시지요.”

“허허허, 고맙네.”

태허 진인은 남궁진의 안내를 받아 장원을 구경했다.

장원은 넓었고, 마치 여러 개의 톱니바퀴가 하나처럼 이어져 조직을 꾸려가는 세가 사람들을 보면서 새삼 남궁세가의 저력을 느낄 수 있었다.

‘응?’

태허 진인의 귓가로 미약한 기합 소리가 들렸다.

“누가 무공을 연마하고 있나?”

“무슨 말씀이신지?”

“누군가 무공을 익히고 있는 것 같아서…….”

“장원의 뒷산에 연무장이 있는데, 가보시겠습니까?”

“부탁하네.”

몇 개의 건물과 마당을 지나자 뒷산이 보였다.

‘허! 어떻게 그 먼 곳에서.’

남궁진은 감탄하고 말았다. 뒷산을 오르자 조그맣게 기합 소리가 들린 것이다.

산등성이에 오르자 이십 장은 되어 보이는 커다란 연무장이 보였다. 그곳에서 내려다보니 장원이 한눈에 보였다. 핵심

정예가 이곳에서 무공을 연마하고 있어도 유사시 장원에서
벌어지는 상황을 바로 알 수 있어 대처하기가 용이해 보였다.
두 사람의 눈에 십오 세 정도 되어 보이는 소년이 기합을 지
르며 검을 휘두르는 모습이 보였다.
　"사촌 동생인 남궁성이란 아입니다."
　"그런데 너무 의욕이 앞서는 것 같구면."
　"무슨 말씀이신지?"
　"허허허, 그냥 그렇다는 말이네."
　"……?"
두 사람이 천천히 소년에게 다가갔다.
　"형님!"
소년은 반갑게 인사를 한 후, 태허 진인을 바라보았다.
　"인사드리거라. 무당검성이시다."
　"아! 남궁성이라 합니다."
또랑또랑한 눈망울에 기개가 있어 제법 큰 인물이 될 상이
었다.
　"그래, 반갑구나. 태허라 한다."
　"어르신, 이 아이가 돌아가신 숙부님의……."
　'그랬구나!'
태허 진인은 비로소 소년이 왜 그렇게 검을 휘둘렀는지 알
수 있었다.
　어떤 강한 열망을 담고 자신을 바라보는 소년의 눈에는 슬

품과 분노가 뒤섞여 있었다. 안타까웠다. 남궁진성의 죽음이 한 소년에게는 커다란 원한을 가져다준 것이다. 만약 그것을 극복하지 못하면 자신뿐만 아니라 자칫 남을 상하게 할 수도 있었다.

'이것도 인연이런가?

태허 진인은 약간의 도움이라도 주고 싶었다.

"검을 잠시 빌려도 되겠느냐?"

"예? 예."

소년이 깜짝 놀라며 검을 내밀었다.

"검을 익히는 것이 무엇이라고 생각하느냐?"

"그것은……."

"자네는 무엇이라 생각하는가?"

남궁진은 잠시 생각한 후 입을 열었다.

"어르신의 깊은 뜻을 아직은 모르겠습니다."

"내가 똑같은 검을 세 번 펼치겠네. 자네도 잘 보아두게."

순간, 남궁진의 눈빛이 빛났다.

태허 진인은 부친도 인정한 검의 절대자였다. 그런 그가 펼치는 검을 볼 기회였다. 태허 진인은 돌아서서 연무장 한쪽에 있는 큰 바위를 향했다. 그리고 빠르지도 않고 느리지도 않게 검을 세 번 내리그었다. 큰 기대를 했던 남궁진과 남궁성은 약간 실망하는 얼굴이 되었다.

"자, 가보세."

두 사람은 태허 진인을 따라 바위로 향했다.

십 보쯤 걸어서 도착한 바위의 표면을 본 남궁진은 깜짝 놀랐다.

'헉! 검기인가? 아니, 분명 검기를 보지 못했는데 어찌 이런 자국이……'

표면에는 반 자 길이의 홈이 나란히 세 개가 패어 있었다.

태허 진인의 시선이 남궁진을 향했다.

"여기 이 세 개의 홈을 보고 무엇이 다른지 말해보게."

남궁진은 정신을 차린 후 남궁성과 함께 표면을 살펴보기 시작했다.

세 홈의 길이는 똑같았고, 다만 홈이 파진 부분만이 차이가 있었다.

"어르신의 의중을 정확히는 모르겠으나 홈이 조금씩 다르군요."

남궁진의 대답에 남궁성도 고개를 끄덕였다.

"그래, 잘 보았네. 검을 펼칠 때 좌측것은 평상심을, 가운데 것은 흥분한 마음을, 그리고 우측 것은 증오심을 담았네."

"아!"

남궁진이 감탄하자 남궁성은 영문을 몰라 어리둥절한 표정을 지었다.

이번에는 태허 진인의 시선이 남궁성을 향했다.

"성아, 만약 네가 상대라면 어느 쪽의 검을 펼쳤을 때 가장 위협적이겠느냐?"

좌측의 홈이 가장 정교하고 깊게 파여 있고, 우측으로 갈수록 거칠게 파여 있었다.

무가에서 태어나 어려서부터 검을 보고 배워왔다. 검흔(劍痕)으로 위력을 판단할 만한 안목은 있었다. 좌측의 홈을 가리키며 말했다.

"이쪽입니다."

"그래, 잘 맞혔다."

남궁성의 머리를 쓰다듬으며 말을 이었다.

"왜 똑같은 검을 펼치는데 위력의 차이가 생기겠느냐? 배움에서도 마찬가지다. 항시 마음을 비우고 꾸준히 수련해야 굳건한 의지가 생기고 정진할 수 있단다."

"하지만……."

남궁성이 말을 흐리자 태허 진인이 손을 잡았다.

"성아는 대장부지? 나와 한 가지 약속을 해주겠느냐?"

남궁성이 고개를 끄덕였다.

"내가 누구에게도 보여주지 않은 검을 펼칠 것이니 잘 보아두거라. 그리고 그 검을 넘어설 때까지는 오직 수련에만 정진해야 한다. 훗날 넘어섰다고 생각되면 그때는 너의 생각대로 하거라."

태허 진인이 근처에 있는 나무숲을 향해 섰다.

천천히 검을 들어올리며 호흡을 가다듬자 주위로 기류가

흔들리기 시작했다. 곧이어 낭랑한 외침과 함께 태허무극검의 일초가 펼쳐졌다.

"기— 심— 유— 검—!"

순간, 남궁진과 남궁성은 눈앞에 보이는 나무숲이 잘리는 듯한 착각이 들었다.

"아!"

"헉! 어떻게 저럴 수가!"

그러나 자신들이 본 것은 착각이 아니었다.

바람이 불자 나뭇잎이 떨어졌다. 나뭇가지가 조각나 흩어지더니 '우지끈, 쿵' 소리를 내며 나무 기둥들이 쓰러지기 시작했다. 갑자기 조그만 나무 군락을 이루었던 곳이 벌판이 되었다. 태허 진인은 천천히 돌아서며 남궁성을 바라보았다.

"남아일언(男兒一言)은 중천금(重千金)임을 잊지 마라."

*   *   *

다음날, 태허 진인은 안경의 포구를 홀로 거닐었다.

남궁진이 따라나서려 했으나 혼자만의 시간을 갖고 싶다는 이유로 사양했다. 그리고 지금 혼자만의 사색을 즐기고 있었다.

부둣가에 닻을 내린 커다란 상선(商船)에는 인부들이 바삐 움직이고 있었다. 짐을 나르기엔 힘들어 보이는 한 노인이 연신 끙끙거리며 젊은 사람들에게 뒤질세라 열심히 짐을 나르고 있었다. 이마에 흐르는 땀조차 닦지 못한 채 힘이 들어 찡그려져 있는 얼굴에서 무거운 삶의 무게가 느껴졌다.

분명 저 노인의 하루 품삯에는 가족의 생계가 걸려 있으리라. 그의 삶이 어떤 길을 걸어왔는지 몰라도 더 이상 희망은 없을 것이다. 하지만 그 끝이 보이지 않는 인생의 내리막길에서도 내일 하루 일자리를 잃지 않기 위해 노구(老軀)를 불사르고 있었다. 씁쓸한 마음을 뒤로하고 끝없이 흐르는 장강의 물결을 바라보았다.

하늘에는 새들이 오가고, 강물은 햇빛에 반사되어 반짝이고 있었다. 마치 은빛 물고기가 춤을 추듯 은빛 너울이 출렁이고 있었다. 오랜 세월 묵묵히 흐르는 저 장강은 전에도 흘렀고 지금도 흐르고 있으며 앞으로도 영원히 흘러갈 것이다.

'물에 도가 있다' 라는 화두를 떠올리며 상념에 젖어 있을 때였다.

'응?'

강 건너편에 한 노인이 서 있는 것이 보였다.

안력을 높여서 보니 붉은 머리에 건장한 체구를 지닌 노인이었다. 노인 또한 자신을 바라보고 있었다. 왠지 그의 전신에서 풍기는 기운이 심상치 않았다.

그의 기운에 대항이라도 하듯 외부의 기류가 요동치며 세맥에 흩어져 있던 무극진기가 빠르게 하단전으로 몰렸다. 그리고 임독맥을 크게 휘돌며 위험을 알리고 있었다. 잠시 후 노인의 모습이 사라지자 그제야 진기가 가라앉았다.

태허 진인은 잠시 멍하니 서 있었다. 자신이 상대에게 이렇게 긴장해 본 적이 언제였던가? 오래전의 일이었다. 지금은 곤륜신노와 함께 가장 친한 벗 중의 하나인 천원신검(天圓神劍) 강자량과의 비무 때였다. 그러나 그것은 적수를 만났다는 호승심이었지 이렇게 상대의 기세에서 느끼는 긴장감은 아니었다.

'혹시?'

순간적으로 떠오르는 생각이 있었다.

'적발(赤髮), 적염(赤髥)… 혈(血), 그리고 혈천… 폭린강. 그다! 그가 틀림없다!'

보고 있는 것만으로도 긴장을 느끼게 하는 자, 분명 전설의 무공을 익혔으며 남궁진성을 죽인 자, 바로 사건의 범인이었다.

포구 옆에서 강을 건너는 사람을 태워 나르는 나룻배로 향했다. 남궁진에게 연통을 넣을까도 생각해 보았지만 혼자 가기로 했다. 희생은 한 명이면 족했다. 어차피 자신할 수 없는 상대를 만나러 가는 길이기에 잘못하면 애꿎은 젊은 목숨을 잃을 수 있었다.

강을 건넌 건 한 시진이 지나서였다.

적발노인이 사라진 방향으로 가다 보니 구화산과 황산의 서쪽으로 이어지는 소하현으로 향하는 갈림길이 나왔다. 어디로 갈까 생각하고 있을 때 우측 소하현으로 향하는 길목에 평면으로 반듯하게 잘린 소나무가 보였다. 다가가 살펴보니 남궁진성의 시신이 발견되었던 천주산 부근의 아름드리 나무와 단면이 똑같았다. 그 길로 방향을 잡았다.

소하현을 지나자 갈림길마다 잘린 나무들이 보였다. 마치 길을 가르쳐 주고 있는 것 같았다. 길은 구화산과 황산의 사이에 있는 태평호(太平湖)로 이어져 있었다.

안경을 떠나온 지 이틀째 되는 날, 태평호 옆에 있는 도원현에 들어섰다.

날도 저물고 마침 조그마한 객잔이 있어 하루 쉬어가기로 했다. 소면으로 간단하게 요기를 한 다음 방으로 들어가 누웠다. 몸은 피곤한데 잠이 오지 않았다. 아무리 생각해도 적발노인의 행동을 이해할 수가 없었다.

우선 어디서 그런 전설의 무공을 익혔는지, 왜 강호에는 전혀 알려지지 않았는지, 이제는 거의 확신에 가깝지만 왜 아무 상관도 없는 남궁진성을 죽였는지, 또 왜 자신 앞에 나타나지 않고 있는지 의문이 꼬리에 꼬리를 물고 이어졌다. 그러나 어느 것 하나 실마리가 풀리지 않았다. 그렇게 도원현에서의 밤은 깊어만 갔다.

다음날 표식을 따라 황산에 들어선 지 이미 세 시진이 넘어서고 있었다.

여러 개의 높은 봉우리와 구릉을 넘었을 때, 마치 땅이 갈라진 듯한 깊은 계곡이 놓여 있었다. 계곡으로 들어서자 원시림을 방불케 하는 숲이 우거져 있고, 그 사이로 드문드문 개울물이 흐르고 있었다. 몇 개의 개울을 건너 계곡의 심처(深處)에 이르렀을 때, 넝쿨로 뒤덮여 있는 수십 장 높이의 커다란 암벽이 길을 막아서고 있었다.

암벽과 끊어진 길 사이에는 십 장 정도 되어 보이는 공터가 보였다. 왠지 이곳이 뒤쫓던 노인을 만나게 될 종착역이 될 거라는 느낌이 들었다. 그리고 그 예감은 적중했다. 주위를 둘러보고 있을 때, 암벽의 우측 숲에서 어두운 기운을 내뿜으며 붉은 머리의 노인이 모습을 드러냈다.

순간, 무극진기가 노인의 기세에 대항이라도 하듯 빠르게 휘돌기 시작했다. 온몸이 짜릿짜릿해지며 당장에라도 진기를 쏟아낼 것만 같았다. 긴장된 마음을 가라앉히며 언제라도 출수할 수 있도록 검을 움켜쥐었다. 붉은 머리의 노인 역시 뿜어내는 기세가 강해졌다. 일촉즉발의 상황에서 입을 연 것은 붉은 머리의 노인이었다.

"잘 따라와 주었다. 나는 혈마(血魔)라 한다."

'혈마?

태허 진인은 잠시 생각해 보았지만 떠오르는 인물이 없었다.

자신도 나이가 이순(耳順)을 넘은 무당의 태상장로이건만 눈앞의 노인이 하대를 하고 있는 것이 전혀 어색하지 않았다.

오히려 자연스럽게 느껴졌다.

"나는 무당의 태허라 하오."

"무당? 어쩐지 고리타분한 냄새가 난다고 여겼더니 무당의 말코로구나!"

노인의 거침없는 말에 태허 진인은 잠시 할 말을 잃었다.

"귀하가 천주산에서 남궁세가의 사람을 살해한 인물이 맞소?"

"남궁세가? 천주산에서 어떤 애송이와 겨룬 것은 맞는데 그 애송이가 남궁세가의 인물이었는지는 모르겠다."

태허 진인은 정말 모르겠다는 듯한 표정으로 말하는 노인을 보자 어이가 없었다.

"왜 그를 죽였소?"

"그것은… 그놈이 너무 약했기 때문이다."

"그게 무슨 말이오?"

"천주산을 지나고 있을 때 그놈이 쫓아와서 귀찮게 굴기에 한 대 때려주고 지나가려고 했다. 그런데 그놈이 일어서며 제법 괜찮은 검을 펼치더구나. 오랜만에 호승심이 생겨 잠시 어울리고 싶었는데 십성을 담은 일 초를 감당하지 못하더구나. 그렇게 약해서야…….."

"무량수불."

"알고 있는 애송이였냐? 그럼 미안하게 되었다."

혈마의 말에 태허 진인은 어이가 없었다.

사람을 죽여놓고 미안하다니? 도무지 이 노인네는 일반 사람과는 생각 자체가 다른 것 같았다.

"도대체 귀하는 누구요?"

"혈마라 하지 않았느냐?"

"귀하의 정체를 묻고 있는 것이오."

혈마는 잠시 생각하더니 고개를 끄덕였다.

"하긴, 모르는 것이 당연하겠구나."

"그게 무슨 말이오?"

"우리는… 아니, 말하지 않겠다. 지금 말하면 약속을 어기게 된다. 어차피 십 년 후에는 자연히 알게 될 것이다."

"약속? 십 년?"

"자, 그건 그렇고, 이제 우리 볼일이나 보도록 하자."

태허 진인이 의아한 표정을 지었다.

"무슨 볼일을 보자는 것이오?"

"설마 저번 그 애송이처럼 약골은 아니겠지? 아니야. 분명 신경이 짜릿짜릿한 느낌을 받으며 소름이 돋아날 정도였으니."

"지금 이곳까지 오게 한 것이 단지 나와 겨루기 위함이었소?"

"그럼 그것 말고 또 뭐가 있겠느냐?"

태허 진인은 잠시 멍한 표정으로 혈마를 바라보았다.

"허! 왜 진작 장강에서 보았을 때 겨루자고 하지 않았소?"

"그것은 내 정체를 드러내면 안 되기 때문이다. 그렇지 않아도 그 애송이 놈 때문에 곤욕스러운 입장이 되었다.”

“그건 또 무슨 말이오?”

“림주… 아니, 하여간 사자(使者)라는 놈들이 한 번 더 무공을 드러내면 도전할 기회를 박탈한다고 경고했다. 기회는 단 두 번이기 때문에 이번 기회를 잃는다면…….”

‘림주? 도전?

그렇다면 림주라는 자가 거느리는 세력이 있고, 그 림주에게 도전을 하는 입장이란 말이었다.

“림주라는 자의 무공이 고강하오?”

갑자기 혈마의 기세가 강해졌다.

“더 이상 림주라는 말을 꺼내지 마라. 그저 천외천(天外天)이라고만 알고 있어라. 만약 그놈들이 안다면 결코 무사하지 못할 것이다. 그놈들 두셋이 모이면 나도 장담하지 못한다.”

림주라는 자에 대해 궁금한 생각이 들었지만 더이상 얘기해 줄 것 같지 않았다.

“그럼 시작하자.”

“잠깐, 한 가지 더 물어볼 것이 있소.”

“정말 귀찮게 구는구나. 빨리 물어보아라.”

“귀하의 무공이 마교의 맥을 이은 것이오?”

순간, 혈마의 몸에서 살기가 피어올랐다.

적안이 더욱 붉어지며 목소리가 거칠어졌다.

"어떻게 알았느냐?"

태허 진인이 조심스럽게 입을 열었다.

"우연히 한 고서를 통해서 알 수 있었소."

"다른 사람에게는 말하지 말아라."

태허 진인이 고개를 끄덕이자 말을 이었다.

"나는 마교의 좌호법으로 대천마님의 혈천폭린강이란 무공을 익혔다."

"무량수불."

드디어 전설의 실체가 드러나는 순간이었다.

"다음에 기회가 있으면 말하기로 하고 이제 몸 좀 풀자. 몸이 근질거려 더 이상 참을 수가 없다."

회피할 상황이 아니었다.

오히려 은근히 호승심마저 생겼다. 태허 진인은 평생의 친구이자 애검인 송문고검(松紋古劍)을 칼집에서 꺼냈다.

"나는 평생 검을 익혀왔소. 그리고 얼마 전 내 검을 얻을 수 있었소. 태허무극검이라 하오. 전설의 무공을 한 번 견식해 보겠소."

"아까도 말했지만 혈천폭린강이다. 다만 내 자질이 모자라 아직 대성하지 못했다. 원래 우호법에게 도움을 청하려 했으나 폐관에 들어서 상대할 수 없었다. 만약 혈천폭린강을 대성하지 못하면 그와의 대결에서 한 가닥 희망조차 가질 수 없기에 한동안 여기서 기거하며 상대할 만한 고수를 찾고 있었다.

다행히 말코, 너를 만나게 되었구나. 혈천폭린강을 극성으로 펼치게 되면 아직 나 스스로 통제할 수 없으니 조심하거라."

두 사람은 천천히 삼 장의 거리를 두고 마주 섰다.

서서히 그들의 주위로 기류가 요동치기 시작했다.

혈마의 쌍수(雙手)가 붉게 달아오르며 왼손은 땅을 향한 지(地)의 자세를, 오른손은 하늘을 향한 천(天)의 자세를 취했다.

오른발을 위로 올렸다가 뒤로 뻗으며 왼손을 앞으로 내밀다 뒤로 당겼다. 그리고 뒤로 휘돌아 내려온 오른손을 모으며 일장을 내밀었다. 실로 한순간에 펼쳐진 전설의 무공 혈천폭린강의 일초 혈린도강(血鱗渡江)의 초현이었다.

고오오.

아무런 형체도 소리도 없이 날아오는 일장이 태허 진인을 향했다.

날아오는 붉은 기류가 마치 기왓장을 쌓아놓은 것처럼 갈라지며 수많은 혈린으로 변했다. 태허 진인의 검이 빠르게 아래위로 요동치며 동그랗게 생긴 음양의 검막(劍幕)을 만들어냈다. 날카로운 혈린들이 태극의 검막에 부딪쳤다.

퍽, 퍼벅벅벅, 퍼억!

무극진기가 흔들리고 있었다.

다행히 혈린은 검막을 뚫지 못하고 퉁겨져 나가거나 흡수되어 사라졌다.

'엄청나구나!'

태허 진인은 만약 검봉에서 깨달음을 얻지 못했다면 일 초를 감당하기 어려웠을 것이란 생각이 들었다. 또한 혈린이 일반적인 내공으로 펼치는 강기와는 달리 자신의 무극진기와 유사한 자연지기가 포함되어 있는 것을 느꼈다. 그러나 생각은 오래가지 못했다.

혈마의 쌍수가 올려지며 붉은 기운이 치솟았다. 마치 용이 불을 토하듯 이초 적혈폭린(赤血瀑鱗)이 펼쳐졌다.

고오오.

태허 진인은 쏟아져 오는 혈린이 심상치 않음을 느꼈다.

태극혜검의 검막으로 막아내기 어렵다는 느낌이 들었다. 순간, 무극진기를 쏟아내며 태허무극검의 일초 기심유검을 펼쳤다. 검과 혈린이 정면으로 부딪쳤다.

텅, 터덩덩텅, 터엉!

혈린과 함께 퉁겨지는 검이 보였다.

'어떻게?'

태허 진인은 내심 놀라고 있었다.

태허무극검이 어떤 검이었던가? 평생 검의 길을 걸어 정상에 오른 후 깨달음을 얻어 탄생한 검이다. 그런데 그 검이 혈린을 가르지 못하고 퉁겨진 것이다. 더욱이 부딪친 충격으로 인해 내부의 진기조차 들끓고 있었다.

"대단하구나!"

혈마가 감탄했다.

"여태껏 적혈폭린을 상대한 자가 우호법인 검마(劍魔)밖에 없었거늘……."

"전설의 무공답게 정말 대단한 무공이구려!"

"아무렴. 대천마님의 무공인데."

혈마의 말에서 존경과 자부심이 느껴졌다.

태허 진인은 혈천폭린강을 만들어낸 대천마라는 인물이 정말 궁금해졌다.

"그의 무공이 하나가 아니라고 적혀 있던데?"

태고무림서에는 혈천폭린강이 서열 이위의 무공이란 말만 적혀 있었다.

"어떤 우라질 놈이 그런 책을 써놓은 것이냐?"

"무명노인이라고만 적혀 있어 잘 모르겠소."

"한 가지만 말해주겠다."

"경청하겠소."

"대천마님께서는 많은 무공을 만드셨는데 그중 열 개의 무공이 전해지고 있다. 한 가지 무공만 대성하더라도 유아독존할 수 있지만 대성하는 놈은 드물었다. 오십여 년 전, 대천마님의 얼굴에 먹칠을 한 놈들이 나타났다. 장로들 중 다섯 놈이 자신들의 무공을 대성하지도 못하고 내원을 뛰쳐나가 엄한 짓을 하다 뒈졌다. 아무튼 그놈들 때문에 내원을 옮기고 한바탕 난리가 났었다. 열 개의 무공 중 그분이 말년에 창안하신 삼대무공이 있다. 그중 두 가지가 나와 우호법에게 이어졌다. 그리고, 우라질……."

잠시 숨을 고른 혈마가 말을 이었다.

"역대 교주에게 내려오던 무공이 은… 어떤 놈에게 넘어갔고, 그놈이 대성해 버렸다."

'혹 그가 림주란 자인가?'

혈마의 말에서 마교의 직계가 실제 존재해 오고 있다는 것을 알 수 있었다.

하지만 왜 전설로만 내려오고 있는지 이해가 되지 않았다.

"귀하들은 고강한 무공을 가지고도 왜 여태껏 모습을 드러내지 않은 것이오?"

"그것은 묵계가 있었기 때문이다. 지존공을 대성한 교주가 나와야 무림에 출두할 수 있다는 대천마님의 유언 때문이었다. 그리고 우리 내원은 무림에 대해 별 관심이 없다. 오직 무공에만 관심이 있을 뿐이다. 우리의 목표는 대천마님을 뛰어넘는 무(武)를 이룩하는 것이다."

"그렇다면 그동안 대성한 교주가 없었구려."

"흠흠, 그렇다. 자, 이젠 그만 얘기하자."

서서히 혈마의 주위로 기류가 거세지기 시작했다.

"조심하거라. 아직 완벽하게 익히지 못한 초식들이다. 대성하기 위해 극성으로 펼치는 초식을 상대할 만한 인물이 필요했다. 그런데 너라면 왠지 받아낼 수 있을 거란 생각이 드는구나. 제발, 그래 주길 바란다.”

혈마의 주위가 온통 붉은색으로 변해갔다.

그리고 그의 몸에서 강한 혈기(血氣)가 피어오르기 시작했다.

‘저렇게 강한 마기가 있다니?’

무극진기가 마구 휘돌며 위험하다는 신호를 보내고 있었다.

태허 진인은 온몸을 개방하며 주위의 자연지기를 끌어들였다. 커다란 외침과 함께 두 기운이 부딪쳐 갔다.

“폭린혈세(爆鱗血世)!”

“행심종검(行心從劍)!”

고오오.

주변이 숨을 죽였다. 그저 하얗고 빨간 두 개의 빛만이 번쩍이며 부딪쳐 갔다.

쉬시시— 식!

“크으윽!”

“으으윽!”

두 개의 신형이 뒷걸음치며 무섭게 퉁겨져 나갔다.

태허 진인은 자세를 바로잡았다. 미식거리며 무엇인가 식도를 타고 올라오고 있었지만 그것을 생각할 여유가 없었다. 무극진기가 주춤거리며 강하게 위험을 알리고 있었다.

혈마의 붉은 머리가 하늘로 치솟으며 두 팔이 벌어졌다. 그리고 주위의 붉은 기류가 온통 혈린으로 변하기 시작했다.

"혈천폭린(血天爆鱗)!"

'아!'

하늘이 온통 혈린으로 가득 찼다.

혈린을 보며 아직은 완벽하지 않은 태허무극검의 삼초를 떠올렸다.

"심검무극(心劍無極)!"

빛살 같은 하얀 기운이 검에서 일어나며 빠르게 주변으로 퍼져 나갔다. 곧이어 엄청난 속도로 쏟아져 내리는 혈린과 부딪쳐 갔다. 소리도 없는 새하얀 기운과 핏빛 혈린이 허공을 뜨겁게 태우며 세차게 부딪쳤다.

푸쉬시시- 식!

'으으윽!'

억겁의 시간이 흐른 것 같았다.

태허 진인은 뺨이 화끈거리는 것을 느꼈다. 뚫려 있는 도복의 여러 개의 구멍 사이로 피가 스며 나오고 있었다. 고개를 들어 앞을 보았다. 경악하고 있는 혈마의 얼굴과 그의 가슴에 꽂혀 있는 검신을 따라 핏방울이 떨어지고 있었다. 검을 뽑아 땅에 꽂았다. 그리고 두 손을 검에 의지한 채 힘겹게 몸을 지탱했다.

잠시 후, 가슴에서 쏟아지는 피를 지혈시킨 혈마가 비틀거리며 일어섰다.

　"자네, 떠나지 말고 이곳에서 기다려 주게. 일 년 안에 다시 찾아오겠네. 기다려 주리라고 믿네."
　혈마는 몸을 돌린 후 비틀거리며 사라져 갔다. 말없이 그의 뒷모습을 바라보았다.

　"으음."
　대경이 몸을 뒤척이는 소리에 오랜 상념에서 깨어났다.
　'너를 구함으로써 도를 얻고 도를 얻음으로써 이승에서의 생은 짧아지고……'
　태허 진인은 대경의 신세 내력을 들으며 도를 깨달아 무극의 경지에 오를 수 있었다.
　그러나 그만큼 우화등선해야 하는 시간도 가까워지고 있었다.
　'너와 나의 만남 또한 인연이로구나!'
　태허 진인은 대경을 바로 눕히고는 추궁과혈을 시전했다.

운명(運命)

"아, 잘 잤다!"

대경은 몸이 개운한 것을 느끼며 깊은 잠에서 깨어났다.

머리는 맑고 상쾌하며 몸은 날아갈 것만 같았다. 분명 정신이 가물거리며 온몸이 고통스러운 것을 느끼며 정신을 잃었는데 통증이 사라진 것은 물론 기운이 펄펄 솟는 것이 마치 다른 세상에 와 있는 것 같았다. 추궁과혈을 받은 것을 모르는 대경은 현재의 몸 상태가 이해되지 않았지만 돌아가신 아버지의 보살핌이라 여겼다.

잠시 후, 문이 열리며 태허 진인이 들어왔다.

"허허허, 일어났느냐?"

대경이 얼른 일어서며 고개를 숙였다.

"일찍 일어났어야 하는데, 늦잠을 자서 송구합니다."

"애늙은이 같은 소리는 그만 하고, 이거나 먹도록 하자."

태허 진인이 들고 온 쟁반에는 입맛을 돋우는 달래와 냉이 등, 봄나물이 가득했다.

비록 진수성찬은 아니었지만 오랜만에 먹어보는 정성이 담긴 따뜻한 음식이었다. 갑자기 눈물이 핑 돌며 무엇인가 볼을 따라 흘러내렸다.

"허허, 녀석, 울기는."

'한낱 미물도 제 어미 품을 그리워하거늘······.'

태허 진인은 대경이 실컷 울도록 내버려 두었다. 대경이 눈물을 닦자 태허 진인이 물었다.

"꼭 개봉에 가야 하느냐?"

"가야 하지만······."

이상하게도 꼭 가야겠다는 말이 나오지 않았다.

사실 대경은 외숙부에게 거리감이 있었다.

아버지는 개봉에 있는 병참에 출장을 가셨다가 어머니를 만났다. 그런데 외할아버지께서는 아버지와 어머니의 결혼을 극구 반대하는 것은 물론 아버지를 따라나선 어머니와 의절을 하셨다. 대경을 낳은 후 두 분이 개봉에 용서를 빌러 갔지만 문전박대를 당하고 돌아오셨다.

고아로 자란 아버지에게 친가가 있을 리 만무했다.

아무리 뛰어난 능력이 있어도 향시와 전시를 모두 치르려면 많은 시간과 비용이 들었다. 그것을 모를 리 없는 아버지가 외숙부 댁에 가라고 한 것은 혹시나 하는 기대와 함께 공부를 계속하지 못하더라도 호구지책으로 끼니나 면할 수 있는 곳이 처남집밖에 없으니 선택의 여지가 없었던 것이다. 따라서 개봉으로 향하는 대경의 발길이 결코 가볍지만은 않았다.

그러나 종종 운명은 예고없이 흘러간다.

그것이 좋은 길이든 나쁜 길이든 간에.

운명은 대경을 황산으로 이끌었고, 태허 진인을 만나게 했다. 또한 마치 친할아버지처럼 느껴지는 태허 진인에게 마음이 쏠리는 것을 거부하기에는 아직 열두 살이란 나이가 가벼웠다. 그렇게 마음은 기울고 있었다.

"혹 여기서 일이 년 동안 나와 함께 지낼 의향은 없느냐?"

"예? 일이 년이요?"

"그래, 이후에 나는 먼 길을 떠나야 하기 때문에 지금 너를 떠나보내는 것이 왠지 섭섭하구나."

대경은 잠시 머물다 가고 싶다는 심중의 말을 대신해 주는 것 같아 의아했지만 그 정도 시간을 보낸 후에 개봉으로 가도 괜찮을 거라는 생각이 들었다.

"그렇게 하겠습니다. 은……."

"허허허, 할아버지라 불러도 된다."

"예, 하, 할아… 버지."

태허 진인은 쑥스러워하는 대경의 모습을 보며 미소 지었다.

'오는 인연 막지 않고 가는 인연 잡지 마라. 품에 들어온 인연이니 이 얼마나 소중한 만남인가?

"오늘은 정말 기쁜 날이구나."

대경은 항상 묘시(卯時)가 되면 암벽으로 올라가 울창한 나무로 둘러싸인 바위 위에 앉아 일출을 맞으며 토납술을 익혔다.

태허 진인은 토납술을 열심히 수련하면 천(天)의 오행인 백(白), 청(靑), 흑(黑), 홍(紅), 황(黃)과 지(地)의 오행인 금(金), 목(木), 수(水), 화(火), 토(土), 그리고 인(人)의 오행인 폐(肺), 간(肝), 신(腎), 심(心), 비(脾)를 통해 혼원(混元)의 이치를 깨달을 수 있다고 했다.

또한 초기의 과정인 좌식(坐式)에서 시작하여 서 있는 자세로 호흡을 하고 점차 삼보, 오보, 칠보로 수련하여 어느 경지에 이르게 되면 저절로 북두칠성보법(北斗七星步法)을 익힐 수 있을 뿐만 아니라 자연지기와도 교류가 가능하다고 했다.

처음에는 몰랐지만 토납술을 익히면 익힐수록 정신이 맑아지고 온몸이 가벼워졌다.

학문을 익히던 탐구력은 태허 진인이 가르쳐 준 기경팔맥(奇經八脈)과 십이경맥(十二經脈) 등, 인체의 주요 경맥과 기의 흐름을 깨닫게 해주었고, 토납술의 근간을 이해하게 해주었다.

이미 추궁과혈을 통해 기의 흐름이 원활한 상태에서 원리를 알고 수련하니 그 익히는 속도가 가히 일신우일신(日新又日新)이었다.

아직 천지간의 음양의 이치는 몰랐지만 나무와 풀도 사람과 같이 호흡을 한다는 것을 알 수 있었고, 미묘한 기의 흐름을 약간은 느낄 수 있었다. 이러한 대경의 변화는 태허 진인에게 새로운 고민을 안겨다 주었다.

원래 건강을 위해 가르쳐 준 토납술이었다.

그런데 벌써 무극진기를 느끼고 있으니 가히 기재라 할 수 있었다. 당연히 무인으로서 후인을 두고 싶은 욕심이 생기지 않을 리 없었다. 무공을 가르쳐 주어야 할지 말아야 할지 갈등을 하게 된 것이다.

태허 진인은 대경과 탁자를 마주 보며 차 한 잔을 마시고 있었다.

"대경아, 혹 무공에 대해서 들어보았느냐?"

"무공이요?"

태허 진인의 물음에 외현촌의 친구 봉삼이가 떠올랐다.

봉삼이는 자존심이 강해 가끔 대경에게 질투를 했다. 학문으로 안 되면 대경이 모르는 무공에 대해 이야기함으로써 스스로 위안을 삼았다. 봉삼이는 젊은 시절 표사 생활을 한 후 현재는 집현촌에서 서당의 관리를 맡고 있는 기무석이란 아저씨와 친했다.

아무튼 봉삼이의 말에는 산적을 무찌르는 협객의 이야기가 많았다. 그의 말을 듣고 있으면 무공을 익히고 싶다는 생각이 들었다. 무공을 익혀 불쌍한 사람들을 도와주고 나쁜 산적을 혼내주고 싶었다. 그러나 대경에게는 꿈같은 이야기일 뿐이었다.

할아버지가 무공에 대한 얘기를 꺼내는 이유를 몰랐지만 만약 배울 수 있다면 배우고 싶었다.

"무공에 대해서 잘 모르지만 배웠으면 좋겠어요."

"후유, 그렇구나!"

태허 진인이 한숨을 짓자 대경이 얼른 말을 이었다.

"너무 걱정하지 마세요. 여기는 무공을 배우는 무관이 없으니까 배울 수 없잖아요."

"응?"

무슨 말이냐는 듯한 태허 진인의 표정에 당당하게 말했다.

"제가 이 다음에 커서 무공을 익히면 꼭 할아버지께 보여드릴게요."

병든 닭같이 보이는 할아버지가 무공을 익혔을 리는 없고, 자신이 배우고 싶은데 가르쳐 주지 못하는 것을 안타깝게 여긴다고 생각한 것이다. 그렇게 동문서답인지 동상이몽인지 모를 두 사람의 대화는 이루어지고 있었다.

'허, 이것 참!'

태허 진인이 바위 앞에 서 있고, 그 옆에는 대경이 호기심 어린 눈으로 바라보고 있었다.

지금 황산의 이름 모를 계곡에서 천하의 노고수가 한 소년 앞에서 무위를 선보이는 기괴한 장면이 벌어지고 있었다.

잠시 후, 태허 진인은 위에서 아래로 가볍게 검을 내리그었다. 순간, 기대했던 대경의 얼굴이 실망으로 변해갔다. 그리고 안쓰러운 눈길로 태허 진인을 바라보았다.

"허, 왜 그러고 있느냐? 어서 바위로 가보거라."

"……?"

대경의 무거운 발길이 바위로 향했다.

바위는 그대로였다. 고개를 흔들던 대경의 눈에 바위 표면에 줄이 그어져 있는 것이 보였다.

'이게 뭐지?

다가가서 만져 보니 줄 사이로 틈이 느껴졌다.

양손으로 바위를 벌리자 바위는 잘 잘린 수박처럼 두 동강이 났다.

"으헉! 어떻게……?"

다음날, 대경은 태허 진인으로부터 매끈하게 빠진 목검을 선물받았다.

태허 진인이 직접 대경의 몸에 맞게 만든 검이었다. 그러나 목검을 받은 기쁨도 잠시, 기이한 수련이 시작되었다.

대경은 검을 하단전 높이만큼 들어올리고, 검끝은 삼 장 정도 떨어진 나무를 향했다. 그리고 한 점을 향해 내뻗기를 반복했다. 그 외의 어떤 기본 동작도 사용하지 않았다. 오로지 나무를 향해 검을 내뻗을 뿐이었다.

하지만 나무를 바라보고 있는 시선이 제법 매서웠다. 연신 독특한 호흡을 해가며 나무를 향해 검을 내뻗었다.

"토납술을 병행하며 의지를 담아 검을 내뻗어라. 그리고 목표한 지점으로 향하는 직선의 검로(劍路)를 생각하여라. 그 선이 눈에 보이면 고저좌우(高低左右) 네 개의 방위로 검을 찔렀을 때 목표한 지점으로 향하는 곡선의 검로를 생각하여라. 그 선이 보이면 직선을 포함한 다섯 개의 검로가 서로 연결되는 선을 생각해야 한다. 그래서 연결선상의 팔만사천검로를 모두 볼 수 있다면 태허무극검을 펼칠 수 있을 것이다."

처음에 태허 진인은 대경에게 무당의 무공을 전수하려고 했다.

그런데 문제가 있었다. 사문의 무공을 전수하려면 사제 관계를 맺어야 했다. 뿐만 아니라 오랜 기간 수련하는 것을 돌봐주어야 하는데 자신에게는 그럴 시간이 없었다. 더욱이 대경은 도문(道門)과 인연은 있지만 도인(道人)이 될 팔자는 아니었다.

고심 끝에 태허무극검을 전하기로 했다.

그러나 그것도 여의치 않았다. 태허무극검을 펼치려면 적어도 신검합일의 경지에 이르러야 가능했다. 이제 겨우 검을 든 소년이 언제 일반 무인도 평생을 수련해야 닿을까 말까 한 경지에 이르겠는가? 며칠을 고민한 끝에 운명에 맡기기로 결정했다.

대경이 토납술을 통해 무극진기와 깨달음을 얻는다면 태허무극검을 펼칠 수 있을 것이고, 만일 얻지 못한다 하더라도 건강한 범인(凡人)으로 살아갈 수 있으니 족했다. 그러나 대경에 대한 욕심 때문에 아쉬움이 남는 것은 어쩔 수 없었다.

태허무극검은 구결로만 전해주었다. 그리고 그 근간을 이루는 팔만사천검로를 익히는 방법을 가르쳐 주었다. 이제 검을 익히는 것은 대경의 몫이었다.

"훅! 우욱훅! 훅훅! 우욱훅! 훅!"

대경은 연신 독특한 호흡을 하며 검을 내뻗었다.

'왜 검을 뻗을 때마다 똑같이 가지 않는 거야?'

꽤 오랫동안 수련해 오고 있는 대경의 의문이었다.

언제부터인가 목표한 지점으로 향하는 일직선이 보이기 시작했다. 그런데 문제가 생겼다. 직선이 보이기는 하는데 막상 검을 뻗으면 직선으로 향하지 못하고 약간씩 검로가 달라지는 것이다. 아무리 똑같이 뻗으려 해도 조금씩 달랐다.

'이상하단 말이야. 혹시?'

대경은 멈춰 서서 잠시 생각하더니 다시 목표한 지점을 향해 검을 내뻗었다.

몇 번을 똑같이 반복하더니 탄성을 내질렀다.

"아하! 됐다, 됐어!"

잠시 그 모습을 뒤에서 지켜보던 태허 진인의 눈에 이채가 서렸다.

모든 무공은 기초가 중요했다. 그것이 탄탄해야 상승무공을 익힐 수 있기 때문이었다.

따라서 대부분의 검을 위주로 하는 명문세가나 문파에서는 초식을 익힐 때 제자들에게 오랫동안 올바른 형과 식을 반복해서 수련시켰다. 반복 수련을 통해 초식이 몸에 배게 하기 위해서였다.

하지만 꼭 초식을 반복 수련한다고 해서 무공이 향상하는 것은 아니었다. 각 초식의 뜻을 올바르게 이해하고 그 묘용을 깨달아야 진정한 위력이 나오기 때문이었다.

"허! 이 녀석이."

대경의 검이 매번 다른 것은 직선만을 본 때문이었다.

물론 그 검로를 볼 수 있는 것만으로도 뛰어난 안목이지만 검을 펼치지 못하면 아무 소용이 없었다. 그런데 조금 전 목표 지점에 의지를 담아 직선의 검로를 갔다. 검에 의지를 담은 것이다. 아직 미미한 경지이지만.

대경은 태허 진인의 목소리가 들리자 검을 내리고는 고개를 돌렸다.

태허 진인은 이미 그 경지가 자연에 동화되는 것을 넘어 자연 자체가 되어가고 있었다. 따라서 기척을 하지 않으면 옆에 있어도 몰랐다.

"할아버지, 언제 오셨어요?"

"대경이가 열심히 수련하고 있는지 궁금해서 왔다."

"피이! 매일 와보셔야지요. 이렇게 가끔 오시면 제가 열심히 하는지 안 하는지 잘 모르시잖아요."

"허허허, 그렇구나. 내일부터는 같이 와야겠다."

"정말이세요?"

"암, 정말이고말고."

태허 진인이 매일 자신을 보고 있는 것을 모르는 대경은 그저 기쁘기만 했다.

"그래, 검로는 보이느냐?"

"예. 그런데 그게… 이제 겨우 하나의 직선을 봤어요."

"검로를 따라 검도 펼칠 수 있느냐?"

"예, 조금 아까 펼치게 됐어요."

'허, 시간이 모자라는 것이 진정 안타깝구나!'

태허 진인의 얼굴에 안타까움이 어리다 사라졌다.

"그래, 장하구나. 하지만 너무 의욕만 앞서서는 안 된다. 굳은 의지를 담아야 한다."

"예, 할아버지."

"우리 대경이의 첫 성공을 축하하기 위해서 토끼 구이를 해주어야겠구나."
태허 진인은 가끔 대경에게 고기를 먹였다.
대경에게는 그것이 황산에서의 생활 중 가장 큰 기쁨이었다.
"우와! 정말요?"
"그럼. 우리, 토끼 잡으러 갈까?"
"네에—!"
대경이 우렁차게 대답했다.
"아이고, 이 녀석아! 귀청 떨어지겠다!"
"빨리 오세요, 할아버지!"
대경은 벌써 산등성이를 향해 뛰어가고 있었다.

*　　　*　　　*

인간만사 새옹지마라 하지만 그 말을 비웃듯 자연은 오랜 세월 동안 어김없이 춘하추동이란 계절의 바퀴를 돌리고 있었다.
황산의 겨우내 꽁꽁 얼었던 개울의 얼음을 녹이고, 봄이 오라 손짓하고 있었다. 그에 화답이라도 하듯 맑은 개울물이 송사리가 헤엄치는 모습을 훤히 드러내고 있었다.
먼동이 터오는 이른 아침, 커다란 암벽 위에 나무숲으로 둘러싸인 공터에는 한 소년이 독특한 호흡을 하며 오 보를 물러났다 전진하기를 반복하고 있었다.

잠시 후, 멈추어 서서 호흡을 가다듬더니 미끄러지듯 칠성의 방위를 밟기 시작했다.

파군(破軍)을 거쳐 무곡(武曲), 염정(廉貞), 문곡(文曲), 탐랑(貪狼)을 지나 녹존(祿存)과 거문(巨門)을 밟은 후 제자리로 돌아왔다. 그리고 다시 몇 번을 반복하더니 멈춰 섰다. 하지만 무엇이 잘 안 되는지 고개를 갸웃거렸다.

고개를 갸웃거리고 있는 소년은 대경이었다.

'파군에서 탐랑까지는 자연스러운데 녹존과 거문은 연결이 잘 안 된단 말이야? 역시 칠보를 완성해야 가능하단 말인가?'

생각은 오래가지 못했다.

"아이고, 벌써 해가 떴네. 빨리 아침 준비하러 가야지."

대경은 미끄러지듯 달리며 암벽 아래로 향했다.

지난 일 년 동안 하루도 빠짐없이 새벽이면 암벽 위로 올라가 토납술을 수련하고, 그 이외의 시간은 검을 수련해 왔다.

지금은 자연스럽게 오보운기(五步運氣)가 가능하고, 칠보운기에 들어서고 있었다. 검은 직선의 정 방위와 곡선의 고저 좌우 네 방위의 검로를 완벽하게 펼칠 수 있었다. 그리고 얼마 전부터 오 방위의 연결선을 수련하고 있었다. 하지만 너무도 난해해 진전이 없는 상태였다.

지금까지의 성취만 하더라도 일반 무인이 들었다면 입에 거품을 물었을 것이다. 하지만 그것을 알 리 없는 대경으로서는 더딘 진전에 답답하기만 했다. 또한 이제는 가끔 사색에

빠지면 그 존재조차 사라질 것만 같은 태허 진인을 볼수록 가
슴이 아팠다.

왠지 또 혼자가 될 것 같은 느낌이 강하게 들었기 때문이
다. 아니라고, 절대 아니라고 부정해 보았지만 그저 자신의
넋두리일 뿐이었다. 그것이 얼마 후 자신에게 닥칠 운명이라
고 인정하기에는 아직 어렸다.

"할아버지, 아침 드세요."

"응? 대경이냐?"

"예, 또 무슨 사색을 하셨어요?"

"도는 세상 이전에도 있었으니 무극은 그저 무극인 것을."

대경이 눈을 동그랗게 떴다.

"예?"

"허허, 아니다. 도를 모두 깨우쳤다 싶었더니 또 그 이전의
도가 있더구나."

"할아버지, 너무 어려운 말씀을 하셔서 못 알아듣겠어요."

"허허, 그 또한 그렇구나. 언젠가는 이해할 날이 오겠지."

"……?"

태허 진인의 시선이 대경을 향했다.

"그래, 태허무극검에는 진전이 있느냐?"

"다섯 방위상의 연결선이 너무 많아서 검로를 보기가 어려
워요."

"허허, 당연히 어렵지. 너무 조급해하지 마라. 세상 모든

것에는 순리가 있는 것이다. 어느 날 갑자기 찾아오는 기연도 모두 순리를 행함으로써 얻을 수 있는 것이다."

"하지만 가능하면 빨리 태허무극검을 펼쳐 보고 싶어요."

"그래, 토납술은 계속하고 있지?"

"예, 이제 칠보운기로 들어섰어요."

'허! 벌써 칠보운기를?'

태허 진인의 얼굴에는 놀라는 기색이 역력했다.

"몸에서는 무극진기가 느껴지느냐?"

"아직 잘 모르겠어요. 가끔 토납술에 몰입해 있을 때 장심으로 간질거리는 기운이 들어와 하단전을 거쳐 백회(百會)로 향하는데 더 이상은 느끼지 못하겠어요."

'초입에 들어섰구나!'

태허 진인이 고개를 끄덕이며 대경을 바라보았다.

"언젠가 몸에서 자연스럽게 진기를 느낄 때가 올 것이다. 만약 그것이 갑자기 찾아오더라도 너무 당황하지 말아라. 무극진기는 너의 마음을 따라 움직이니 친숙하도록 노력하면 된다."

"예."

"녀석, 예나 지금이나 대답은 잘하는구나."

"헤헤헤."

"자, 아침을 먹자꾸나. 우리 대경이가 이젠 제법 실력이 늘어서 식사 때가 기다려지는구나."

태허 진인의 말에 대경은 목이 메어왔다.

'평생을 해드릴 테니 제발 오래 곁에 있어주세요.'

"할아버지, 오래오래 사세요."

"…그래, 그래야지."

식사를 마친 후 두 사람은 집 밖으로 나왔다.

오랜만에 태허 진인이 대경의 검을 보기로 한 것이다.

대경은 다소 긴장이 되었지만 제법 수련을 열심히 한 덕분인지 잠시 후에 평정심을 찾을 수 있었다. 목표는 나무의 기둥 옆으로 튀어나온 조그마한 혹이었다. 제법 안정된 자세로 검을 겨누었다. 집중해서 바라보니 혹으로 이어지는 직선의 검로가 선명하게 보였다.

"얍!"

우렁찬 기합 소리와 함께 미끄러지듯 북두칠성보를 밟으며 검을 내뻗었다.

'탁' 목검이 부딪치는 소리가 들리더니 나무에 달렸던 혹이 떨어져 나갔다.

'이 녀석, 정말 대단하구나!'

대경이 씨익 웃으며 태허 진인을 바라보았다.

"어때요, 할아버지?"

"응? 허허, 아주 잘하는구나."

"아이잉, 그런 말 말고요."

'그래, 그래도 되겠어.'

태허 진인이 고개를 끄덕이며 대경을 바라보았다.

"이 할애비가 오늘 대경이에게 선물을 주어야겠구나."

"예? 정말이요? 오늘 토끼 잡으러 가요?"

"그럼. 토끼도 잡고 또 다른 선물도 주고."

"또 다른 선물이요?"

"그래."

대경의 얼굴에 궁금한 표정이 떠올랐다.

"그게 뭔데요?"

"허허, 미리 알려주면 재미가 없으니 저녁에 가르쳐 주마."

"우와! 빨리 저녁이 왔으면 좋겠다!"

'도(道) 이전의 도라……. 하나를 얻었으니 하나는 내놓아야지.'

"허허허, 녀석."

미소 짓는 태허 진인의 얼굴에 만족감이 떠올랐다.

어둠이 내린 모옥 안에서는 대경이 식도락(食道樂)의 삼매경에 빠져 있었다.

"와! 배부르다!"

"그래, 많이 먹었느냐?"

"예, 너무 많이 먹어서 숨을 쉴 수가 없어요."

대경의 너스레를 떠는 모습에 태허 진인이 미소를 지었다.

"허허, 녀석. 토선생이 몽귀(夢鬼)가 되어 밤마다 찾아오겠다."

“그럼 또 잡아먹으면 되죠. 헤헤.”

담소가 오가며 시간은 흘러갔다.

대경의 모습을 바라보는 태허 진인의 눈에 서서히 이슬이 맺혀갔다. 운명의 시간이 다가오고 있는 것이다.

‘품 안의 소중한 인연을 떠나려니 차마 발길이 떨어지지 않는구나. 진정 인간도(人間道)를 넘어서는 것이 그 어떤 도를 깨우치는 것보다 어렵구나.’

말없이 자신을 바라보고 있는 태허 진인의 모습에서 대경은 어떤 불안감이 싹트는 것을 느꼈다.

‘아니야, 아니야. 그럴 리가 없어!’

그러나 아무리 부정해 보아도 알 수 없는 불안감은 점점 커져만 갔다.

“할아버지, 왜, 왜… 그러세… 요?”

“응? 아무것도… 아무것도 아니다.”

태허 진인의 쓸쓸함이 배어 나오는 대답에 서서히 대경의 심장은 두근거리기 시작했다.

‘할아버지, 제발……!’

“대경아.”

“예, 할아버지.”

“대경이는 앞으로 어떤 사람이 되고 싶지?”

“…잘… 잘 모르겠어요.”

사실 대경은 언제부터인가 개봉의 외숙부 댁에 가는 것도 아버지의 소원대로 대과에 응시하는 것도 모두 잊었다.

그저 할아버지와 함께 이곳 황산에서 검을 익히며 지내고 싶었다.

이미 할아버지는 자신에게 기억 속에 남아 있는 아버지의 화신이었다. 만약 또다시 혼자가 된다면 그건 생각하기도 끔찍한 일이었다.

"할애비는……."

"말씀하세요, 할아버지. 하라는 대로 다 할게요."

대경의 모습에 착잡한 심정이 되었지만 또 한편으로는 어떤 기대감이 남아 있었다.

'너라면…….'

잠시 후 대경을 바라보며 어렵게 말을 꺼냈다.

"호, 혹시 말이다. 검에 뜻을 두었다면 태허무극검의 끝을 보면 어떨까 해서……."

"……?"

"아, 아니다. 너는 개봉으로 가야 하니……."

태허 진인의 인간도에 마지막 발길을 막고 있는 것은 어떻게 보면 대경과 태허무극검의 사장(死藏)이었다.

대경에게는 자신이 얻은 기연의 일부를 물려준다고 생각하면 그나마 위안이 되었지만 필생의 염원이었던 태허무극검은 그렇지 못했다.

'할아버지, 왜 자꾸 그런 말씀을 하세요?'

　대경은 불안감을 넘어 이제는 확신으로 다가서는 할아버지와의 이별에 가슴이 아파왔다. 무엇인가 응어리가 되어 목이 메이고, 두 눈에 가득 찬 이슬은 빗물이 되어 넘치려고 했다. 이렇게 할아버지를 보낼 수는 없었다. 신이라도 있다면 매달리고 싶었다. 제발 할아버지를 보내지 말아달라고.

　"할아버지, 할아버지 말씀대로 태허무극검의 끝을 보겠어요. 그러니 제발, 흑흑흑……."

　더 이상 참지 못하고 두 볼을 따라 눈물이 쏟아지기 시작했다.

　잠시 후, 태허 진인의 자상한 목소리가 들려왔다.

　"대경아, 천명을 어길 수는 없단다. 그리고 할애비는 항상 네 곁에 머무를 것이니 너무 슬퍼하지 말아라."

　"할아버지, 우와앙!"

　대경은 태허 진인의 품속으로 뛰어들며 서럽게 울었다.

　한참을 울더니 눈물이 글썽거리는 얼굴로 태허 진인을 바라보았다.

　"할아버지는 거짓말쟁이예요. 선물을 주신다고 하고선 왜 선물은 주지 않고 떠나시려는 것이죠?"

　"허허, 당연히 선물은 주고 가야지."

　태허 진인의 말에 대경은 고개를 저으며 울부짖었다.

　"아니에요, 할아버지! 선물은 안 받아도 되니까 제발 떠나지 마세요! 흑흑흑!"

“대경아.”

“예, 할아버지. 흑흑흑.”

“할애비는 마지막으로 우리 대경이의 토납술을 보고 싶구나.”

대경이 눈물을 닦으며 태허 진인을 바라보았다.

“토납술이요?”

“그래, 토납술 말이다.”

“아직 칠보운기를 하지 못하잖아요?”

“아니, 좌식운기를 하는 모습이 보고 싶구나.”

대경이 고개를 갸웃거렸다.

왜 할아버지가 좌식운기를 보자고 하는지 이해가 되지 않았다. 하지만 곧 좌정을 하며 눈을 감았다.

마음은 어지러웠지만 할아버지를 위해 마음을 가다듬었다. 곧이어 독특한 호흡을 하며 토납술을 시작했다. 오래지 않아 평정심을 유지하며 서서히 몰입해 갔다. 제법 공부가 깊었는지 어느새 삼매경에 빠져들었다.

‘허! 녀석. 역시……’

태허 진인은 대경의 모습을 보며 미소를 지었다.

천천히 대경의 등 뒤에 앉고는 눈을 감았다. 잠시 후, 몸에서 하얀 빛이 새어 나오며 모옥 안을 가득 메웠다.

인연은 인연을 낳고 그 인연은 또한 수많은 인연을 낳으니 인연과 부딪치며 살아가는 것이 인생이라. 부딪침 속에 울고 웃다가 다시 인연 속으로 돌아가노니 혼원의 태허가 곧 무극이요, 무극 또한 그 모든 인연 이전의 무극이로다.

　방 안을 가득 메웠던 하얀 빛이 더욱더 강해지며 종래에는 투명한 빛이 되어 사라져 갔다.
　태허 진인의 손이 천천히 대경의 명문으로 향했다.
　'응?'
　한참 삼매경에 빠져 있던 대경은 무엇인가 간질거리는 기운이 명문으로 들어오는 것을 느꼈다.
　잠시 움찔거리자 태허 진인의 목소리가 가슴속으로 스며들었다.
　"대경아, 놀라지 말고 들어오는 진기를 소주천시키거라!"
　태허 진인의 목소리는 마치 어머니의 따스한 자장가처럼 마음을 평온하게 만들어주었다.
　잠시 후, 하단전에서 미미한 진기가 일어나며 미려(尾閭)와 회음(會陰)을 거치더니 명문으로 들어오는 진기와 합쳐지며 옥침(玉沈)으로 향했다. 옥침을 뚫지 못하고 잠시 주춤거리자, 명문으로 강한 진기가 들어오며 옥침을 뚫고 백회로 치달았다.
　"진기를 인당(印堂)으로 인도하거라!"
　태허 진인의 목소리가 들리자 자신도 모르게 진기를 인당으로 이끌었다.

하지만 인중(人中)을 거쳐 천돌(天突)에 이르더니 다시 주춤거렸다. 또다시 강한 진기가 유입되며 천돌을 뚫더니 하단전으로 향했다. 그리고 하단전으로 돌아온 진기는 거침없이 임독맥을 휘돌기 시작했다. 이제 진기는 따로 이끌지 않아도 스스로 휘돌기를 반복하더니 서서히 속도를 줄이며 세맥으로 퍼져 나갔다.

대경은 온몸에 퍼지는 짜릿한 기분을 느끼며 잠이 들었다. 문득 따스한 할아버지의 목소리가 귓가에 들리는 듯했다.

"대경아, 나는 항상 네 마음속에 남아 있노라!"

다음날, 대경이 눈을 떴을 때에는 이미 해가 중천에 걸려 있었다.

모옥 안은 햇빛이 들어 환했다.

'아, 상쾌하다!'

잠에서 깨어난 대경이 처음으로 느낀 기분이었다.

머리는 맑고 개운하며 사물은 전보다 더욱 또렷하게 보였다. 몸은 새털처럼 가벼워 날아갈 것만 같고, 온몸 구석구석 느껴지는 짜릿짜릿한 기운은 당장이라도 천 근 바위를 들어 올릴 것만 같았다. 하지만 그 상쾌한 기분은 오래가지 못했다. 갑자기 할아버지에 대한 생각이 떠오른 것이다.

"할아버지!"

대경은 태허 진인을 부르며 몸을 일으켰다.

너무도 자연스러운 움직임에 의아한 생각이 들었으나 그것을 느낄 경황이 없었다. 쓸쓸하게 텅 비어 있는 모옥을 보는 순간 모든 시간이 멈춰지며 사고(思考)가 일시 정지한 것이다. 대경은 마치 몽유병을 앓고 있는 것처럼 모옥을 두리번거리더니 갑자기 태허 진인을 부르며 밖으로 뛰쳐나갔다.

"할아버지, 어디 계세요! 저 대경이에요! 어디 계세요!"

모옥 앞에서 두 손을 입에 대고는 연신 할아버지를 불렀다.

그러나 아무런 대답이 없자 초조한 모습으로 서성거리더니 산등성이를 향해 뛰어올라 갔다.

안타깝게도 심마(心摩)에 빠진 것이다.

어느 날 갑자기 소중한 그 무엇이 사라지면 당연히 옆에 있을 것만 같은 느낌이 실제 보이지 않는 현실을 인정하지 못하고 분명히 있을 것이라고 생각하는 괴리에서 발생하는 모습이었다.

아무튼 온 산을 찾아 헤매다가 해질녘이 되어서야 모옥으로 돌아온 대경은 한구석에 쪼그리고 앉아 고개를 묻었다. 그리고 일체의 움직임도 없이 마냥 그렇게 앉아 있었다.

며칠이 흘렀는지 모른다. 배고픔도 느껴지지 않았다. 지금 자신에게 일어난 일이 거짓인 것만 같았다. 이렇게 기다리고 있으면 할아버지가 자신을 부르며 돌아올 것만 같았다.

기다림에 지쳐 무심코 고개를 들었을 때였다. 탁자 위로 향한 시선에 두 통의 서찰과 하나의 흑옥패(黑玉牌), 그리고 태허 진인의 송문고검이 보였다. 천천히 일어나 탁자로 향한 대경은 먼저 '대경에게'라고 쓰여 있는 한 통의 서찰을 꺼내 읽기 시작했다.

대경아.

네가 이 글을 읽고 있을 때쯤이면 할애비는 이미 먼 곳으로 떠나 있겠구나. 꽃이 피고 또 지듯 사람 역시 때가 되면 자연으로 돌아가는 것이 순리이니 너무 서러워 말아라.

그리고 육신을 네게 두고 가자니 인연의 깊은 늪에 얽매일까 봐 할애비가 평소 보아두었던 자리에 놓고 갈 테니 걱정하지 말아라. 할 말이 많은 것 같은데 막상 글로 남기자니 생각이 나지 않는구나. 다만 몇 가지 부탁하고 싶은 게 있다.

만약 검에 뜻을 품었다면 태허무극검을 이뤄주기 바란다. 네가 수련하고 있는 무극진기를 얻고 팔만사천검로를 익히게 되면 자연스럽게 태허무극검의 일초 기심유검을 펼칠 수 있을 것이다. 그리고 이초 행심종검과 삼초 심검무극은 깨달음을 얻어야 펼칠 수 있으니 조급해하지 말아라. 특히 심검무극은 무극의 경지에 이르러서야 펼칠 수 있는 검이니 너무 얽매이지 않길 바란다. 사실 태허무극검은 초식의 의미가 없는 검법이지만 깨달음에 따라 구분해 놓은 것이니 항상 구결을 생각하고 정진하여 깨달음을 얻길 바란다.

후에, 삼초 심검무극을 얻지 못한 상태에서 아수라 문양의 검은색 반지를 끼고 있는 무인들을 만나거든 무조건 피해라. 절대로 그들과 비무를 하거나 맞서서는 안 된다. 그들은 이미 개개인이 극마(克魔)의 경지에 이른 고수들로 강한 무(武)를 추구하는 자들이다. 단순한 비무조차 곧 생사결(生死決)로 이어지는 절대의 무인들이니 조심, 또 조심하길 바란다.

…그리고 어쩌면 태허무극검에 하나의 깨달음이 더 있을 거란 생각이 든다. 나도 이제 막 밟아본 경지라 그것이 무엇이라 말하기가 애매하구나. 미완의 사초로 남겨둘 테니 만약 네가 경지에 오르게 되면 완성해 주길 바란다. 그리고 흑옥패가 있을 것이다. 그것은 나의 신분을 나타내는 것으로, 만약 무당에 가게 되면 그것을 전해주길 바란다. 그곳에서 자라 그곳에서 평생을 보냈으니 육신은 타향에 남아도 마음만은 무당에 남고 싶구나. 그리고 송문고검은 네가 갖거라. 평생을 같이한 녀석이니 너에게 주고 싶구나. 마지막으로 네가 여기에 있는 동안 누군가 찾아오면 나머지 서찰을 그에게 전해주길 바란다.

이제 곧 떠날 시간이 다가오는구나!

곤히 자고 있는 너의 모습을 보니 우리의 인연이 조금 더 일찍 닿지 못한 것이 정말 안타깝구나. 비록 짧은 인연이었지만 진정 너를 사랑했다.

대경아, 멀리서나마 너의 모습을 지켜볼 것이니 외로워하지 말고 꿋꿋하게 살아가길 바란다.

"할아버지, 흑흑흑."

대경은 서찰을 가슴에 안고 흐느껴 울기 시작했다.

이제는 정말 태허 진인이 떠났다는 것을 느낀 것이다. 그리고 서찰에서 전해지는 태허 진인의 따스한 마음이 가슴 곳곳으로 파고들었다.

한참을 울고 난 뒤 시선을 흑옥패로 향했다.

흑옥패에는 송문고검과 같은 고송(古松) 위로 만월(滿月)이 떠 있는 문양이 새겨져 있었다. 그리고 그 윗부분에는 조그만 구멍이 뚫려 있었다. 대경은 선반으로 가서 토끼 가죽을 얇게 꼬아 만든 줄을 꺼냈다. 그것을 구멍에 끼워 목에 걸고는 약간은 긴장된 마음으로 송문고검을 들었다.

검의 무게가 목검과는 달리 묵직하게 느껴지며 아직 익숙지 않았다. 검병은 오랜 세월의 흔적을 말해주듯 많이 닳아 있었고, 검신의 윗부분에는 태허(太虛)란 글자가 새겨져 있었다. 검을 잘 관리해 왔는지 검신은 매끄럽고 검날은 날카롭게 서 있었다.

대경의 시선은 태허라 쓰여 있는 검신에 머물러 있었다. 그리고 한동안 바라보더니 천천히 밖으로 나갔다.

모옥 밖에는 어둠이 내려 사방이 어두웠다.

하지만 둥근 달이 떠 있어 고즈넉한 달빛이 모옥 앞을 비추고 있었다. 푸른빛의 검신이 달빛에 반사되어 반짝거렸다. 아주 뛰어난 절세의 보검은 아니지만 무당의 상징인 송문고검으로 태허 진인이 평생을 간직해 온 소중한 검이었다.

대경은 묵직한 무게를 느끼며 마치 자신의 한 부분인 양 소중하게 느껴졌다. 이제는 자신과 평생을 같이할 벗이자 애검이었다. 마음속 깊은 곳에서 검명(劍鳴)이 울리는 소리를 들었다. '웅웅웅' 하고 울리며 마치 새 주인을 반기는 것처럼…….

대경은 검을 들어 하늘을 바라보며 외쳤다.

"할아버지, 제가 꼭 할아버지의 소원대로 태허무극검의 끝을 볼게요! 그리고 마지막 사초를 얻어 할아버지께 바칠게요! 기다려 주세요!"

훗날 검황지존이라 불리는 작은 잠룡의 외침이었다.

기이한 동거(同居)

대경이 태허 진인을 떠나보낸 지 다시 한 해가 흘렀다.

황산은 변함이 없건만 황산을 기대어 살아가는 생명은 봄맞이를 하느라 분주했다. 누런 헌 옷을 벗고 푸른 새 옷으로 단장하고 있었다. 또한 골짜기마다 늘어난 새 식구들은 기지개를 켜고 낯선 세상을 기웃거리며 적응해 가고 있었다.

대경에게도 변화가 있었다.

처음 태허 진인을 만났을 때보다 키가 한 뼘 이상 자랐다. 통통하던 얼굴도 갸름해지며 소년 티를 벗고 있었다. 깊은 계곡에서의 삶도 나물을 캐고 사냥을 하며 자급자족하는 등, 제법 익숙하게 적응해 가고 있었다.

가장 큰 변화는 안계(眼界)의 진일보(進一步)였다.

몸 안에 느껴지는 무극진기는 아직 통기할 수준은 아니지만 세상을 보는 시야를 넓게 해주었다.

나무와 풀들이 내뿜는 고유의 파장을 조금은 느끼고 꾸준하게 순환하고 있는 자연을 어렴풋이 알 수 있었다. 그것이 아직 정확히 무엇인지 알 수는 없지만 문득 그 흐름을 따르는 것이 태허 진인이 말한 순리가 아닐까 생각했다.

토납술은 칠보운기가 가능하게 되었고, 태허무극검은 오방위상의 직선과 곡선, 곡선과 곡선이 이어지는 주된 연결선을 보게 되었다. 비록 스물다섯 개의 검로였지만 그 연결선을 따라 검을 수련하자 단순히 내뻗기만 하던 동작은 베고, 찌르고, 휘두르는 동작에 휘둘러 베고, 베고 찌르는 등, 다양한 동작을 응용할 수 있게 되었다. 그리고 이제는 토납술과 태허무극검을 따로 익히지 않고도 칠보운기와 동시에 검을 수련할 수 있었다.

"후유, 이상하게 몸 안에 느껴지는 진기는 왜 마음대로 쓸 수 없는 거야?"

요즘 대경이 느끼는 의문이었다.

원인을 알 수는 없지만 분명 온몸에 충만하게 느껴지는 무극진기가 있었다. 그리고 칠보운기를 할 때면 일부가 자연스럽게 하단전으로 모여들며 임독맥을 휘도는 것을 느낄 수가 있었다. 하지만 몸 안에 느끼는 진기를 자유자재로 사용할 수는 없었다.

당연히 검을 펼칠 때 그 위력이 반감될 수밖에 없었다. 아무리 생각해 봐도 이유를 알 수 없었다. 다만 전에 비하면 장족의 발전을 했으니 그것으로 위안을 삼았다.

"언젠가 알 수 있는 날이 오겠지."

약간은 푸념을 하듯 입술을 삐죽였다.

그리곤 미끄러지듯 파군에서 거문으로 이어지는 일곱 방위를 밟아가며 검을 펼치기 시작했다. 왼발로 파군을 밟고 오른발이 무곡으로 이어지는 동시에 검을 사선으로 내리그었다. 한 바퀴 돌며 왼발이 염정을 밟자 휘돌아 올라간 검이 아래로 향했다. 오른발이 문곡을 밟으며 쭉 내뻗어진 검은 왼발이 탐랑을 밟는 동시에 비틀어 베며 올라갔다. 순간 몸을 띄우며 두 다리를 가슴에 모으고는 일도양단의 기세로 내리그었다. 녹존에 내려서자 오른발로 바닥을 차며 한 바퀴 돌았다. 검을 좌우로 휘두르며 왼발이 거문에 이른 후에야 검을 거두고 멈춰 섰다.

잠시 후, 칠성의 방위를 밟아가며 변형된 검식을 펼치기 시작했다. 부드럽게 휘두르다 강하게 내리긋고, 느리게 베다가 빠르게 찌르고, 마치 검무(劍舞)를 추듯 검로는 자연스럽게 이어지고 있었다. 무아지경에 빠진 듯 검을 펼치는 대경의 모습은 두 시진이 넘어서야 끝이 났다.

"후유, 벌써 해가 지려고 하네? 내려가야겠다."

　대경은 암벽에 튀어나온 돌과 움푹 패어지거나 갈라진 틈을 마치 칠성을 밟듯이 자연스럽게 밟으며 모옥으로 향했다.
　모옥은 주인을 반기듯 대경을 맞이해 주었다. 워낙 단단하게 만들어놓은 모옥이라 손을 볼 필요가 없었다. 또한 자신을 반겨주는 것은 모옥밖에 없으니 모옥을 바라보는 대경의 얼굴은 마냥 흐뭇하기만 했다.

　다음날 아침이었다. 일찍 수련을 마치고 오후에 모옥으로 향했다.
　원래 점심은 가져간 육포로 해결하고 저녁이 되어서야 내려왔다. 그러나 만들어놓은 육포가 떨어져 모옥의 지붕 위에다 고기를 말리고 있었다. 그것을 가지러 내려오는 길이었다. 그런데 모옥 앞에 낯선 사람이 등을 돌리고 서 있었다.
　'응? 누구지?'
　이 깊은 계곡에 찾아올 사람이 없었다.
　건장한 체격으로 이상하게도 어깨까지 늘어진 머리가 붉은색이었다. 그리고 서 있는 뒷모습은 마치 굳센 산악을 연상케 했다. 고개를 갸웃거리고 있을 때 이방인이 천천히 돌아섰다.
　'헉!'
　무극진기가 심력을 보호해 주고 있어 웬만한 일에는 놀라는 경우가 드물었다.

그러나 눈앞에 보이는 노인은 붉은 탁탑천왕(托塔天王)을 방불케 하는 모습으로 적발에 적미, 적염에 심지어는 눈동자조차도 적안이었다. 노인에게서 뿜어져 나오는 기세로 인해 무극진기가 마구 요동치며 흔들리고 있었다. 혈맥이 부풀어 오르며 터져 나갈 것만 같았다.

잠시 후 노인이 기세를 거두자 무극진기 역시 빠르게 가라 앉으며 세맥으로 흘러갔다. 그리고 두렵게 느껴지던 적발, 적미, 적염, 그리고 적안이 아주 고운 홍옥(紅玉)의 빛깔을 보는 것처럼 느껴졌다.

'어쩌면 저렇게 아름다운 빛깔이…….'

대경은 마치 꿈을 꾸고 있는 것 같았다.

그러나 상념은 오래가지 못했다. 대경을 아래위로 훑어보던 노인이 입을 열었다.

"넌 누구냐?"

"……?"

"왜 말을 않는 것이냐? 누구냐고 묻지 않느냐?"

"…….."

순간, 대경은 어이가 없었다. 남의 집에 와서 주인더러 누구냐고 묻다니?

이번에는 대경이 물었다.

"할아버지는 누구세요?"

"……?"

"할아버지는 누구신데 제 집에 오셔서 누구냐고 물으시죠?"

'내가 잘못 왔나?'

노인은 주변을 둘러보았다. 자신이 잘못 찾아왔나 생각해 보았지만 모옥이 하나 자리하고 있는 것 외에는 분명 자신이 지내던 장소였다.

"아닌데… 분명히 맞는데……."

노인이 고개를 갸웃거리며 대경을 바라보았다.

"네가 이 모옥의 주인이냐?"

"예."

"언제부터 여기서 살았지?"

"정확히는 모르지만 두 해 정도 됐어요."

"두 해?"

"예, 그 정도 됐어요."

노인이 눈빛을 반짝였다.

"그럼 혹시 이 근처에서 말코도사를 보지 못했느냐?"

"예? 말코도사요?"

"그래, 거 무당인가에서 온 말코도사 말이다."

순간, 대경은 할아버지가 떠올랐다.

"할아버지는 누구신데 저의 할아버지를 찾으시는 거죠?"

"응? 할아버지?"

"예, 무당에서 오신 태허란 도호(道號)를 쓰시는 분을 찾는 거라면 저의 할아버지가 맞아요."

대경의 말에 노인이 고개를 갸웃거렸다.

"젊은 시절에 사고를 쳤나? 아니면 요즘 무당 도인들은 가정을 꾸리고 사나?"

"헉!"

노인의 중얼거리는 말에 대경은 깜짝 놀랐다.

지금 무엇인가 이야기가 이상한 방향으로 흘러가고 있었다. 노인은 자신을 태허 진인의 친손자라 생각하고 있는 것 같았다. 잘못하면 할아버지의 명성에 큰 오점을 남길 수 있는 무서운 오해였다. 자신도 모르게 큰 소리로 외쳤다.

"저는 그분의 친손자가 아니에요!"

대경의 목소리에 진기가 섞여 있었는지 온 계곡에 메아리쳤다.

"응? 그 녀석 제법이네. 그건 그렇고, 아니면 아니지 왜 그렇게 큰 소리를 지르는 것이냐? 나, 귀 안 먹었다."

노인의 말에 대경은 머리가 혼란스러워지는 것을 느꼈다.

"그건 그렇고, 말코도사는 어디에 있느냐?"

"할아버지는… 할아버지는……."

한동안 잊고 지낸 따스하던 할아버지의 모습이 떠오르자 가슴속에서 울컥하고 무엇인가 치밀어 올랐다.

'할아버지, 보고 싶어요!'

그러나 아스라이 떠오르던 감정은 노인의 물음에 의해 무참히 깨지고 말았다.

“어디 산책하러 나갔느냐?”

황당한 노인의 물음에 대경은 고개를 저으며 힘없이 대답했다.

“…아니에요. 할아버지는… 우화등선하셨어요.”

노인이 깜짝 놀라는 표정을 지었다.

“뭐? 죽었다고?”

“예.”

“허! 내가 아직 이승을 밟고 있는데 나이도 어린 사람이 무엇이 아쉬워 십팔지옥의 무간지옥(無間地獄)으로 갔노?”

“아니에요! 할아버지는 지옥이 아니라 선계에 드셨어요!”

대경이 발악하듯 외치자 노인은 머리를 긁적였다.

“이놈아, 선계든 지옥이든 똥밭을 굴러도 이승이 좋은 게야. 암, 그렇고말고.”

대경은 갑자기 머릿속이 뿌예지는 것을 느꼈다. 더 이상 노인과 대화하기가 싫어졌다.

“이제 아셨죠? 안녕히 가세요!”

매몰차게 돌아서며 모옥으로 향했다.

그러나 모옥으로 향하던 발길은 더 이상 이어지지 않았다.

‘어, 이게 뭐야?

무극진기가 휘돌며 용천(湧泉)으로 향하고 있었지만 어떤 강력한 진기에 의해 땅바닥에 두 줄을 새기며 뒤로 끌려가고 있는 자신이 느껴졌다. 정신을 차리자 뒷덜미를 잡힌 채 허공에 떠 있었다.

'헉!'

고개를 돌리는 순간이었다. 무극진기가 마구 요동쳤다.

고운 홍옥을 연상시키던 적안이 마치 시뻘건 불꽃을 보는 것 같았다.

혈맥이 부풀어 오르며 온몸이 굳어갔다. 눈을 꼭 감자 혼미해지는 머릿속으로 평소 즐겨 먹던 토끼의 눈동자가 떠올랐다.

'토선생의 악귀(惡鬼)가 쓰인 것이 분명해!'

잠시 후, 무극진기가 가라앉으며 근육이 풀어지는 것을 느꼈다.

살며시 눈을 뜨자 노인의 눈이 다시 홍옥 빛으로 돌아오며 호기심 어린 시선으로 바라보고 있었다.

"말코도사의 진전을 이었느냐?"

"예?"

"이놈아! 무공을 배웠느냔 말이다."

"지금 익히고 있어요."

"허! 어쩐지 비슷한 기운이 느껴지더니만……."

노인은 대경을 내려놓고는 먼 산을 바라보며 아쉬운 표정을 지었다.

"네가 그 검을 익히려면 오랜 시간이 필요하겠지?"

대경은 노인의 물음에 대답할 수 없었다.

아직 팔만사천검로를 익히는 것만 하더라도 요원한 일이
건만 언제 태허무극검을 완성할 수 있겠는가?

대경이 말이 없자 노인이 혼잣말을 하듯 중얼거렸다.

"당시 그가 펼쳤던 마지막 검은 어딘가 불완전해 보였어.
만약 일 촌만 더 깊이 찔렸다면 아마 나는 이 자리에 서 있을
수 없었을 게야. 덕분에 내상을 치료하느라 도전할 기회를 잃
긴 했지만… 지금 생각해 보면 왜 그렇게 집착을 했는지. 그저
술 한잔을 나누어 마시며 완성된 검을 보고 싶었는데……."

대경은 노인의 독백에서 지금 이 붉은 머리의 노인이 태허
진인에게 심한 내상과 상처를 입혔던 혈마라는 인물임을 알
수 있었다. 그런데 이상하게도 그는 생사의 대결을 벌였던 상
대에게 그리움을 느끼는 것 같았다.

이해할 수 없지만 태허 진인 역시 생전에 상대를 증오하거
나 원망하지 않았다. 그저 인연이라고만 말했다. 대경 역시
어찌 보면 할아버지의 생을 단축하게 만든 인물이건만 이상
하게도 증오심은 생기지 않았다.

문득, 태허 진인이 남긴 한 통의 서찰이 생각났다.

"잠깐만 기다려 보세요."

혈마는 상념에서 깨어나며 무슨 일이냐는 듯한 표정으로
바라보았다.

대경은 천천히 모옥으로 들어가서 한 통의 서찰을 가지고
나왔다.

"만약 할아버지가 혈마라 불리는 분이 맞으면 이 서찰을 읽어보세요."

혈마는 봉투에서 서찰을 꺼내어 읽기 시작했다.

혈마 선배에게.

약속을 지키지 못하고 먼저 떠나게 되어 미안한 마음을 감출 길이 없습니다. 그러나 그 또한 자연의 순리이니 따라야겠지요. 온 하늘을 뒤덮었던 혈린이 아직도 기억에 생생합니다. 이곳에 올 때쯤이면 혈천폭린강을 완성하셨겠지요. 대성을 축하드립니다.

그런데 한 가지 부탁드릴 일이 있습니다. 상대에게는 손속에 사정을 두어주시기 바랍니다. 극마의 경지에 오르셨으니 무슨 뜻인지 아시리라 믿습니다. 이제 우리와 같은 노인들은 황혼의 들녘에서 떠오르는 태양을 보며 즐거워해야 하지 않겠습니까?

선배와의 만남 또한 소중한 인연으로 간직하고 먼저 가서 기다리겠습니다.

태허.

혈마는 서찰을 움켜쥐고는 눈시울을 붉혔다.

자신의 삭막했던 삶 속에 기억나는 사람이라고는 어딘가에 살아 있을 자신의 혈육과 단 한 번의 만남이었지만 갈수록 그리워지는 태허 진인이 전부였다.

먼 길을 떠난 그가 남긴 짧은 편지에는 자신을 생각해 주는 따스한 마음이 스며 있었다.

'먼저 떠난 자네가 원망스럽구먼!'

혈마의 쓸쓸한 마음을 아는지 어디선가 한줄기 바람이 불어왔다.

*　　　　*　　　　*

'무슨 저런 염치없는 노인이 있지?'

지금 탁자 앞에 앉아 다도(茶道)에 흠뻑 취해 있는 혈마를 바라보는 대경의 생각이었다.

어려서부터 공맹을 읽어 예의가 바른 대경이었지만 아무리 생각해 봐도 눈앞의 저 붉은 노인은 도저히 이해가 되지 않았다.

우선 민생고(民生苦)를 해결해야 한다는 이유로 한 끼 만에 대경의 하루치에 해당하는 식량을 깨끗하게 해치웠다. 그것도 모자라 생필품이라 할 수 있는 지붕 위의 육포마저 고스란히 입속으로 사라지는 것을 멍하니 바라보아야만 했다.

거기다 맛이 있느니 없느니 하며 시작된 연설은 지금 홀짝이며 음미하고 있는 다도에 이르기까지 장장 한 시진에 걸쳐 계속되었다. 다행히 조금 전 인내력의 한계를 느낄 때쯤 그 길고 장황한 연설은 끝이 났다.

일반적으로 나이가 들면 식사 양이 준다는 말로 들었건만 도저히 나이를 추측할 수 없는 저 붉은 노인은 어느 날 갑자기 대경에게 찾아온 토선생의 원귀가 분명했다.

'혹시 이곳에서…….'

혈마를 바라보던 대경에게 문득 불길한 예감이 들었다. 그리고 그 불길한 예감은 현실이 되어 다가오고 있었다.

'다도락(茶道樂)'의 흥취에서 깨어난 혈마의 적안이 천천히 대경을 향했다.

"음, 대경이라 했느냐?"

"예, 그런데요?"

"흠흠, 노부가 한동안 이곳에 머물러야 할 것 같은데……."

순간, 눈앞으로 저 붉은 노인의 식도락을 위해 고생하고 있는 자신의 모습이 스쳐 갔다.

'안 돼, 그것만은 안 돼! 아니지, 이럴 때일수록 침착해야 돼!'

대경은 마음을 가라앉히며 머릿속으로 그동안 익혔던 학문의 구구절절한 글귀를 떠올렸다.

'그래, 역시 순리야. 세상에는 경우라는 것이 있지.'

대경은 자신에 찬 목소리로 말했다.

"벗이 먼 곳으로부터 찾아와도 기쁘거늘 어찌 할아버지와 인연이 있는 분이 오신 것이 기쁘지 않겠습니까… 만?"

"……?"

“보시다시피 이 누추한 모옥이 비좁아서 두 사람이…….”

아직 본론으로 넘어가지도 못한 대경의 서론은 혈마의 한마디에 의해 간단하게 결론을 맺었다.

“응? 잠자리는 걱정하지 말아라. 전에 이곳에 머무를 때 생활하던 동굴이 있으니까 거기서 자면 돼.”

‘그게 아닌데……. 아니야, 아직은 희망이 있어!’

대경은 정신을 가다듬은 후 햇살 같은 미소를 지었다.

“연세도 높으신 분이 동굴같이 냉기가 흐르는 곳에서 주무시면…….’

“그럼 네가 거기서 잘래?”

“그것이 아니라…….”

“그런데 웬 말이 많아. 가만히 생각해 보니 이 모옥의 주인인 너를 그곳으로 보내면 마음이 편치 않을 것 같아 결정한 일이니까 고마워하지 않아도 돼.”

혈마는 멍한 표정으로 변한 대경의 얼굴을 바라보며 말을 이었다.

“녀석, 감동하기는. 누가 사람 좋은 말코의 손자 아니랄까봐. 허허허.”

잠시 후에야 정신을 차린 대경이 물었다.

“얼마 동안 머무를 예정이신지……?”

“응? 적어도 십여 개월은 있어야지.”

‘십여 개월씩이나?’

대경은 눈앞이 노래지는 것을 느끼며 마지막 승부수를 던졌다.

"그렇게 오래 계시면 가족들이 걱정하지 않을까요?"

"허허, 녀석. 나이가 어려도 생각이 깊구먼."

'그럼 그렇지.'

환한 표정으로 변한 대경의 얼굴은 그리 오래가지 못했다.

"후유, 혈육과 헤어진 것은 하도 오래되어 기억도 안 나. 그리고 내가 지내던 내원은 자리를 옮긴 후 절진(絶陣)을 펼쳐 놓아서 한 해에 한 번 들어갈 수 있지. 내가 나온 지 달포가량 됐으니까 내년이 되어야 돌아갈 수 있어. 그러니 그런 걱정은 하지 마."

'부처님! 아니, 원시천존, 태상노군님……!'

땡감을 씹은 듯한 표정으로 변한 대경의 얼굴이 창밖으로 향했다.

그날 밤 잠자리에 든 대경은 밤새 토귀(兎鬼)들에게 시달리는 꿈을 꾸었다.

마냥 도망가는 꿈이었는데 토귀들의 발소리가 쿵쾅거리며 울렸다. 쫓기면서도 '무슨 발소리가 저렇게 클까?' 라는 생각이 들었다.

'헉! 늦잠을 잤구나!'

항상 묘시 전에 일어나 수련 장소로 향하던 대경이다.

그런데 오늘은 밤에 꾸었던 악몽으로 인해 늦잠을 자고 말았다. 서둘러 옷을 입고 문밖으로 향하던 대경은 문밖에 벌어져 있는 기가 막힌 풍경에 걸음을 멈추었다.

'꿈이 아니었어!'

어둠이 채 가시지 않은 모옥과 칠 장 정도 떨어진 거리에 기이하게 생긴 조그만 모옥이 한 채 자리하고 있었다.

처음에는 잘못 본 줄 알고 볼을 꼬집어보았다. 그러나 볼에서 느껴지는 통증과 함께 모옥의 문이 열리면서 반가운 얼굴로 손을 흔드는 노인의 모습이 지금 눈앞에 벌어진 광경이 사실이라는 것을 깨닫게 해주었다.

"그래, 잘 잤느냐? 일찍 일어나는 것을 보니까 아주 부지런하구먼."

"어떻게……."

"전에 지내던 동굴을 가보니까 무슨 일이 있었는지 동굴 내부가 심하게 무너졌어. 정리하기도 귀찮아서 아예 이곳으로 옮겨왔지."

노인은 자신이 만들어놓은 모옥을 가리키며 뿌듯한 표정을 지었다.

"이만하면 네 모옥에 크게 뒤지지 않지?"

대경은 얼떨결에 고개를 끄덕였다.

잠시 후, 멍한 표정으로 서 있는 대경의 귓가로 무서운 얘기가 들려왔다.

"밤새 운동하고 나니까 배가 고프구나. 어서 아침 먹어야
지?"

숲으로 둘러싸인 제법 넓은 공터에는 대경이 북두칠성보
를 밟으며 검을 휘두르고 있었다.

전에는 보법을 펼칠 때 탐랑에서 녹존과 거문으로 이어지
는 방위가 매끄럽지 못했으나 지금은 모든 방위를 가볍게 밟
아나갔다. 또한 보법과 함께 시전하고 있는 검로 역시 마치
물이 흐르듯 자연스럽게 이어지고 있었다.

북두칠성보를 완성하자 몸 안에 있는 진기의 일부를 자유
롭게 쓸 수 있게 되었다. 정확한 이유는 모르겠지만 칠보운기
를 하면 할수록 진기의 움직임이 원활해지며 그만큼 사용할
수 있는 진기의 양도 많아졌다. 그리고 무엇보다도 검로를 보
는 시야가 넓어졌다.

전에는 새로운 검로를 보기 위해 고도의 집중력을 요구했
지만 지금은 검로와 검로상의 연결선이 마치 그림을 그려놓
은 듯 한눈에 들어왔다. 시야가 넓어지자 굳이 정해진 검로를
따라 검을 펼치지 않아도 되었다. 현재의 위치와 자세에서 가
장 적절한 검로를 향하는 것이 오히려 연결 동작이 매끄럽다
는 것을 깨달았다.

그렇게 대경의 검은 나날이 늘고 있었지만 한 가지 고민도
따라서 늘었다. 바로 혈마 때문이었다.

혈마와 지내는 것은 의외로 생각만큼 어렵지 않았다.

걱정했던 식량 문제는 혈마가 알아서 조달해 왔다. 아침에 일찍 나가면 저녁이 되어서 술과 고기 등 푸짐한 음식을 가지고 왔다. 덕분에 호식하던 대경이 어디서 구해온 음식이냐고 물었지만 산을 기대어 살아가는 인간이 의외로 많아 그들에게 얻어왔다고만 했다.

그 말에 고개를 갸웃거렸지만 지금 황산과 구화산 일대의 산중호걸 사이에 '홍살식귀(紅殺食鬼)를 만나거든 목숨을 부지하려면 음식이 있는 곳간을 개방하라' 라는 말이 떠돌고 있는 것을 모르는 대경으로서는 그저 고개만 끄덕일 뿐이었다.

그런데 혈마가 대경과 함께 약초와 나물을 캐러 간 것이 계기가 되어 지금은 대경이 무공을 수련하는 곳에서 시간을 함께 보내는 것이 당연한 하루 일과가 되었다. 일취월장하고 있는 팔만사천검로를 익히느라 여념이 없는 대경에게는 그리 반가운 일이 아니었다. 시도 때도 없이 이어지는 그의 잔소리에 검을 수련하지 못하는 경우가 많았다.

물론 혈마가 태허 진인에 버금가는 고수라는 것을 어렴풋이 느낄 수 있었다. 그가 말하는 무리(武理)를 통해 종종 막혀 있던 물꼬를 트는 경우도 있었지만 그가 수련 장소에 있는 것은 결코 도움이 되지 않았다. 그때부터 몰래 장소를 바꿔가며 수련했지만 어떻게 알았는지 귀신같이 찾아왔다.

오늘도 바위 위에 누워 잔소리를 하다가 조용해졌다. 슬쩍 쳐다보니 다행히 오수(午睡)를 즐기고 있었다.

심호흡을 한 후 목표한 나무 기둥을 바라보았다. 그곳으로 이어지는 여러 검로가 보이자 가장 적절한 검로로 찾아 파군을 밟으며 검을 내뻗는 순간이었다.

"이놈아, 그렇게 정직하게 움직이려면 상대가 준비되지 않은 상태에서 움직여야지, 아니면 단칼에 부숴 버릴 만큼 내력 차이가 나는 상대와 겨루던지. 이것도 저것도 아니면 어떤 놈이 당하겠느냐?"

'후유, 일어났구나!'

대경의 미간이 모였다.

'오늘만은 기필코…….'

마음을 다부지게 먹고 혈마를 향해 돌아섰다.

"얼굴을 보니 아주 급한 모양이구먼. 빨리 볼일이나 보고 오너라."

'윽!'

"빨─간─ 할─아─버─지!"

"응? 왜 그렇게 소리를 지르고 그러냐?"

"할아버지 때문에 집중을 하지 못하잖아요!"

"그거야… 하도 답답해서……."

혈마가 슬그머니 고개를 돌렸다.

"뛰어야 날 것 아니에요? 이제 겨우 걷기 시작했는데 벌써 날지 못한다고 하면 어떻게 해요?”

“그야 그렇지만… 가만히 보고 있으려니까 답답해서 그런다.”

“다른 볼일을 보시면 되잖아요.”

“이놈아, 산속에서 볼일이 뭐가 있다고 그렇게 서운한 말을 하느냐?”

늙으면 어린애가 된다고 했던가? 혈마의 얼굴을 보자 약간은 미안한 생각이 들었다.

잠시 후, 혈마의 눈에 이채가 서렸다.

“그 언제 익힐지도 모르는 검은 그만두고 다른 것을 익히면 어떠냐?”

“예?”

“내게 쓸 만한 무공들이 있는데 그것을 익히면 어떠냔 말이다. 이래 봬도 내게 한 수 배우려는 놈들이 줄을 섰다.”

순간, 대경은 할 말을 잃었다.

태허무극검이 어떤 검인데 포기하고 다른 것을 익힌단 말인가?

“싫어요. 저는 태허무극검의 끝을 볼 거예요.”

혈마는 비록 어리지만 사리가 분명한 대경의 모습에 적지 않은 감동을 받았다.

온갖 중상모략이 난무한 무림에서, 아니, 자신의 주변에서는 결코 볼 수 없었던 어떤 신선함 때문이었다.

"허! 부럽구먼. 말코도사가 손자 하나는 정말 잘 두었어."

사실 혈마는 무엇인가를 도와주고 싶었지만 검을 익히지 않았으니 딱히 도와줄 방법이 없었다.

"그럼 이렇게 하는 것이 어떻겠느냐?"

"……?"

"간단히 나와 비무를 하는 거야. 비무를 통해 실전 감각을 익히는 것이지."

"예? 비무요?"

"네가 잘 몰라서 그러는데, 무림에는 검 말고도 여러 종류의 무공이 있단다. 딱히 어떤 것이 강하다고 말할 수는 없지만 나름대로 장점이 있지."

대경은 혈마의 말에 호기심이 생겼다.

"그럼 할아버지의 무공은 무엇인데요?"

"험! 내 무공은 대천마님의 삼대무공 중 하나로 장법이다."

혈마는 자부심이 가득한 표정으로 말을 이었다.

"가히 최고의 무공이라 할 수 있지. 아무튼 검(劍) 말고도 선(扇), 도(刀), 창(槍), 편(鞭), 궁(弓), 봉(棒) 등 병기를 사용하는 무공과 권(拳), 장(掌), 지(指), 조(爪) 등 주로 맨손을 사용하는 무공 외에 음(音)이나 독(毒) 등을 사용하는 무공들도 있지."

"음이나 독도 무공으로 사용할 수 있나요?"

"물론이다. 이외에도 다양한 무공이 있지만 그래도 모름지기 남자라면 장이나 권을 써야 진짜 무인이라 할 수 있지.”
　혈마는 말을 하면서 특히 ‘장’이라는 부분을 강조했다.
　“그래서 말인데, 다양한 무공을 접하는 방법 중에 비무가 가장 좋은 방법이다. 특히 너같이 무공에 입문한 지 얼마 안 되는 애송이들은 그저 치고받아야 실력이 느는 것이다.”
　대경이 멍하니 고개를 끄덕이자 혈마는 얼른 말을 이었다.
　“자, 그럼 지금부터 시작하는 것이 어떠냐?”
　“지금부터요?”
　“그래, 시간을 끌 필요가 없다. 말 나온 김에 지금 당장 시작하자꾸나.”
　“하지만 제 무공이 아직 미약해서…….”
　혈마가 손을 내저었다.
　“그것은 걱정하지 않아도 된다. 나도 내력을 쓰지 않고 상대할 것이니. 자, 이리 오너라.”
　대경은 혈마의 심한 재촉 때문에 할 수 없이 마주 섰다.
　“자, 먼저 공격해 보아라.”
　“하지만 검에 베기라도 하면…….”
　“허허허, 네가 나의 옷깃이라도 벨 수 있다면 당금 강호에서 너를 상대할 만한 고수는 손으로 꼽아도 된다. 그러니 걱정하지 말고 오너라.”
　막상 혈마와 마주 서자 약간의 긴장감과 함께 왠지 한번 겨뤄보고 싶다는 생각이 들었다.

그것이 무인이라면 누구나 강한 상대와 한 번쯤은 겨뤄보
고 싶어하는 호승심이라는 것을 아직은 알지 못했다.

"뭐 하느냐? 어서 덤벼보아라."

'그래, 한번 해보는 거야.'

사실 대경은 홀로 검을 익히는 것이 지루하던 참이었다.

차츰 긴장된 마음을 가라앉히고 혈마를 바라보았다.

잠시 후, 모든 것이 혼란스러워지는 것을 느꼈다. 그냥 가
만히 허허롭게 서 있을 뿐인데 막상 공격을 하려니 틈이 보이
지 않았다. 좌우로 움직이며 위치를 바꾸어보았지만 마찬가
지였다.

'왜 틈이 보이지 않을까?'

잠시 생각해 보았지만 원인을 알 수가 없었다. 아직은 이유
를 모르는 것이 당연했다.

"안 들어오면 내가 간다!"

큰 목소리가 들리며 솥뚜껑만 한 주먹이 날아왔다.

주먹이 보이는 순간 이미 주먹은 얼굴 가까이 다가와 있었
다. 검을 들어 막을 시간이 없었다. 북두칠성보를 밟으며 뒤
로 물러났다. 그러나 숨 돌릴 틈도 없이 또 다른 주먹이 날아
왔다.

'으헉!'

자신도 모르게 눈을 감자 저 무지막지한 주먹에 나둥그러
지는 모습이 떠올랐다.

‘응?’

그런데 이상하게도 얼굴에 고통이 느껴지지 않았다.

살며시 눈을 뜨자 바로 눈앞에 커다란 주먹이 멈춰 서 있었다.

“아야!”

‘콩’ 소리와 함께 머리 위로 강한 통증이 느껴졌다.

“이놈아, 그것도 피하지 못하고 눈을 감으면 어떡하느냐?”

“그건…….”

대경은 머리를 쓰다듬으며 뭐라고 변명하고 싶었지만 딱히 떠오르는 말이 없었다.

“이놈아, 무공이 무슨 장난인 줄 아느냐? 한 번의 공수(攻守)에 목숨이 오가는 승부란 말이다. 만약 이것이 실전이었다면 이미 너는 죽은 목숨이야.”

혈마는 풀이 죽어 있는 대경을 바라보았다.

“내일부터 오전에는 혼자서 말코도사의 검을 익히고, 오후에는 나와 비무를 하자꾸나.”

“내일부터요?”

“그래. 오늘은 왜 피하지 못했는가를 곰곰이 생각해 보아라. 만약 당황하지 않고 옆으로 피하며 검을 휘둘렀다면 어떻게 되었을지를 생각해 보아라. 한번 실수한 것을 되풀이해서는 안 된다. 그래야 진전이 있는 것이다.”

“예.”

잠시 후, 대경이 기다리던 이야기가 들렸다.
"배가 고프구먼. 밥 먹으러 가야지?"

*   *   *

모옥에 어둠이 내리자 대경은 잠자리에 누워 낮에 혈마와 겨루었던 장면을 떠올려 보았다.

당시에는 빠르게만 느껴지던 혈마의 신형이 천천히 그려졌다. 혈마의 말대로 긴장만 하지 않았다면 충분히 좌측으로 움직이며 우측에서 가운데로 이어지는 검로를 따라 검을 휘둘렀을 것이다.

순간, 갑자기 수많은 검로의 연결선이 빠르게 스쳐 가며 머릿속이 환해지는 것을 느꼈다.

'아, 그렇구나!'

여태껏 홀로 수련하다 보니 정(靜)적인 상대만을 생각했다.

동(動)적인 상대를 생각하지 못한 것이다.

실제 상황에서 상대는 움직일 것이고, 그에 따라 자신도 움직일 것이다. 물론 혈마의 말대로 상대가 방심하고 있거나 워낙 무공의 차이가 크다면 굳이 움직일 필요가 없겠지만…….

아무튼 직선의 검로는 하나이되 하나가 아닌 것이다.

정적인 상태에서의 직선의 검로가 있을 것이고, 동적인 상태에서의 상대와 가장 가까운 직선의 검로가 있을 것이다. 직

선에서 곡선으로, 곡선에서 직선으로 이어지는 검로도 마찬
가지였다.

　‘결국 상대와 내가 움직일 수 있는 모든 방위에서 공수가
오가는 길이 팔만사천검로가 아닐까? 라는 생각이 들었다.

　비록 꿀밤을 한 대 맞긴 했지만 오늘의 비무로 인해 대경은
한 단계 올라서고 있었다.

　다음날부터 대경과 혈마의 비무는 계속되었다.

　“이놈아, 그게 아니야. 그럴 때는 이렇게 해야지!”

　“그래, 하지만 이렇게 움직이는 게 더 좋아. 그래야 상대의
다음 공격을 막을 수 있지!”

　“아이고, 답답해! 이놈아, 그렇게 검을 뻗으면 하체가 비잖
아!”

　“그렇지! 잘한다! 그런데 요건 몰랐지?”

　“이놈아, 그럴 때는 같이 공격해야지. 일단 비슷한 상대에
게 선공을 뺏기면 반격하기가 어려워. 약간의 손해를 입더라
도 물러서면 안 돼.”

　“이놈아, 손을 무기로 쓰는 상대에게는 거리를 주지 말아
야지.”

　“옳지, 이제야 조금 눈을 뜨는구나.”

　해가 기울기 시작하자 대경은 지친 몸을 가누지 못하고 땅

바닥에 누워버렸다.

'후유, 오늘도 하루의 일과가 끝났구나.'

그동안의 비무를 통해 몸이 성할 날이 없었다.

당연히 타박상을 치료하기 위한 약초가 필요했고, 황산에서 자생하고 있는 '당귀(當歸)'는 수모를 당해야 했다. 반면 강한 승부욕과 냉정하게 빠른 손놀림을 보이며 점점 무인으로서의 모습을 갖춰가고 있었다.

하늘에는 뭉게구름이 떠 있고, 한 무리의 새 떼가 어디론가 날아가고 있었다.

문득 그동안 잊고 지냈던 얼굴들이 떠올랐다.

'아버지……'

가슴을 아프게 했던, 아니, 눈물조차 마르게 했던 초췌한 아버지의 병든 모습이 지나가며 마치 협객인 양 나무막대기를 들고 휘두르고 있는 외현촌의 친구인 봉삼이의 모습이 스쳐 갔다. 그리고 분해하는 성난 흑곰의 모습이 사라지며 따스하기만 하던 태허 진인의 미소 짓는 얼굴이 떠올랐다.

'할아버지, 선계에서 잘 지내고 계시죠? 할아버지 말씀대로 저는 꿋꿋하게 살아가고 있어요. 그러니 너무 걱정하지 마세요. 아직 어리지만 나중에, 정말로 나중에 할아버지의 염원이었던 태허무극검의 끝을 볼게요. 꼭 기다려 주세요.'

그리고 아스라이 떠오르던 기억은 붉은 머리의 노인이 떠오르며 막을 내렸다.

대경은 애써 웃음이 나오는 것을 참았다.

아무리 생각해 보아도 빨간 할아버지는 토선생들의 원귀가 씌어 빨간 옷으로 갈아입은 흑곰의 환생처럼 느껴졌다.

'이것이 할아버지가 말씀하시던 인연이란 것인가?'

잠시 후, 대경은 마치 어머니의 뱃속 같은 포근함을 느끼며 점차 무념(無念)의 세계로 빠져들었다.

평온한 마음이 되자 머릿속으로 하나의 선이 떠올랐다. 하나의 선은 다섯 개로 갈라지더니 서로 엉키기 시작했다. 그리고 펴지고 엉키기를 반복하며 수많은 선으로 나누어졌다. 그런데 이상하게도 수많은 선이 마치 하나의 그림을 보고 있는 것처럼 한눈에 들어왔다.

잠시 후, 수많은 선이 다시 하나로 뭉쳐지며 떠오르는 구결이 있었다.

태극의 음양(陰陽)이 무(無)와 유(有)가 되어 무는 천지(天地)를 생성하고 유는 만물(萬物)을 낳는구나. 무가 유요, 유가 곧 무이니 일여(一如)로다.

바로 태허무극검의 일초인 기심유검의 구결이었다.

대경은 중얼거리며 마치 넋이 나간 사람처럼 멍한 표정이 되어 일어났다.

그리고 독특한 호흡으로 칠보운기를 시작하더니 파군으로

미끄러지며 북두칠성보를 밟기 시작했다.

파군에서 거문으로 이어지던 북두칠성보는 갑자기 탐랑과 녹존으로 이어지며 전후좌우로 쉴 새 없이 움직였다. 언뜻 보면 북두칠성보가 아닌 것 같았다. 하지만 자세히 보면 마치 물이 흐르듯 자연스럽게 이어지며 가장 이상적인 칠성의 방위를 밟아가고 있었다.

보법의 움직임을 따라 몸 안에 퍼져 있던 무극진기가 꿈틀거리며 서서히 단전으로 모여들었다. 그리고 임독맥을 따라 움직이며 점점 속도가 빨라졌다.

기존에는 잠력으로만 느끼고 있던 세맥의 진기가 꿈틀거리며 단전으로 향하기 시작했다. 그리고 이미 휘돌고 있는 무극진기에 조금씩 흡수되어 갔다. 이윽고 합쳐진 두 진기는 임독맥을 따라 한동안 크게 휘돌며 거대한 기운을 형성하더니 마침내 백회로 치달았다.

"아!"

대경은 머리가 시원해지는 것을 느끼며 환희에 찬 탄성을 터뜨렸다.

엄청난 희열을 느낀 것이다. 몸 안의 구석구석 모든 세맥으로 짜릿짜릿한 기운이 느껴졌다. 대경은 환희에 온몸을 떨며 서서히 눈을 감았다.

"허허, 부럽구먼. 만약 내가 네 나이에……."

언제부터인가 대경의 옆에 서 있던 혈마의 입에서 뜻 모를 이야기가 흘러나왔다.

　대경이 눈을 뜬 것은 다음날 오후였다.
　모든 사물의 움직임이 또렷또렷하게 보이고, 주변에 있는 생명체들의 호흡을 조금은 느낄 수 있었다. 그리고 정확히는 모르겠지만 무엇인가가 어른거리며 자신을 포함한 모든 생명체와 교류하며 자연 속에 널리 퍼져 있었다. 눈앞에 펼쳐진 세상은 이전과 다름없건만 마치 새로운 세상에 와 있는 것 같았다.
　잠시 후, 음습하면서도 아주 크고 강한 기운이 느껴졌다. 천천히 고개를 돌리자 혈마가 환한 얼굴로 바라보고 있었다.
　"이놈, 대단하구나. 축하한다."
　"예?"
　"말코도사가 너에게 큰 선물을 준 것 같구나. 창피한 이야기지만 기재라 불리던 나도 네 나이에는 버벅거리고 있었다."
　"……."
　"이놈아, 기연을 얻고도 그것을 모르는 멍청한 놈은 세상에 너밖에 없을 것이다."
　대경은 혈마가 말하고 있는 기연이라는 것이 구체적으로 무엇인지 몰랐지만 지금 자신이 경험하고 있는 새로운 세상에 대한 느낌을 말하는 것 같았다.
　"이제야 네놈과 제법 비무다운 비무를 해보겠구나."

"예?"

"뭐 하냐? 빨리 일어나거라! 멋지게 한번 어울려 보자꾸나!"

혈마의 재촉에 대경이 천천히 일어섰다.

'이 정도였나?'

나름대로 자신이 단숨에 어떤 경지에 들어선 것을 느꼈다.

그런데 혈마와 마주 서자 전에는 알지 못하던 혈마의 경지가 느껴졌다.

"이놈아, 뭐 하냐? 어서 덤벼보아라!"

'그래, 해보자. 선공이다.'

대경이 왼발을 앞으로 내밀며 검을 쭉 내뻗었다.

혈마는 지체없이 미끄러지듯 뒤로 물러났다. 그리고 빠르게 다가서며 일권을 내질렀다. 대경이 좌측으로 피하며 검을 휘두르자 혈마는 주먹을 회수하고 반대 방향으로 한 바퀴 몸을 돌리며 비어 있는 가슴을 향해 일권을 내뻗었다.

대경은 재빨리 뒤로 반보 물러서며 일권을 피한 후에 사선으로 검을 내리그었다. 순간, 혈마는 검을 피하지 않고 권을 휘둘러 강하게 검면을 때렸다. '탕!' 검이 부러질 듯 휘어지며 내부로 강한 충격이 전해졌다. 주춤거릴 시간도 없이 혈마의 일권이 아랫배를 향해 날아왔다. 이미 검으로 막기에는 늦은 상황이라 보법을 펼치며 뒤로 물러났다.

그런데 그것이 실수였다. 혈마의 연환권이 이어지자 정신없이 방어하기에 급급했다. 그나마 진전이 있었기에 망정이

지 이전이었다면 한 수도 피하지 못하고 나둥그러졌을 것이다. 아무튼 한번 수세로 몰리자 좀처럼 공세를 펼칠 기회가 없었다. 더 이상 물러서면 결론이 뻔한 대결이었다. 혈마의 일권을 피하자 다시 일권이 이어졌다.

순간, 대경의 눈이 반짝였다. 연환권이 이어지기 전에 약간의 틈이 보인 것이다. 몸이 먼저 반응했다. 주먹이 날아오고 있지만 진기로 몸을 보호하며 그 틈을 향해 검을 쭉 내뻗었다.

"헛!"

혈마는 다급한 목소리를 내며 빠르게 뒤로 물러섰다.

그러나 미처 피하지 못하고 옷깃이 약간 베이고 말았다. 그것을 바라보던 혈마가 어이없다는 표정을 지었다.

"허허허, 이거야 원 창피해서. 그나저나 제법이구나. 그 짧은 틈을 이용해 검을 찔러 넣다니……."

"더 물러서면 질 것 같아 모험을 했어요. 다행히 그게 성공한 것 같아요."

'모험이라……. 요놈 요거, 볼수록 탐난단 말이야? 그냥 확교(敎)로 데려가서 제자로 삼아버려?'

물론 자신이 방심한 이유도 있었지만 그게 어디 쉬운 일인가? 아무리 비무라고 하지만 자신과 같이 일정한 경지 이상에 오른 무인과의 대결에서 수세를 공세로 전환하는 일은 결코 쉬운 일이 아니었다.

흔들리지 않는 평정심을 유지하여 순간을 놓치지 않는 냉정한 판단력과 함께 빠른 움직임이 있어야 가능한 것이다. 더욱이 흐름을 읽을 줄 아는 넓은 시야와 타고난 능력 없이는 불가능한 일이었다.

혈마는 멋쩍은 표정으로 대경을 바라보았다.

"흠흠, 이놈아. 한번 득수했다고 긴장을 풀면 절대로 안 된다. 알겠느냐?"

"예, 노력하고 있어요."

"아무렴, 그래야지. 그렇고말고."

잠시 뜸을 들인 후, 혈마의 눈이 반짝였다. 그동안 참아왔던 승부욕이 발동한 것이다.

"우리 한번 제대로 놀아볼까?"

"예?"

"이런 비무는 재미가 없으니 내력을 사용해서 제대로 붙어보자는 것이다."

"내력을 사용하자고요?"

"그렇지. 그래야 비무를 통해 진정한 실전의 경험을 쌓을 수 있는 거야."

대경이 난처한 표정을 지었다.

"하지만 위험할 텐데……."

"이놈아, 위험하긴 뭐가 위험해?"

"그래도……."

“자자, 그러지 말고 어서 준비해라. 어디, 네놈의 검을 제대로 한번 구경해 보자꾸나.”

‘왜 이렇게 재촉하지?’

대경은 뭔가 속고 있다는 기분이 들었지만 혈마의 꼬임에 넘어가고 말았다.

“뭐 하냐, 빨리 준비하지 않고?”

“예. 그럼 조심하세요.”

“허허, 내 걱정 하지 말고 너나 조심하거라. 물론 어느 정도의 내력만 사용하겠지만 그래도 조심하는 게 좋을 게야.”

혈마는 신이 난 듯 대경의 삼 장 앞으로 가더니 마주 보고 섰다.

대경은 혈마에게서 심상치 않은 기운이 흘러나오는 것을 느끼고는 서서히 무극진기를 일으켰다.

혈마 역시 대경에게서 느껴지는 기운이 아직은 불완전하지만 제법이라는 생각이 들었다. 만약 이대로 세월이 흐른다면 태허 진인에 못지않은 고수로 성장할 거라는 느낌이 강하게 들었다. 생각을 바꾸기로 했다. 자신이 알고 있는 무공 중에 혈천폭린강 다음으로 위력이 강한 무공을 사용하기로 했다.

“조심하거라. 멸천장(滅天掌)이라는 제법 고강한 무공이다.”

‘멸천장이라…… . 얼마나 강한 위력을 가졌기에 하늘을 무너뜨린다고 이름을 지었을까?

대경은 그동안 혈마와 겨루면서 그가 대단한 무인이라는 생각이 들었다.

그는 한 가지 무공이 아니라 장, 권, 지 등 다양한 무공을 알고 있었다. 그 하나하나의 무공이 내력을 싣지 않아도 대단한 위력을 지닌 절기들이었다.

그런데 지금 또 다른 무공을 펼치려 하고 있다. 분명 내력을 사용할 것이니 그 위력은 말할 것도 없었다. 몸 안의 무극진기를 극성으로 끌어올렸다. 확실히 전과는 달리 몸 안에 충만한 진기가 느껴졌다. 아직 통기할 수준에 이르지 못하고 진기를 조절하거나 사용하는 데 익숙지 않았다. 그러나 그것은 시간이 해결해 줄 문제였다.

지금은 그저 혈마와의 비무에 집중할 때였다.

'응?'

당장이라도 쏟아져 나올 것만 같던 진기가 혈마가 내뿜는 기운이 강해질수록 점점 위축되었다. 내부를 심하게 휘돌며 크게 요동치고 있었다. 그것이 강한 적을 만났을 때 보내는 경고라는 것을 아직은 인식하지 못했다. 조금이라도 움직이면 당장이라도 혈마의 일장이 날아올 것만 같았다.

하지만 더 이상 지체할 수도 없었다. 지금 본능은 당장 출수하지 않으면 공격 한번 못해보고 끝날 것이라는 신호를 강하게 보내오고 있었다.

"타앗!"

힘찬 기합 소리와 함께 대경의 검이 혈마를 향했다.

순간, 대경은 깜짝 놀랐다. 의식하지 않아도 검이 가장 적절한 검로를 따라 화살같이 쏘아져 갔다. 전에는 결코 경험하지 못한 일이었다. 그러나 그것을 생각할 시간이 없었다. 검이 마치 솜뭉치를 찌른 듯 위력을 잃으며 혈마의 반격이 이어졌다.

강철판을 연상시키는 그의 일장이 검을 비껴 날아왔다. 보법을 펼쳐 뒤로 물러서며 날아오는 손목을 향해 검을 틀어 올렸다. 그러나 어느새 혈마의 다른 손이 옆구리를 노리며 날아왔다. 몸에 닿지도 않았는데 벌써 강한 압력이 느껴졌다.

몸을 한 바퀴 돌려 피하며 가슴을 향해 검을 내리그었다. 그러나 혈마는 간단하게 피하며 어깨에 일장을 내려쳤다. 검을 올려치며 막으려 했지만 여의치 않았다. 오른발로 아랫배를 걷어차며 몸을 뒤로 눕혔다. 그러나 헛되이 허공을 차는 순간 어깨를 노리던 일장이 방향을 바꿔 아랫배로 향하는 것이 보였다. 할 수 없이 철판교를 펼치며 장을 피한 후 거리를 두고 일어섰다.

"이놈, 제법이구나. 이제부터 조심하거라."

혈마의 장심이 푸르게 변하며 대경을 향해 일장을 날렸다.

대경 역시 진기를 끌어올리며 푸른빛으로 변해 날아오고

있는 장을 향해 검을 쭉 뻗었다. 검과 장이 부딪쳤다.

펑!

대경은 속이 미식거리는 것을 느끼며 뒷걸음질쳤다.

빠르게 검을 땅바닥에 꽂았다. 검이 부러질 듯 휘어졌다 펴지자 그 반동을 이용해 혈마의 어깨를 노리며 검을 내뻗었다. 혈마 역시 장심에 푸른 기운을 내뿜으며 부딪쳐 왔다.

퍼엉!

검과 장이 마주치며 요란한 소리가 났다.

펑! 펑! 펑!

계속해서 굉음을 내며 검과 장이 부딪쳤다.

어느 순간, 대경의 몸이 다시 튕겨져 나갔다. 중심을 채 잡기도 전에 혈마의 푸른 장심이 더욱더 푸르게 변해갔다. 그리고 벼락 치는 소리와 함께 일장이 날아왔다.

'아!'

온통 주변이 푸르게 변하는 것을 느끼는 순간이었다.

머릿속으로 떠오르는 검이 있었다. 진기를 극성으로 끌어올리며 날아오는 일장을 향해 검을 펼쳤다.

"기심유검!"

미약하나마 흰빛을 띠는 기운이 푸른 기운을 향해 부딪쳐 갔다.

콰앙!

"우웩!"

대경은 몇 바퀴를 구르며 뒤로 퉁겨져 나갔다. 그리고 한 움큼의 피를 토해내며 정신을 잃었다.

혈마는 일 촌가량 베어져 있는 자신의 팔소매를 보며 중얼거렸다.

"허! 그놈 참, 대단하네."

한참을 바라보다 일으켜 앉히고는 명문에 진기를 불어넣었다.

잠시 후, 혈색이 돌아온 대경을 업고는 모옥으로 향했다.

"으음?"

대경이 눈을 뜨자 의외로 몸이 가벼운 것을 느꼈다.

크게 기지개를 켜며 전날의 비무를 생각해 보았다. 확실히 전에 비해 많은 발전을 했다. 혈마의 말대로 그동안의 비무를 통해 실전 감각을 익힌 것이 많은 도움이 되었다. 이제 진기만 잘 다스려 사용하면 막 깨닫기 시작한 태허무극검에 한 걸음 더 다가설 수 있을 것 같았다.

한편, 그 무시무시한 무공을 가볍게 펼치던 혈마를 생각하자 대체 얼마만큼의 경지에 이르러 있는지 궁금했다. 자신은 과연 그러한 경지에 오를 수 있을까? 하는 의문이 생겼다.

'그런데 어딜 가셨나?'

자신이 늦잠을 자고 있으면 항상 일어나라며 큰 소리로 깨우던 혈마였다.

창밖을 보자 이미 해는 중천에 떠 있었다.

‘음식을 가지러 가셨나? 아닌데. 아직 많이 남아 있는데…….’

순간, 무엇인가 대경의 머릿속으로 빠르게 스쳐 갔다.

‘설마?’

대경은 불안한 마음이 되어 탁자 위로 시선을 향했다.

“아……!”

자신도 모르게 탄식이 흘러나왔다.

그곳에는 전에도 자신의 마음을 아프게 했던 하얀색 봉투가 놓여 있었다. 대경은 한동안 멍하니 앉아 있었다. 혈마와 함께 지낸 짧지 않은 세월이 주마등처럼 스쳐 갔다.

잠시 후, 천천히 몸을 일으켜 탁자로 향했다. 봉투를 보자 순간 웃음이 나왔다. 거기에는 혈마에게 어울리는 독창적인 글씨체로 ‘대경이 보거라’ 라고 쓰여 있었다.

태어나서 처음 쓰는 글이라 뭐라고 써야 할지 모르겠구나.

네놈하고 조금 더 있으면 교로 데리고 가지 못해 안달이 날 것 같아 예정보다 일찍 떠나게 되었다. 어제 보니까 게으름만 피우지 않으면 훗날 고수 소리를 들을 수 있겠더구나. 그러니 자만하지 말고 꾸준히 노력하거라.

네놈이 멍청해서 노파심에 몇 자 적으니 새겨들어라.

가능하면 네 할애비 무공을 익히기 전에는 강호로 나가지 말아라. 혹시 나가게 되더라도 나와 보낸 세월은 잊거라. 어차피 네놈은 네 할애비 때문에 무당의 말코들과 정파라는 놈들과 어울리게 될 것이다. 그런데 그놈들, 아주 골치 아픈 놈들이다. 만약 나와 인연이 있다는 것을 알게 되면 못 잡아먹어서 난리 칠 것이니 꼭 명심하기 바란다.

그리고 오래지 않아 강호에 피바람이 불 것이다. 만약 그러한 낌새가 생기면 협(俠)이니 의(義)니 떠들다가 개죽음당하지 말고 어여쁜 처자 하나 데리고 얼른 이곳으로 돌아오너라. 그놈들, 아주 무서운 놈들이니까 꼭 명심하기 바란다.

마지막으로 내 이름은 율천강이다. 그런데 만약, 만약 말이다. 혹시 율목천이란 이름을 쓰는 놈을 만나거든 내 모옥에 금자가 조금 있으니 그것을 전해주기 바란다. 물론 수고비로 조금 써도 된다. 그리고 내가 마교에 있다는 말은 절대로 하지 말아라. 나는 그놈이 평범한 삶을 살길 원한다. 머지않아 네 할애비를 만나러 가야 할 것 같아 이번에 교로 돌아가면 나오지 않을 것이다. 내 말, 꼭 명심하길 바란다.

편지를 읽고 난 대경은 천천히 모옥 밖으로 나갔다.

건너편에는 혈마가 지내던 조그만 모옥이 홀로 덩그러니 남아 있었다. 금방이라도 혈마가 손을 흔들며 나올 것만 같았다. 그러나 일각, 이각, 시간이 흘러도 모옥의 문은 열리지 않았다.

대경은 힘없이 돌아서며 석양을 바라보았다.

'빨간 할아버지마저 떠나셨군요. 짧았던 인연이었지만 소중히 간직하겠습니다.'

대경의 마음을 아는지 어디선가 한줄기 바람이 불어왔다.

아! 황산(黃山)

하늘을 찌를 듯 솟아 있는 커다란 두 개의 바위 사이로 보이는 하늘은 마치 하나의 선을 보는 것 같았다. 일선천(一線天)이라 불리는 이곳에 오른 후, 세 개의 바위와 소나무가 어우러져 있는 봉래삼도(蓬萊三島)를 지나자 마치 옥병루(玉屛樓)를 지키고 있는 것처럼 보이는 커다란 고송(古松)이 당당하게 뿌리내리고 있었다.

"오래간만입니다, 송(松) 선생!"

반듯한 이마에 짙은 눈썹, 그리고 긴 머리를 뒤로 질끈 동여매고 있는 제법 준수한 청년이 고송을 쓰다듬으며 반갑게 인사를 했다.

송 선생이라 불린 고송 또한 답례를 하듯 불어오는 산들바람에 가지를 흔들어주었다.

잠시 후, 청년은 옥병루를 내려와 연화봉으로 향했다.

백보운제(百步雲梯)라 불리는 절벽을 깎아 만든 백여 개의 돌계단을 가볍게 올라 정상에 오르자 산 아래에 펼쳐져 있는 운해(雲海) 위로 솟아 있는 여러 개의 봉우리가 보였다. 그 모습이 마치 망망대해 위에 떠 있는 군도(群島)를 연상케 했다.

"하아!"

청년은 그 모습에 절로 호연지기를 느끼며 두 팔을 한껏 벌렸다.

그리고 마음껏 신선한 공기를 들이마셨다. 폐 속 깊은 곳까지 들이마시자 몸 안의 무극진기도 상쾌한 기분이 들었는지 살랑살랑거리고 있었다.

경이로운 모습으로 눈앞에 펼쳐진 저 대자연은 오랜 세월 자신의 자리를 꿋꿋하게 지켜오고 있었다.

유한(有限)하면서도 무한(無限)하고, 넘치지도 모자라지도 않은 그 모습은 어리석은 인간에게 겸허함이 무엇인가를 가르쳐 주고 있었다. 또한 짧은 세월을 살면서도 자신의 흔적을 남기고 싶어하는 인간의 마음을 따뜻하게 감싸주며 무한의 깨달음을 가르쳐 주고 있었다.

잠시 후, 청년은 일 장가량 되어 보이는 바위 위에 앉아 눈을 감았다.

짙은 눈썹을 올렸다 내리고, 모았다 펴기를 반복하며 제법
깊은 상념에 빠져 있었다.

형(形)은 있으되 마땅히 속이 비어야 안을 채울 수 있노라.
유(有)를 이롭게 쓸 수 있는 것은 무(無)가 유를 사용할 수 있
게 작용하기 때문이로다. 고로 무와 유는 일여(一如)로다.

"후유, 알면서도 막상 잡을 수는 없으니 답답하구나!"
황산의 가장 높은 봉우리인 연화봉의 정상에서 한숨을 내
쉬고 있는 청년은 바로 대경이었다.
자연은 거대한 사계절의 바퀴를 여러 번 돌리며 어느새 한
소년을 스물한 살의 헌원한 대장부로 만들어놓은 것이다. 그
러나 한편으로는 커가고 있는 만큼 자신의 책임을 다하라 강
요하고 있었다. 지금 대경은 태허무극검의 이초 행심종검의
구결을 생각하고 있었다. 얼마 전 월하(月下)의 검무를 추며
갑자기 찾아온 깨달음의 끝 자락에 매달리고 있는 것이었다.
사실 기심유검과 행심종검의 차이를 별로 느끼지 못했다.
기심유검이 마음을 담는 검이라면 행심종검은 마음을 따
르는 검이었다. 그러한 미묘한 차이에도 불구하고 막상 검을
펼치면 엄청난 위력의 차이가 생겼다. 그런데 이상하게도 행
심종검을 펼칠 때면 어떤 갈증을 느꼈다. 아직 완전하게 익히
지 못했다는 증거였다. 분명 구결을 이해하고 검으로 펼칠 수

있건만 무엇인가 더 채워달라고 재촉하는 갈증이 대경을 답답하게 만들었다.

지난 세월 동안 외롭거나 답답할 때는 연화봉에 올랐다. 그곳에서 바라보는 대자연은 그에게 새롭게 시작할 수 있는 마음을 주었다. 오늘도 그것을 얻기 위해 올랐지만 큰 소득이 없었다. 계곡의 밤은 일찍 찾아오기 때문에 어두워지기 전에 하산해야 했다.

기울고 있는 해를 보자 할 수 없이 자리에서 일어나 모옥으로 향했다.

"나, 돌아왔어."

대경은 모옥을 향해 손을 흔들었다.

모옥 역시 주인을 반갑게 맞이했다. 비록 생명을 지니지는 않았지만 어떤 의미를 부여하자 마치 자신의 가족처럼 여겨졌다.

모옥 옆으로는 전에 혈마가 지내던 조그만 모옥이 자리하고 있었다.

워낙 엉성하게 만든 것이라 수년의 세월을 견디지 못하고 쓰러져 가고 있었다. 하지만 그 모옥 또한 추억이 남아 있는 것이어서 그냥 창고로 사용하고 있었다.

'내일은 씀바귀나 캐러 가야겠다.'

며칠 새 불고 있는 찬바람이 황산에 겨울이 오는 것을 가르쳐 주고 있었다.

　대경이 머물고 있는 이 깊은 계곡은 겨울이 되면 흰 눈에 뒤덮여 삼사 개월은 벗어나기 어려웠다. 그 기간에 가장 필요한 것은 약초였다. 다른 것은 어떻게 구할 수 있지만 약초는 그렇지 못했다. 다른 약초는 많이 남아 있었지만 씀바귀가 거의 없었다. 눈이 내리기 전에 미리 준비해 두어야 했다.

　겨우내 이곳에서의 생활은 적막하기는 하지만 때로는 선계에 머무르고 있는 것처럼 느껴지기도 했다. 그저 조용히 무리를 연구하거나 무공을 연마하며 보낼 수 있는 좋은 시간이었다. 때문에 겨울이 그리 길게 느껴지지는 않았다.

　보이는 것은 온통 하얀 세상이었다. 모옥 앞마당에 먹이를 놓아두면 그것을 얻기 위해 노루, 사슴, 토끼는 물론 멧돼지 가족까지 찾아왔다. 그들로서는 식량을 구하러 위험을 무릅쓰고 산 아래로 내려가지 않아도 되니 자주 찾아오는 편이었다.

　자신 또한 가끔 그들의 고기나 가죽이 필요하니 서로 나누어 갖는 것이었다. 그것이 대경이 산에서 살며 배운 삶의 지혜 중의 하나였다.

　다음날 새벽, 대경은 암벽 위에서 토납술을 한 후 가볍게 검으로 몸을 풀었다.

　하루도 거르지 않고 해오고 있는 토납술은 이제 굳이 칠보운기를 하지 않아도 어떤 자세로도 자연스럽게 할 수가 있었다. 다만 아직까지는 숲 속에서 하는 것이 효과가 크기 때문에 주로 암벽 위의 소나무 숲에서 해오고 있었다.

대경은 아침을 먹은 후 약초 바구니를 둘러메고 모옥을 나섰다.

산등성이에는 어느새 갈색 옷으로 갈아입은 나뭇잎이 하나둘 떨어지고 있었다. 햇볕이 들지 않는 계곡은 이미 발목까지 낙엽이 쌓여 있었다. 다행히 씀바귀가 군락을 이루는 곳을 찾아 한 바구니 가득 캘 수가 있었다.

"벌써 점심때가 지났구나."

하늘을 바라보던 대경은 해가 중천을 넘어선 것을 보자 배고픔을 느꼈다.

대경은 주위에 있는 바위를 찾아 걸터앉았다. 그리고는 가져온 육포를 꺼내 한입 가득 넣은 후 천천히 씹었다. 짭조름하면서도 고소한 맛이 입 안으로 퍼져 나갔다. 점심이라고 해봐야 육포 몇 조각이 전부였다. 혈마와 지내던 시절에 비하면 초라하기 그지없는 식단이었다. 하지만 식탐이 없는 대경은 육포만으로도 만족했다.

식사 후 검에 약초 바구니를 매달아 어깨에 걸쳤다. 이제는 돌아갈 시간이었다.

언제부터인가 검은 그의 몸의 일부가 되었다. 매일 닦고 문지르고, 심지어는 잘 때도 종종 안고 잤다. 이제는 손에 검이 없으면 허전함을 느낄 정도였다. 모옥에서 꽤 멀리 나온지라 돌아가는 길 역시 멀게 느껴졌다.

하나의 구릉과 계곡을 지났을 때였다.

'응? 무슨 소리지?'

저 멀리 숲 속에서 병장기 부딪치는 소리가 들렸다.

'어떤 사람들이기에……'

처음에는 잘못 들은 줄 알았다.

이 깊은 산중에 사람이, 그것도 무인이 올 리 만무했다. 고개를 갸웃거리고 있을 때 병장기 부딪치는 소리가 점점 요란해지더니 가까워지고 있었다.

"사제!"

다급하게 외치는 젊은 청년의 목소리가 들렸다.

위급한 상황이 닥친 것 같았다. 순간 대경의 신형이 미끄러지듯 소리가 나는 숲을 향해 내달렸다.

숲 속으로 이십여 장 들어간 곳에 제법 넓은 공터가 보였다.

그곳에는 이십대 초반으로 보이는 한 청년이 피를 흘리며 나무에 기댄 채 숨을 헐떡이고 있었다. 온몸에 상처가 나 있는데, 특히 옆구리와 허벅지에 깊이 베인 상처가 심각해 보였다. 그리고 그를 보호하려는 듯 이십대 중반이 넘어 보이는 청년이 앞을 막아서고 있었다.

앞에는 두 명의 장년인이 궁지에 몰린 먹잇감을 노려보는 날카로운 맹수의 눈빛이 되어 청년들을 바라보았다. 그들 중에 검을 들고 있던 장년인이 천천히 다가섰다.

"이놈들아, 살려달라고 애원해 보아라! 자비를 베풀어 목숨만은 살려주마!"

장년인을 바라보는 청년의 눈빛이 흔들렸다.

아무리 생각해 보아도 절망적인 상황이었다. 마음 한구석에서는 살려달라 애원하고 싶은 바람이 있었지만 목숨을 구원받기 위해 사문의 이름을 더럽힐 수는 없었다.

"청성의 제자는 죽을지언정 목숨을 구원받기 위해 굴욕을 당하진 않을 것이오! 나 청운검(靑雲劍) 백리향과 사제 위지천은 이 자리에서 청성의 명예를 지킬 것이오!"

"어리석은 놈아, 네놈이 자랑스럽게 여기는 청성이 그렇게 잘난 문파인 줄 아느냐! 내상이 심해 움직일 수도 없는 막내를 복마자(伏魔子)라는 놈은 눈 한 번 깜빡거리지 않고 베어버렸다! 그것이 정파를 자청하는 네놈들의 모습이야?"

"그것은……."

청년은 뭐라 말하고 싶었지만 반박할 만한 말이 떠오르지 않았다.

사실 자신의 사숙인 복마자는 사파의 무인에게 잔혹한 면이 있었다. 그의 별호가 복마자인 것도 그 때문이었다. 어려서 화전민의 자식이었던 그는 눈앞에서 부모가 산적들 손에 죽어가는 것을 지켜보아야만 했다. 다행히 그곳을 지나던 청성의 장로에게 구원을 받아 청성의 제자가 되었다.

이후 미친 듯이 검을 연마하여 당대 청성 내에서 손가락으로 꼽는 고수가 되었지만 사파의 인물들에게는 저승사자와 같은 인물이었다.

"기개는 좋다만 명년(明年) 오늘이 네놈들의 제삿날이 될 것이다! 복마자 대신 네놈들의 목이라도 베어 막내의 원수를 갚아야겠다!"

강한 내력을 담은 장년인의 검이 가슴을 향해 날아왔다.

'헉!'

이미 내상을 입고 있는 자신이 맞받아칠 만한 검이 아니었다.

몸을 피하려 했으나 피할 상황이 아니었다. 만약 자신이 피한다면 장년인의 검은 그대로 뒤에 기대 서 있는 사제를 향해 날아갈 것이 뻔했다.

순간, 몇몇 직전제자에게만 전수되고 있는 천지일기공(天地一氣功)을 끌어올렸다.

'우욱!'

내상을 입어 진기의 흐름이 자유롭지 못했다.

하지만 극성으로 끌어올리며 현재 자신이 최고로 펼칠 수 있는 청운적하검(靑雲赤霞劍)의 오초 적운노도(赤雲怒濤)를 떠올렸다.

"적ㅡ운ㅡ노ㅡ도ㅡ!"

청운검의 검끝이 붉어지며 장년인의 검과 부딪쳐 갔다.

퍼엉!

장년인의 인상이 찌푸려지며 세 걸음을 물러났다.

그의 입가로 약간의 선혈이 내비쳤다. 반면 청운검은 뒤에 있던 사제에게 강하게 부딪치며 두 사람 모두 뒤쪽 숲으로 날아가 처박혔다.

"우웩!"

청운검은 한 사발의 피를 토해내고는 옆을 보았다.

사제는 이미 정신을 잃고 있었다. 다시 앞을 보았을 때 장년인이 장(掌)을 쓰던 둘째라 불리는 장년인의 움직임을 제지하며 천천히 걸어왔다.

"오늘 안계를 넓혔군. 절강삼마(浙江三魔)의 대형인 나 흑령검귀(黑靈劍鬼) 공손찬이 청성의 애송이에게 내상을 입다니……."

순간, 청운검은 절망의 나락으로 떨어지는 것을 느꼈다.

흑령검귀에게서 심상치 않은 기운을 느낀 것이다. 그러나 자신의 하단전은 이미 텅 비어 있어 끌어올릴 만한 진기가 한 올도 남아 있지 않았다.

절강삼마는 절강성 내에서 손꼽는 고수들로 정사 간의 인물이었다. 굳이 건드리지 않으면 무력을 행사하는 무인들은 아니지만, 한번 손을 쓰면 냉혹한 손속을 보이기 때문에 사파의 인물로 간주되었다.

특히 오래전 절강성의 최고수로 불리던 귀령신마(鬼靈神魔)의 무공인 귀령검을 익힌 흑령검귀는 강호에서도 인정해 주는 고수였다. 그가 어떻게 귀령신마의 무공을 익혔는지는 모르지만 정파에서도 감히 그를 경시하지 못했다. 가능하면 서로 마주치기를 꺼려하는 사이였다.

'아!'

청운검의 머릿속으로 청성산의 푸르고 아름다운 모습이 스쳐 지나갔다.

사부와 사제들의 모습이 차례로 떠올랐다.

순간, 심혼을 울리는 귀기스런 소리가 들려왔다. 귀령검을 펼칠 때 나는 소리였다. 내력이 약한 무인들은 그 소리에도 심혼을 제압당한다고 했다. 그런데 막상 모든 것을 포기하자 귀기스런 소리에 크게 영향을 받지 않는 것 같았다.

'이것이 사부님이 말씀하시던 마음을 비운다는 것인가?'

왠지 웃음이 나왔다.

삶의 끝 자락에서 평소 그토록 갈망하던 고요의 경지를 느낀 것이다. 희미해지고 있는 눈 속으로 자신의 목을 향해 일직선으로 날아오는 흑령검귀의 날카로운 검신이 보였다.

'너무 짧은 생이야……'

막상 죽는다고 생각하자 억울한 생각이 들었다.

하지만 후회해도 소용이 없었다. 그렇게 눈을 감는 순간이었다.

챙!

검이 부딪치는 소리에 눈을 뜨자 유난히 하얗게 보이는 검신이 흑령검귀의 검을 퉁겨내고 있었다.

‘누구?’

힘겹게 고개를 돌리자 이십대 초반으로 보이는 청년이 흑령검귀를 막아서고 있었다.

흑령검귀는 검이 퉁겨지며 울리는 반동에 제법 충격을 받았다. 이제 겨우 이십대 초반으로 보이는 청년이건만 심상치 않은 내력을 지닌 것 같았다. 빠르게 기억 속의 젊은 고수들을 떠올려 보았다. 현재 안휘성 일대에서 남궁세가의 인물을 제외하고는 떠오르는 신성이 없었다. 그러나 무림에는 기인이사가 많은 법, 황산에 기거하는 고인의 제자일 수도 있었다. 조심스럽게 물었다.

“자네는 누구인가?”

“장대경이라 합니다.”

대경 또한 흑령검귀의 검에서 묵직함을 느끼며 그가 고수라는 것을 알아보았다.

“자네는 왜 나를 막은 것인가?”

“그것은……”

순간, 대경은 할 말이 떠오르지 않았다.

청년의 목숨이 경각에 달하자 자신도 모르게 나선 것이다.

“저놈들의 사숙이 내 막내 의형제를 죽였네. 자네도 강호에서 서로의 은원에 상관하지 않는 것쯤은 알고 있겠지?”

“그렇지만… 본인이 아니니 손속에 사정을 두실 수는 없습니까?"

대경의 말에 흑령검귀가 잠시 주춤거렸다.

"흠, 복수는 당사자에게 하라?"

흑령검귀는 대경에게 묘한 승부욕을 느꼈다.

"그렇다면 나와 한번 겨뤄보세. 만약 자네가 나와 겨루어 이긴다면 저놈들을 살려주지."

"예? 저와 겨루시겠다고요?"

"그렇다네. 자, 어떻게 할 것인가?"

대경은 쓰러져 있는 두 청년을 바라보았다.

한 청년은 의식 불명이고, 또 한 청년은 절망의 눈빛을 띠고 있었다. 왜 서로 이래야만 하는지 이해가 되지 않았다. 하지만 소중한 목숨을 모른 체할 수도 없었다.

생각해 보면 혈마와의 비무는 주로 맨손을 쓰는 무공과의 대결이었다. 그런데 검을 쓰는 무인, 그것도 묵직함을 느끼게 했던 흑령검귀의 검을 보자 한번쯤은 상대해 보고 싶다는 묘한 호승심이 생겼다.

"좋습니다. 부족한 실력이지만 제가 상대해 보겠습니다."

"허허허, 좋네. 그럼 준비하게."

두 사람이 마주 서는 순간이었다.

"소협!"

대경은 자신을 부르는 소리에 고개를 돌려 청년을 바라보았다.

“소협, 저자는 절강성에서 손꼽히는 고수로 손속이 잔인합
니다. 괜히 저희 때문에 애꿎은 대결을 하실 필요가 없습니
다.”

청운검은 자신들을 위해 나서준 청년이 고마웠다.

하지만 상대는 알아주는 고수이며 손속에 사정을 두지 않
는 인물이다. 그의 일검을 막아내는 것을 보긴 했지만 상대는
될 수는 없다고 생각했다. 말리고 싶었다. 괜히 자신들 때문
에 목숨을 잃게 될 수도 있었다.

“이놈, 주둥이만 살아서 나불거리고 있구나!”

여태껏 가만히 지켜보던 절강삼마, 아니, 이제는 절강쌍마
가 된 둘째 청살귀(靑殺鬼) 송원명이 노성을 지르며 앞으로 나
섰다. 막내를 생각하면 당장에라도 요절을 내고 싶었지만 대
형이 만류하는 바람에 참고 있었다.

그런데 청운검의 말에 인내심이 바닥을 드러내며 참지 못
하고 나선 것이다. 청운검에게 막 일장을 날리려는 순간이었
다.

“둘째!”

흑령검귀의 말에 청살귀의 신형이 멈추었다.

그리고 원망스런 표정으로 흑령검귀를 바라보았다.

“대형, 막내가 죽었습니다! 그런데 저 애송이들을 그냥 살
려주시려는 겁니까?”

여태껏 자신에게 대든 적이 없는 둘째이다.

그런 그가 지금 울먹이며 대들고 있었다. 그의 심정을 모르는 것은 아니지만 대경이란 청년의 말대로 청성의 두 제자를 죽인다고 해결될 문제가 아니었다. 항주에서부터 추격해 왔으니 소문은 이미 났을 터, 잘못하면 오히려 청성파 전체를 상대해야 하는 악수(惡手)를 둘 수도 있었다. 그렇다고 둘이서 청성으로 쳐들어갈 수도 없으니 언제고 강호에서 복마자를 만날 날을 와신상담할 수밖에 없었다.

"자네의 마음을 모르는 것은 아니지만 우리에게도 명분이 필요하네. 그놈 복마자 개인을 상대해야 한다는 말일세."

"대형, 하지만……."

"허허허, 둘째. 내 말을 끝까지 들어보게. 분명히 나는 저 청년과 약속했네. 그가 나를 이기는 경우에 한해서 저놈들을 살려주겠다고. 그렇지 않은가?"

대경은 은원이라는 것이 참으로 복잡하다고 생각하며 고개를 끄덕였다.

"알았으면 이제 자네는 물러나게. 저 청년과 승부를 가려야겠네."

청살귀는 대경을 힐끔 쳐다봤다.

비록 그가 대형의 한 수를 막아내기는 했지만 대형이 누구이던가? 대결에서 패할 리 없었다. 고개를 돌리며 청운검을 노려보았다.

"이놈아, 조금만 기다려라."

청살귀가 돌아서자 흑령검귀와 대경이 다시 검을 겨누며 마주 섰다.

"자, 그럼 승부를 가리세."

"소협, 저자의 검에서 울리는 귀령(鬼靈)을 조심하십시오."

청운검은 이미 청년도 이곳에서 벗어나기 어렵다는 생각이 들었다.

그가 이길 확률은 거의 없지만 그저 이겨주기를 바라는 수밖에 다른 길은 없었다. 대경이 청운검을 잠시 바라보았다.

"최선을 다할 것이니 걱정하지 마십시오."

한편, 대경을 바라보는 흑령검귀는 고개를 갸웃거렸다.

이상하게도 청년에게서 느껴지는 기운이 바람 같다고 할까, 자유스럽다고 할까, 아무튼 약간은 허허롭다는 생각이 들었다. 자신은 이미 수많은 생사를 경험한 강호의 노련한 생강이었다. 저런 기운을 느끼게 하는 무인은 둘 중 하나였다. 신출내기가 아니면 자신이 생각할 수 없는 경지의 인물이었다.

"귀운수영(鬼運壽塋)!"

'끼리링' 거리는 거북한 소리와 함께 흑령검귀의 검이 대경을 향해 날아왔다.

대경이 미간을 찌푸렸다. 마치 쇠붙이가 긁히는 듯한 소리가 상당히 듣기 거북했다. 무극진기를 끌어올리며 북두칠성보를 밟아 검을 쭉 내밀었다.

챙!

흑령검귀는 자신의 일검이 막히자 검을 휘돌리며 대경의 목을 노렸다.

대경은 보법을 펼쳐 간단히 피하며 상대의 아랫배에 일검을 찔러 넣었다. 움찔하던 흑령검귀가 재빨리 뒤로 물러나며 어깨를 향해 일검을 날렸지만 대경의 검에 막히고 말았다.

이후 두 사람은 일진일퇴(一進一退)를 거듭하며 검을 섞기 시작했다.

챙! 챙! 챙!

대경은 신이 나서 검을 휘둘렀다.

권, 장과는 달리 검이 부딪치며 느껴지는 짜릿함은 여태껏 느껴보지 못한 또 다른 쾌감이었다. 상대의 검이 휘둘러질 때마다 들리는 귀곡성(鬼哭聲)이 신경을 거슬렀지만 무극진기를 뒤흔들지는 못했다. 오히려 시간이 갈수록 차츰 무극진기가 귀곡성을 포용하고 있었다.

반면에 흑령검귀는 죽을 맛이었다.

처음에는 단순하던 상대의 검이 가면 갈수록 복잡, 다양해지고 있었다. 특히 초식이 이어지는 한 호흡의 순간, 그 찰나의 틈을 비집고 들어오는 검은 마치 귀령검의 검로를 빤히 알고 찔러대는 것 같았다. 할 수 없이 뒤로 물러섰지만 상대의 검은 물러서는 방위를 노리며 날아왔다.

"허!"

자신도 모르게 탄식을 하며 검을 쳐내고는 미끄러지듯 보법을 펼쳐 뒤로 쭉 물러났다.

대경은 흑령검귀가 완전히 뒤로 물러서자 검을 거두었다.

흑령검귀가 약간 어이없는 듯한 표정으로 물었다.

"자네, 귀령검을 알고 있나?"

"아닙니다. 처음 상대하는 검이었습니다."

"그런데 어찌……?"

"처음에는 낯설었으나 계속 검을 섞다 보니 검로가 눈에 익었을 뿐입니다."

"허!"

흑령검귀는 정말 어이가 없었다. 귀령검이 어떤 검인데…….

잠시 후, 검을 검집에 꽂았다. 귀령검의 절초를 펼칠까 생각했지만 굳이 생사를 겨룰 필요는 없다고 생각했다.

"자네와 더 겨루다가는 창피를 당할 것 같군."

"덕분에 안계를 넓혔습니다."

"허허, 지나친 겸손은 오히려 오만일세. 자네가 강호로 나오면 적으로 마주치지 않길 바라야겠네."

"양보해 주셔서 감사합니다."

"얼마 안 있으면 강호에 젊은 신성, 아니, 검신이 출현하겠구먼. 허허허."

흑령검귀는 멍하니 서 있는 청살귀를 데리고 사라져 갔다.

대경은 멍한 눈으로 자신을 바라보고 있는 청운검의 맥을 짚으며 물었다.

"괜찮으십니까?"

"예? 예, 괜찮습니다."

대경의 물음에 퍼뜩 정신을 차린 청운검은 정신을 잃고 쓰러진 사제가 떠올랐다.

"저는 괜찮으니 사제를……."

청운검이 비록 심한 내상을 입긴 했지만 그렇게 심각한 상황은 아니었다. 며칠 요양하면 될 것 같았다.

고개를 끄덕인 대경이 위지천이라 불린 사내에게 다가가 몸을 살폈다.

예상대로 그의 몸은 만신창이였다. 심한 내상으로 혈도가 심하게 막혀 있고, 깊은 자상으로 인해 너무 많은 피를 흘렸다. 다른 곳은 거의 피가 멈추었지만 허벅지에서는 아직도 피가 흐르고 있었다. 우선 지혈을 시켜 돌려 앉힌 후 명문에 진기를 불어넣기 시작했다.

이상하게도 무극진기에는 요상(療傷)의 효과가 있었다. 특히 혈도가 막혀 있을 때의 치료 효과가 컸다. 하지만 막힌 혈도를 뚫는 것만으로 장담할 수는 없었다. 너무 많은 피를 흘린 것이다.

'아, 됐다!'

세 시진이 넘어서야 대경은 명문에서 손을 떼며 환한 미소를 지었다.

이미 주위는 까맣게 어둠이 내려 있었다.

그리고 앞에는 기대에 찬 시선으로 자신을 바라보고 있는 청운검 백리향의 얼굴이 보였다.

대경은 처음으로 남에게 진기를 불어넣는 것이라 상당히 조심스러웠다. 특히 심하게 막혀 있던 천돌은 중요한 급소이기에 오랜 시간이 걸렸다. 이제는 기가 흐를 수 있으니 더 이상 악화되지 않을 것이다. 다만 이전의 몸으로 회복하려면 위지천이 깨어난 상태에서 도와주어야 효과를 볼 수 있었다.

"소협, 저와 사제가 이 구명지은을 어떻게 갚아야 할지……."

백리향은 목이 메어왔다.

지난 십여 일간 쫓고 쫓기던 추격전에 종지부를 찍고 황산의 이름 모를 계곡에서 새로운 삶을 얻게 된 것이다.

*　　　*　　　*

모옥에는 두 사람이 탁자를 마주 보고 앉아 차를 마시며 이야기를 나누고 있었다.

백리향이 진지한 표정으로 이야기하고 있는 반면에 대경은 고개를 끄덕이며 이야기를 듣고 있었다.

장문인 현성 진인(玄星眞人)의 제자인 백리향과 사제 위지천은 장문인의 명을 받들어 내년 중추절(仲秋節)에 청성에서 벌어지는 잠룡지회에 대한 초청장을 가지고 보타암(普陀庵)의 보타 신니(普陀神尼)를 방문하고 돌아오는 길이었다.

원래 하남성의 정주에 위치한 무림맹에서 삼 년에 한 번씩 개최하던 잠룡지회가 오 년에 한 번씩 각 문파를 돌아가며 개최하되, 여타 중소문파와 일정 자격이 되는 일반 무인도 참가할 수 있도록 규정이 바뀐 것이다.

규정이 바뀐 이유는 문파 간에 서로 돈독한 우의를 다지고, 각 문파의 제자들이 더욱 분발하여 수련에 정진하게 함과 동시에 중소문파와 일반 무인도 참가하는 전 무림인의 축제로 승화시킴으로써 일석삼조의 효과를 얻으려는 것이었다.

사 년 전 처음 소림에서 개최할 당시, 중소문파와 낭인들의 열렬한 지지 속에 성대한 막을 내린 후 잠룡지회는 젊은 무인들에게 하나의 등용문으로 인식되어 가고 있었다.

내년 중추절에는 청성에서 잠룡지회를 개최하기로 되어 있었다. 따라서 청성에서는 이번 기회를 제이의 부흥기로 삼기 위해 총력을 기울이고 있었다. 당연히 무림의 명망 높은 문파에는 직접 제자들을 파견하며 초청장과 초대장을 돌렸다.

백리향과 위지천은 보타산에서 돌아오는 길에 비래봉(飛來峰), 육화탑(六和塔), 서호(西湖)와 용정차(龍井茶), 그리고 무엇보다도 전설의 미인인 서시(西施)를 비롯한 절세가인(絶世佳人)이 많기로 유명하여 뭇 남자들의 가슴을 설레게 하며 유구한 역사를 자랑하는 절강성의 성도 항주에서 하루를 보내기로 했다.

사실 이번 기회가 아니면 언제 항주 땅을 밟아보겠는가? 두 사람은 역시 항주라고 생각하며 만족스런 하루를 보냈다.

사천으로 가려면 대운하를 거쳐 장강으로 이어지는 뱃길을 이용해야 하니 항주 외곽에 있는 객잔에서 하룻밤 묵어가기로 했다. 사실 그들의 주머니에 남은 돈이라고는 싸구려 객잔을 이용하고 뱃삯을 지불하고 나면 그야말로 땡전 한 푼 남지 않았다. 당연히 항주 중심에 있는 고급스런 객잔에서 하룻밤을 보내는 것은 언감생심이었다.

그렇게 찾아간 곳이 항주의 중심과는 십여 리가량 떨어져 있는 화영객잔이란 낡은 간판이 걸려 있는 조그만 객잔이었다. 그런데 운이 나쁘게도 그곳에 머무르고 있던 절강쌍마 중 둘째인 청살귀를 만났다.

처음에는 영문도 모르고 청성의 도복을 입었다는 한 가지 이유만으로 청살귀의 무지막지한 공격을 받았다. 하지만 그 이유가 현무 진인(玄武眞人), 아니, 강호에선 복마자로 더 알려진 자신들의 사숙과의 은원 때문인 것을 알게 되자 이미 절강성 내의 사파 세력에게 절대적인 영향력을 행사하고 있는 절강쌍마의 세력권을 벗어나기 위해 도피할 수밖에 없었다.

먼저 가까운 보타산으로 도피하려 했으나 이미 절강쌍마의 휘하에 있던 항주의 하오문도들에게 보타암으로 가는 길목을 차단당하고 쫓기게 되었다. 장강만 넘으면 안경으로 남궁세가의 지부가 있는 곳이라 절강쌍마도 더 이상 뒤쫓지 못할 거라 생각하고 안휘성으로 방향을 바꿨다.

그리고 황산에서 맞은 생사의 기로에서 다행히 대경을 만날 수 있었다. 당시 흑령검귀가 없었기에 망정이지 만약 그가 있었다면 아예 이곳까지 오지도 못했을 것이다.

'후유, 무림이란 곳이 골치가 아픈 곳이로구나!'

백리향의 이야기를 듣고 나자 대경은 머리가 아픈 것을 느꼈다.

"소협, 궁금한 것이 있는데 물어보아도 되겠습니까?"

"물론입니다."

"아까 흑령검귀를 상대하시던 무공이……."

문득, 백리향은 무림에서 남의 무공에 대해 묻는 것이 금기인 것을 떠올리고는 말끝을 흐렸다.

하지만 대경은 대수롭지 않게 여겼다.

"아, 그거요? 글쎄요. 정해진 이름은 따로 없습니다. 그냥 검로를 따라 펼치는 검이라고 해야 할까요?"

대경이 흑령검귀를 상대한 검은 태허무극검을 얻기 이전에 익혀오던 팔만사천검로였다.

사실 대경도 처음에는 잘 몰랐으나 검을 섞을수록 상대의 검로가 훤히 보이기 시작하자 확신이 들었다. 전에 느끼던 대로 팔만사천검로는 모든 방위를 포함한 검로인 동시에 무궁한 초식이자 하나의 검법이라 할 수 있었다.

"허!"

백리향은 흑령검귀와 겨루며 펼치던 그 오묘한 검이 이름도 없는 무명검이란 말을 듣자 자신도 모르게 탄식이 나왔다.

"소협, 실례지만 사문이 어디신지요?"

"사문이요?"

"예, 제가 무림에 몸담은 지 제법 되었다고 생각하지만 소협이 펼치던 검은 처음 보는 것이라……."

"사문은 없습니다. 그냥 할아버님이 가르쳐 주신 검을 익힌 것입니다."

"그렇군요."

백리향은 대경이 황산에 머무르던 한 기인(奇人)의 손자라고 생각했다.

며칠 후, 대경은 사냥을 나섰다. 미음보다는 그래도 고기죽을 먹는 것이 위지천이 체력을 회복하는 데 도움이 되리라고 생각한 것이다. 노루 한 마리를 어깨에 짊어지고 모옥으로 돌아오던 대경의 귓가에 힘찬 기합 소리가 들렸다.

백리향이 모옥 앞에서 검을 휘두르고 있었다. 가만히 보니 검을 수련하고 있는 것 같았다.

한참을 바라보았다. 한없이 드넓은 푸른 하늘의 광활함을 담고 자유롭게 떠도는 구름의 자유로움을 갈망하는 검이었다. 자유로운 표홀(飄笏) 속에 장중함을 담아야 하건만 안타깝게도 백리향은 장중함에만 매달리고 있었다.

백리향이 대경의 기척을 느끼며 고개를 돌렸다.

"오셨습니까? 그런데 그 어깨에 들려 있는 것이 혹시 노루가 아닌지요?"

그의 눈에 들어온 것은 커다란 노루였다.

청성 역시 도가의 계열이라 육식을 할 기회가 드물었다. 하지만 젊은 제자들 사이에 몰래 육식을 즐기는 것은 공공연한 비밀이었다.

"몸을 회복하는 데 도움이 될까 싶어서 사냥을 했습니다."

"허허, 이거 너무 신세를 지는 것 같습니다."

"그럼 다음에 갚으시지요."

"도인들의 주머니가 가벼운 것을 모르시는 것 같습니다."

"도복이라도 괜찮습니다."

"이것을 달라 하시니 청운검보고 천하를 유랑하는 청걸개가 되라고 강요하시는 것 같습니다. 하하하!"

"하하하!"

백리향은 무림에서 제법 알려진 청성의 후기지수로 소탈한 성격을 지니고 있었다. 대경 역시 소탈한 성격을 좋아하는지라 두 사람은 금방 가까운 사이가 되었다.

어둠이 내리자 대경은 전에 혈마가 쓰던 모옥 안의 침상 위에서 무엇인가를 골똘히 생각하며 누워 있었다.

아직 위지천의 거동이 불편하기 때문에 백리향과 같이 모옥을 쓰라고 내어주고 자신은 혈마가 쓰던 모옥을 정리하여 사용했다.

창가로 달빛이 스며들며 모옥 안을 훤하게 비추었다.

'청운적하검이라 했던가?'

대경은 낮에 백리향이 펼치던 검을 떠올려 보았다.

'아! 정말 넓은 가슴과 굳센 기상이 느껴지는구나.'

광활한 기상을 담은 자유로운 검이었다.

분명 그 검을 창안한 사람은 창천의 무구함을 담고 싶었을 것이다. 그리고 어쩌면 붉은 노을이 되어 창천에 검흔을 남기고 싶었을 것이다. 대경은 가슴이 뛰었다. 자신도 떠도는 구름이 되어 푸른 하늘을 날고 싶었다.

순간, 태극의 문양이 떠오르며 사상(四象), 팔괘(八卦), 그리고 육십사괘(六十四卦)로 나누어지며 빠르게 사라졌다.

'응? 뭐였지?'

대경은 방금 자신이 보았던 것을 기억하려 애를 썼지만 떠오르지 않았다. 그렇게 또 하루가 지나갔다.

매서운 칼바람이 세차게 몰아치며 황산에 겨울이 성큼 다가왔다.

그 칼바람 속에도 자운봉(紫雲峰) 아래에 위치한 온천에서 세 사람은 지그시 눈을 감고 몸을 담근 채 수욕(水浴)을 즐기고 있었다. 얼마 전부터 위지천이 거동할 수 있게 되자 이곳 온천에 들르는 것이 당연한 하루의 일과가 되었다. 효과가 있었는지 위지천의 몸도 나날이 좋아지고 있었다.

맨 처음 눈을 뜬 사람은 백리향이었다.

"소협."

대경은 자신을 부르는 소리에 상념에서 깨어나 백리향을 바라보았다.

"이제 위 사제도 몸이 좋아졌으니 내일쯤 떠날까 합니다."

"내일 떠나시려고요?"

"예, 그렇습니다. 사문에서 많이 기다리실 것 같아서요."

"그렇겠군요."

백리향의 말에 대경이 고개를 끄덕였다.

두 사람이 이곳에 온 지도 벌써 한 달이 지났다.

아마 지금쯤 청성에서는 두 사람을 찾느라 난리가 났을 것이다. 이제는 위지천이 몸을 움직일 수 있으니 눈이 내리기 전에 이곳을 떠나야 했다. 막상 헤어진다고 생각하니 그동안 쌓인 정이 가볍지 않았다. 왠지 진한 아쉬움이 밀려왔다.

"소협, 언제쯤 강호에 나오실 겁니까?"

백리향이 이곳에서 지내며 가장 궁금하게 여기던 것이었다.

특히 대경의 신상 내력에 대해 들은 후, 그 궁금증은 더해 갔다. 만약 자신이 대경이었다면 벌써 무당으로 향하거나 강호를 누비고 있었을 것이다.

"글쎄요, 아직 생각해 보지 않아서……."

사실 대경은 황산을 떠난다는 생각을 해본 적이 없었다.

"허, 답답합니다. 아직 은거기인이 되기에는 너무 젊지 않습니까?"

"……."

"그러지 말고 조금 있으면 원단(元旦)이니 구화산에 바람이라도 쐬러 갔다 오시지요."

'원단이라……'

백리향의 말에 외현촌의 어린 시절이 떠올랐다.

아버지께서는 항상 원단과 중추절이면 월병(月餅)을 사다 주셨다.

원래 월병은 둥근 달 모양을 상징하는 과자로 중추절에 즐겨 먹지만 형편이 어려운 대경이네는 월병으로 원단과 중추절을 보냈다. 그렇지만 대경에게는 한 해에 딱 두 번 맛볼 수 있는 세상에서 가장 맛있는 떡 과자였다.

"소협."

"예?"

"무엇을 그리 골똘히 생각하십니까?"

"아, 아닙니다. 잠시 옛 생각이 나서요."

"그랬군요. 아무튼 구화산에 화성사(化城寺)라는 큰 절이 있는데 아마 원단이라 예불 드리러 오는 사람들이 많을 겁니다."

"화성사요?"

"예, 지장보살(地藏菩薩)을 모시는 도량(道場)인데, 고관대작이나 돈푼깨나 있는 사람들이 많이 오지요. 특히 어여쁜 여염집 규수들이 많이 온답니다."

백리향은 규수라는 말을 강조했다.

"혹시 압니까, 천생연분을 만나게 될지?"

"험험! 거참, 도인이 못하는 말이 없으십니다."

"황산의 태극에 양은 있는데 음이 없으니 보기가 안쓰러워서 그럽니다."

"허! 태상노군이 들으시면 날벼락 떨어집니다."

"이해하실 겁니다. 지고한 현(玄)의 경지를 이루는 데 없어서는 안 될 음을 채우라는데 어찌 나무라시겠습니까?"

"하하하, 대단한 언공이십니다."

"무량수불."

여태껏 과묵신공에 빠져 있던 위지천이 눈을 뜨며 백리향을 바라보았다.

"사형, 어찌 도를 알면서 행하지 않으시는지요. 음이 먼 곳에 있지 않습니다. 이참에 나이 든 사매를 속세로 내보내는 것은 어떨는지요?"

"허! 드디어 사제가 득도를 했구먼. 왜 그 생각을 못했을까? 소협, 좀 평범한 성격은 아니지만 그래도 사천삼미(四川

三美)에 속하는 여사제가 있는데 어떠신지요?"

"조금이 아니라 많이 평범치 않지요. 무량수불."

"……?"

"소협이 괜찮으시다면 내 사부님의 불벼락이 있더라도 월하노인(月下老人)이 한번 되어보리다."

"그 무슨……."

대경은 재빨리 고개를 돌리며 먼 산을 바라보았다.

"이번 원단에 구화산에 들렀다가 사천으로 한번 나들이 오시지요."

"황산의 총각 기인을 기다리고 있겠습니다. 무량수불."

지금 황산의 온천에는 뜨거운 열기 때문인지 아닌지 모르게 붉어진 대경의 얼굴이 보였다.

"크흠!"

대경은 연신 헛기침을 하며 지그시 눈을 감은 채 대도(大道)의 깨달음을 구하고 있었다.

두 사람이 꼭 청성을 방문해 달라는 부탁과 함께 아쉬운 이별을 나눈 지 이레가 지났다.

어둠이 짙게 내린 연화봉 정상에는 매서운 바람에도 불구하고 대경이 무아지경에 빠져 검무를 추고 있었다.

북두칠성보를 밟으며 전후좌우로 이리저리 내뻗는 검은 너무도 빨랐다. 검로를 따라 빠르게 움직이는 검신이 달빛에 반사되며 마치 수많은 별이 춤추고 있는 한 폭의 은하수를 보는 것 같았다.

'황산아, 오랜 세월 말없이 비바람을 이겨내며 온갖 고난에도 불구하고 운해를 벗 삼아 힘차게 뻗어 있는 너의 장엄함은 도대체 어디서 온 것이냐? 네가 유(有)이고 내가 무(無)이더냐, 네가 무이고 내가 유인 것이냐?'

대경은 창안한 사람의 마음이 고스란히 담겨 있는 청운적하검을 본 이후 모든 것이 혼란스러워졌다.

먼저 태허무극검을 바라보는 시각이 달라졌다.

이미 깨달았다고 생각했던 일초 기심유검과 거의 깨달아가고 있다고 생각하던 이초 행심종검이 전혀 다르게 느껴졌다. 그동안 생각했던 무리(武理)를 송두리째 뒤흔드는 엄청난 혼돈이었다.

이제는 행심종검은 고사하고 기심유검마저 익혔는지 안 익혔는지 구분이 가지 않았다. 팔만사천검로를 익히자 자연스럽게 펼치게 된 기심유검이건만 이제는 한없이 멀게만 느껴졌다.

"무엇이 유고 무엇이 무란 말인가? 할아버님은 태허무극검에 무슨 마음을 담고 싶으셨단 말인가?'

대경은 검무를 멈추고 땅바닥에 드러누웠다.

산란한 마음을 가라앉히기 위해 검무를 추었건만 텅 빈 머릿속은 채워지지 않았다.

누워서 바라보는 밤하늘에는 둥근 달이 떠 있고, 주위로 수많은 별들이 반짝이고 있었다. 그저 멍하니 바라보며 덧없는 시간이 흘러갔다.

그런데 얼마의 시간이 흘렀을까? 무심코 지나치던 시선 속에 유난히 반짝이는 별이 보였다. 잠시 후, 반짝이던 별은 별똥별이 되어 긴 꼬리를 남기며 사라졌다.

'아!'

순간, 무엇인가 대경의 머리를 스쳐 갔다.

인간은 유한함 속에 태어났다 사라지지만 자연은 끊임없이 거대한 수레바퀴를 돌리며 굴러가고 있었다.

그렇다면 인간은 그저 그 큰 수레바퀴를 지탱해 주는 하나의 바퀴살을 이루며 살아가는 것인가?

그건 아닐 것이다. 풀 한 포기를 포함한 모든 생명체와 세상에 존재하는 유형의 모든 물체가 유(有)가 되어 또 다른 바퀴살을 이룰 것이다. 또한 이들이 영원하게 자연의 바퀴살을 이루어갈 수 있도록 생성과 소멸을 반복시키는 오행의 기운이 무(無)를 이룰 것이다. 그리고 그것이 모여 하나의 자연을 이루는 것이다.

그랬다. 그것이 바로 진정한 기심유검이었다.

"아! 어리석구나, 대경아! 참으로 어리석었구나! 어찌 보이는 것이 전부라 여겼단 말이냐? 할아버님께서는 그 자연의 이치를 순리라 하셨고, 마음을 담는 것을 넘어 자연을 닮으려

하셨던 것을……. 그것이 바로 일초 기심유검인 것을……."
　순간, 팔만사천검로의 수많은 검로가 마치 살아 움직이듯 꿈틀거리며 떠오르더니 자유롭게 섞였다 펴지기를 반복하며 하나의 선을 이루었다. 그리고 종국에는 엷게 퍼지며 사라져 갔다.
　잠시 후, 대경의 입에서 뜻 모를 이야기가 흘러나왔다.
　"이제야 진정으로 기심유검을 깨달았구나. 어찌 그동안 기심유검도 깨닫지 못한 채 행심종검의 끝 자락에 매달렸단 말이냐? 집착을 버리자. 그저 행심종검의 유(有)를 깨달은 것에 만족하자. 그리고 자연히 무(無)가 채워질 날을 기다리자꾸나."

第二章

인연은 이어지고

진중화(眞中花)

오대산, 아미산, 보타산과 함께 사대불교성지의 하나로 불리는 구화산은 최고봉인 시왕봉(十王峰)을 중심으로 백여 개의 크고 작은 봉우리가 솟아 있고, 소나무와 대나무가 기암괴석과 한데 어우러져 수려한 산세를 이루고 있다. 또한 곳곳에서 볼 수 있는 불교의 흔적과 여러 곳에 위치한 지장보살의 도량이 살아 있는 불타(佛陀)의 숨결을 느끼게 하는 안휘성 최고의 불산(佛山)이다.

이 구화산의 가파른 산길을 따라 한 청년이 어깨에 검을 걸치고 마치 유람하듯 이곳저곳을 둘러보며 연신 고개를 끄덕이고 있었다.

　잠시 쉬어가려는 듯 바위에 걸터앉은 청년은 황산을 떠나온 대경이었다.
　‘산세가 수려하구나!’
　구화산은 황산과는 또 다른 느낌이었다.
　십여 년 만에 황산을 벗어나 새로운 세상을 보니 모든 것이 그저 신기하게만 느껴졌다. 백리향의 말대로 바람 쏘이러 나오기를 정말 잘했다는 생각이 들었다. 대경은 황산의 연화봉에서 진정한 기심유검을 깨달은 후 행심종검을 익히기 위해 조급해하지 않기로 했다.
　그것은 기심유검을 깨달으며 얻은 순리 중의 하나였다. 집착을 버려야 좀 더 근본적인 본질에 접근할 수 있다는 이치를 깨달은 것이다.
　‘예불 드리러 오는 사람들이 많다고 하더니 왜 이렇게 사람들이 보이지 않는 걸까?’
　황산에서 태평호를 거쳐 구화산으로 이어지는 길을 지금은 다니는 사람이 거의 없다는 것을 모르는 대경으로서는 백리향이 자신을 바람 쏘이게 하기 위해 허풍을 떤 것이라 생각했다.
　‘내일이면 원단이로구나!’
　모든 것을 잊고 지내온 세월이지만 아직도 명절이란 말은 가슴을 설레게 하는 그 무엇이 있었다.
　‘벌써 해가 기우는구나. 서둘러야겠다.’

대경은 자리를 털고 일어나 길을 서둘렀다.

오랜 산에서의 생활을 통해 지금 서두르지 않으면 새해 아침을 노숙을 하며 숲 속에서 맞이해야 한다는 것을 알고 있었다.

한편, 화성사로 향하는 인적이 드문 갈림길에는 세 명의 사내가 서성이고 있었다.

한 사내는 커다란 덩치에 만약 안면신공으로만 따지자면 무림 내에서 손가락에 꼽는 고수가 될 정도로 큰 얼굴에 험악한 인상을 가지고 있었다. 또 다른 사내는 깡마른 체구에 뱁새눈을 가진 약간은 얍삽해 보이는 인물이었고, 나머지 사내는 곡괭이를 드는 것이 어울릴 것 같은 초로인이었다.

"이거, 오늘도 공치는 거 아니야?"

"조금만 더 기다려 보시지요."

험악한 사내의 말에 뱁새눈을 가진 사내가 대답했다.

구화산에서 태평호와 황산을 가려면 꼭 지나야 하는 이 길목은 전에 큰 산채를 이루었던 구화채의 주 수입원이 되는 곳이었다. 주로 돈 많은 유랑객들이 구화산의 화성사를 비롯한 여러 산사(山寺)들을 들렀다가 태평호로 구경하러 내려가던 길목이기에 통행세로 거두어들이는 돈이 만만치 않았다. 따라서 구화채는 한때 그 세력이 태평호에 미치며 안휘성 최대의 산채로 불렸다.

하지만 여섯 해 전에 '홍살식귀'라 불리는 혈괴인이 나타나며 구화채의 화려했던 명성은 일장춘몽으로 끝나 버렸다.

그의 일장에 산중호걸 사이에 최고의 고수로 불리던 구화채의 채주 독안귀(獨眼鬼)가 박살난 이후 급속도로 세(勢)가 기운 것이다. 이상하게도 그는 음식을 거둬가는 것 외에 산채를 괴롭히는 일은 없었다.

그런데 그에 대한 기괴한 소문이 퍼지면서 손님들의 발길이 뚝 끊겼다. 결국 시간이 흐르면서 산채 식구들은 뿔뿔이 흩어지고 이제는 오갈데없는 십여 명만이 남아 밭을 일구거나 나물을 캐 입에 풀칠을 하는 등 산중호걸에 어울리지 않는 궁핍한 생활을 하고 있었다.

요사이 며칠은 원단 전의 대목이라 큰 기대를 걸고 현 채주인 거두(巨頭) 지대웅이 직접 나섰지만 소득도 없이 파리만 날리고 있었다. 그런데 그들을 불쌍히 여긴 산신의 보답이랄까? 제법 준수한 용모를 지녔지만 어딘지 모르게 촌티가 나는 청년이 빠른 걸음으로 다가서고 있었다.

일명 뱁새라 불리는 사내가 재빨리 나서며 작업을 하려는 순간이었다.

"말씀 좀 묻겠습니다. 화성사로 가려면 어느 길로 가야 하는지요?"

'엥? 이놈이 지금 무슨 소리를 하는 거야?

뱁새는 기가 막혔다.

눈앞에 보이는 이 어수룩한 청년은 지금 분위기 파악을 전혀 하지 못하고 있었다.

뱁새가 멍하니 있자 지대웅이 나섰다.

"길을 가르쳐 줄 테니 갖고 있는 것 좀 내놓아보아라."

보아하니 가진 것은 없어 보이지만 모처럼 맞은 손님을 그냥 보낼 수는 없었다.

"무엇을 내놓으라는 것인지……?"

"이놈아, 우리가 굶주린 생활에 지쳤으니까 가진 것 있으면 다 내놓으라고!"

"아! 잠시만 기다리시지요. 여기 있습니다."

대경은 품속에서 한 덩어리의 육포를 꺼내 건네주었다.

"엥? 너 지금 뭐 하는 거냐?"

"제가 가진 것이 이것밖에 없습니다. 많지는 않지만 나눠 드시지요."

잠시 멍한 표정이 된 지대웅의 얼굴이 서서히 일그러졌다.

"이놈, 좋은 말로 할 때 가진 거 모두 내놓아라!"

흉살악신의 표정이 된 지대웅이 거궐도를 빼어 들었다.

대경이 잠시 멍한 표정을 짓자 씩씩거리며 거궐도를 치켜 올리고는 말했다.

"말로 해서는 안 되겠구나! 네놈이 자처한 일이니 원망하지 말아라!"

말이 끝남과 동시에 거궐도가 바람을 가르며 대경의 머리를 향했다.

그러나 '챙' 소리가 나며 거궐도는 정확히 대경의 머리 한 뼘 윗부분에 멈춰 서고 말았다.

어느새 검을 뽑았는지 대경의 검이 거궐도를 막고 있었다.

'으잉?'

여태껏 힘으로 져본 적이 없는 지대웅이었다.

자신의 눈을 의심하며 도에 힘을 실었다. 하지만 어떻게 된 영문인지 도는 검에 막혀 꿈쩍도 하지 않았다.

"이놈, 제법이로구나."

지대웅은 재빨리 뒤로 물러나며 뱁새를 향해 눈을 찡그렸다.

"자, 이것도 받아보아라!"

큰 기합 소리와 함께 '팔방풍우'를 펼치며 대도를 휘둘렀다.

옆에 서 있던 뱁새도 빠르게 낫 모양의 갈고리를 휘두르며 대경의 옆구리를 노렸다. 그러나 두 사람의 협공은 부질없이 허공만 가르고 말았다. 어느새 대경의 신형은 뒤로 물러나 있었다. 지대웅은 혹시나 하는 생각이 들었지만 그러기에는 산채의 생활이 너무도 궁핍했다.

"이놈, 잘도 피하는구나! 어디 이것도 피할 수 있나 보자!"

지대웅은 전에 채주였던 독안귀로부터 한 수 배웠던 교룡토출(蛟龍吐出)이란 초식을 펼쳤다.

타고난 역사인지 내력이 없음에도 거센 바람을 일으키며

꿈틀거리는 대도가 대경을 향해 날아왔다.

'크흑!'

대도가 또다시 애꿎은 허공을 가르는 순간 지대웅은 명치 끝 부분에 강한 통증을 느끼며 고꾸라졌다.

사태가 심상치 않음을 느낀 뱁새가 갈고리를 휘두르며 대경에게 향했지만 한순간 보기 좋게 땅바닥에 대 자로 드러누웠다. 대경의 시선이 초로인을 향하자 초로인은 도를 든 채 바들바들 떨었다.

대경은 내심 어이가 없었지만 강한 충격에도 불구하고 비틀거리며 일어나고 있는 지대웅의 타고난 신력에 놀라며 다시 한 번 발로 명치를 걷어찼다. 결국 지대웅은 '꽥' 소리를 지르며 뱁새와 함께 나란히 땅바닥에 드러눕고 말았다.

화성사의 지객당을 맡고 있는 해명(海明)은 오늘도 산문에서 산사를 찾아오는 향객과 내일 원단을 맞아 멀리서 찾아온 신도들을 맞느라 분주한 하루를 보냈다.

해명은 화성사를 자주 찾는 이들 사이에 활불(活佛)이라 불리는데, 지난 삼십여 년간 하루도 빠지지 않고 산문에서 친절하게 신도를 맞이하기 때문이었다. 십여 년 전 지객당주가 된 이후에도 몸소 산문에서 신도들을 맞으니 칭찬이 끊이지 않았다. 사찰 내에서 조심스럽게 차기 주지승(住持僧)으로 점쳐지고 있었지만 그런 소문에 아랑곳하지 않고 오직 산문을 지키는 소임을 다하고 있었다.

해명은 산문에서 신도들을 맞는 것이 정말로 좋았다.

만약 출가하지 않았더라면 얼굴 한번 보기 어려웠을 고관대작과 그의 가족, 그리고 유명 세가의 사람들이 마치 고승을 보는 듯 대해주고, 지장제 날이면 염불을 잘해달라며 가사(袈裟) 또한 두둑하게 해주니 더 이상의 바람이 없었다.

삼십여 년 전 지장보살의 화신이라 불리던, 지금은 입적(入寂)하신 전대 주지승이셨던 혜각 선사(慧覺先師)님께 계도(啓道)를 받던 날이었다.

"네놈의 얼굴을 보니 정말 중이 되길 잘했다. 평생 산문이나 지키고 있으면 득도한 고승 소리는 몰라도 대사 소리는 듣겠구나."

그리고 금강경(金剛經)의 여러 구절을 말씀해 주셨는데 까막눈이었던 그가 알아들을 수 있는 말은 하나도 없었다.

눈만 끔뻑거리고 있으니 선사께서는 혀를 차고는 웃으며 말씀하셨다.

"쯧쯧쯧, 한심하긴 하다만 모르는 것을 모른다고 하니 너야말로 부처님께 가까운 제자로구나. 반야심경(般若心經)에 보면 '색즉시공 공즉시색(色卽是空 空卽是色)' 이란 말이 있는데 훗날 누가 어려운 말을 묻거든 그렇게 대답하거라."

이후, 그 말을 잊지 않기 위해 몇 날 며칠을 노력했다.

지금도 그 말이 무슨 뜻인지는 모르겠지만 가끔 학식이 높아 보이는 사람이 대사께 깨달음을 구한다며 못 알아듣는 이상한 말을 할 때면 어김없이 합장하며 '색즉시공 공즉시색'이라 말했다. 그러면 상대는 감탄 어린 눈으로 자신을 바라본 후 깨우쳐 주서서 고맙다며 허리 굽혀 인사했다.

아무튼 바쁜 하루를 보내자 저녁을 알리는 산사의 종소리가 들렸다. 이제는 산사로 돌아갈 시간이었다.

"음, 올해도 보람찬 인간도를 수행했구나. 불경(佛經)을 읽는 것보다는 직접 신도들을 맞아 고락을 나누는 것이 불자의 도리인 게야. 암, 그렇고말고."

오늘도 겹쳐진 두 턱에 뿌듯한 미소를 머금고 산사로 향하기 위해 몸을 돌리는 순간이었다.

"으혁! 누, 누구요?"

갑자기 숲길에서 누군가 빠르게 다가왔다.

하마터면 깜짝 놀라 품위를 잃고 뒤로 나동그라질 뻔했다. 자세히 보니 촌티가 나는 젊은 청년이었다.

"스님, 이곳이 화성사가 맞는지요?"

보아하니 하루 잠자리를 얻기 위해 찾아온 뜨내기 향객이었다.

'그래, 내일이 원단이니 따뜻한 밥 한 그릇이라도 먹여야지.'

"그렇다네. 하루 지내려 왔나?"

"예. 워낙 유명한 곳이라고 들어서 내일 원단을 이곳에서 맞을까 해서 왔습니다.”

“그랬구먼. 내 빈방을 하나 내줄 터이니 하루 잘 쉬어가게. 부처님께 향 피워 드리는 것 잊지 말고.”

“예, 고맙습니다.”

“허허, 고맙긴. 자, 따라오게.”

해명의 뒤를 따라 산사로 오르는 젊은 청년은 조금 전 구화채 식구를 떠나온 대경이었다.

지대웅과 뱁새가 정신을 차린 후 바짓가랑이를 잡고 살려 달라고 애걸복걸하는 바람에 지체하게 되었다. 우는 건지 찡그리는 건지 모를 지대웅의 얼굴을 보며 한숨이 나왔지만 근엄한 표정으로 꾸짖은 후에 다시는 호걸 생활을 하지 않겠다는 다짐을 받고 왔다.

그러나 소도 비빌 언덕이 있어야 하는 법, 궁핍한 생활이 계속되다 보면 분명 유혹을 참기 어려울 것이다. 또한 그들의 말을 들어보니 홍살식귀라 불리던 혈괴인이 바로 혈마 할아버지였던 것을 알 수 있었고, 자신도 그가 가져온 푸짐한 음식으로 호식하며 지냈으니 어쩌면 그들과의 만남 또한 인연이라 할 수 있었다. 하는 수 없이 주머니에 십여 년간 고이 간직해 오던 은자 두 냥을 건네주었다. 그것으로 농기구라도 장만하고 겨우내 산채 식구들이 굶지 않고 지냈으면 하는 마음에서였다.

한편, 산사의 앞에 다다르자 해명을 따르던 대경의 눈에 마치 연꽃같이 생긴 연못이 보였다. 대경의 발길이 잠시 멈추며 연못을 바라보자 해명이 고개를 끄덕였다.

"젊은 시주, 월아지(月牙池)라 불리는 연못이네. 그곳에다 방생(放生)을 하며 소원을 빌면 소원이 이루어진다고 전해지네."

"그렇군요. 연못이 크지는 않지만 보는 이로 하여금 편안함을 느끼게 해줍니다."

"허허, 그렇게 느낀다니 부처님과 인연이 있는 모양일세."

해명은 대경과 함께 나란히 서서 월아지를 바라보았다.

잠시 후, 주변에 어둠이 내리자 두 사람이 천천히 발길을 옮기는 순간이었다.

"어머, 대사님! 여기 계셨군요?"

마치 천상의 옥음이 울리는 듯 맑은 여인의 목소리가 들려왔다.

두 사람은 동시에 몸을 돌리며 목소리가 들린 곳을 바라보았다. 순간, 대경의 눈은 한없이 동그래졌다. 그곳에는 진정 아름다움이 무엇인가를 가르쳐 주는 한 젊은 여인이 다소곳한 모습으로 서 있었다.

"허허허, 이거 강 소저로구먼. 그래, 오라버니와 여동생은 어디 가고 홀로 이곳에 왔는가?"

'강 소저?'

다가오는 그녀를 바라보는 대경의 가슴은 세차게 뛰었다.

"오늘 저녁 대웅보전에 들고 싶어서 허락을 받기 위해 대사님을 찾았습니다."

"허허, 다른 승도(僧徒)들도 많건만……."

"다른 곳도 아니고 대웅보전인데 어찌 활불이라 불리시는 대사님의 허락을 구하지 않고 그곳을 사용할 수 있겠습니까?"

"허허허, 활불은 무슨. 그저 우매한 한 명의 불제자일 뿐이지."

"대사님의 높은 공덕(功德)에 그저 고개가 숙여질 뿐입니다."

"허허허, 정말 강 소저는 재색을 겸비한 절세가인이로세. 내 어찌 이토록 어여쁜 여시주의 청을 모른 척할 수 있겠는가? 내 주지승께는 말씀드릴 테니 걱정하지 말고 밤새 부처님을 뵙게나."

"대사님, 그럼 소녀는 그렇게 알고 물러가겠습니다."

"허허, 그러시게. 아미타불."

대경은 멍하니 서서 돌아서는 여인의 뒷모습을 바라보았다.

그런데 몇 걸음 옮기던 여인이 잠시 멈추어 서더니 대경을 돌아다보았다. 여인과 눈이 마주치자 대경은 숨이 멎는 것 같았다. 심장이 세차게 고동치며 다리가 떨려왔다. 순간 무극진기가 꿈틀거리며 몸 안을 휘돌기 시작했다. 그제야 머리가 맑아지며 정신을 차릴 수 있었다.

아는지 모르는지 여인은 쌩긋 웃더니 대경이 들고 있는 검을 힐끗 쳐다보았다. 그리고는 고개를 갸웃거리며 대웅보전이 있는 곳으로 발길을 돌려 사라져 갔다.

"시주, 시주?"

"아, 죄송합니다."

"허허허, 강 소저를 보더니 정신을 못 차리는구면."

"……."

대경은 해명의 말에 얼굴이 화끈 달아오르는 것을 느꼈다.

다행히 어둠이 내린 뒤였기에 망정이지 월아지 앞에 잘 익은 홍시 달린 감나무가 될 뻔했다.

"하긴, 강 소저를 보고 마음이 설레지 않는다면 이미 득도한 사람일 게야. 그나저나 그 어리던 여시주가 언제 저렇게 컸는지……."

"전부터 알고 지내던 사이신가요?"

"누구? 강 소저 말인가?"

해명은 대경이 고개를 끄덕이자 말을 이었다.

"한 삼십여 년 되었나? 아무튼 내가 처음 이곳에 왔을 때부터 여시주의 할아버지와 전대 장문인이셨던 혜각 선사님은 이미 절친한 사이셨다네. 매년 원단이면 이곳에 들러 이삼 일간 머물다 가셨는데 언제부터인가 맑은 눈망울을 가진 여아를 데리고 오셨지. 여아는 하루 종일 내 옆에서 자신도 신도를 맞겠

다며 오는 사람마다 인사를 하는데, 그 모습이 어찌나 귀엽고
예쁘던지. 그랬는데…….”

“……?”

“한 육 년이 넘었나? 그분이 돌아가신 후 아버지가 표국을
맡아 운영하는데 예전보다 아주 많이 어려워졌나 봐.”

“그렇군요…….”

“자, 이젠 그만 가세나. 너무 늦은 것 같네.”

대경은 고개를 끄덕이며 앞장서고 있는 해명의 뒤를 따랐
다.

해명의 안내를 받아 들어간 곳은 깨끗하게 정리되어 있는
조그만 방이었다. 대경은 자리를 깔고 누웠지만 좀처럼 잠을
이룰 수가 없었다.

‘후유, 강 소저라고 했나?

한숨이 나오며 가슴이 답답해졌다.

강 소저라 불리던 여인의 모습이 떠오르며 좀처럼 머리에
서 지워지지 않았다.

‘안 되겠다. 잘못하면 밤을 꼬박 새우겠어.’

할 수 없이 자리에서 일어나 좌정하며 토납술을 시작했
다.

그런데 이상하게도 한 호흡이면 바로 몰입되던 토납술이
전혀 몰입이 되지 않았다. 집중이 되지 않는 것이다. 그렇게
하염없이 긴 밤은 흘러만 갔다.

새벽을 알리는 종소리가 울리자 대경은 자리를 거두고 밖으로 나왔다. 그나마 새벽의 찬 공기가 산란한 마음을 가라앉혀 주었다. 주변을 둘러보니 아직 동이 트기 전이라 사방이 어두웠다.

그저 발길 닿는 대로 천천히 산사와 산사의 주변을 둘러보았다. 마지막 발길이 닿은 커다란 전각에는 용사비등한 서체로 대웅보전이란 현판이 걸려 있었다. 그리고 어느새 동이 터 오는지 빛에 반사되어 반짝거리고 있었다. 한참 현판에 적혀 있는 서체에 몰입해 있을 때 대웅보전의 옆문이 열리며 누군가가 밖으로 나왔다.

'아!'

그녀였다. 하얀 밤을 까맣게 지새우게 만들었던 바로 그녀였다.

대경의 몸은 마치 벼락을 맞은 듯 경직되었다. 그런데 눈앞에 그녀가 비틀거리며 주춤거리자 대경의 몸은 어느새 그녀의 곁에 이르렀다.

"누구?"

여인은 깜짝 놀라며 대경을 바라보았다.

어제저녁에 월아지에서 해명 대사와 함께 서 있던 약간은 촌스럽지만 제법 준수한 용모를 지닌 청년이었다. 청년은 눈을 동그랗게 뜬 채 자신을 빤히 쳐다보고 있었다. 잠시 기억을 더듬어보았지만 눈앞의 청년은 어제 처음 본 얼굴이었다.

그러나 순간적으로 본 청년의 움직임은 예사롭지 않았다.

"혹시 저를 아시나요?"

대경은 고운 목소리가 들리자 그때서야 퍼뜩 정신을 차리며 고개를 저었다.

"그런데 어떻게……?"

"그것이……."

순간, 대경은 말문이 막혔다.

그녀가 비틀거리는 모습을 보자 자신도 모르게 다가선 것뿐이었다. 잠시의 어색함을 사라지게 한 것은 그녀의 질문이었다.

"공자님은 대사님과 아시는 사이인가요?"

"예? 아, 아닙니다. 어제 처음 뵈었습니다."

"그렇군요. 그럼 이곳 화성사에는 향객으로 오신 분이군요?"

"그렇기도 하고… 아니기도 하고……."

"예?"

대경이 머리를 긁적이자 여인이 미소를 지었다.

"공자님이 말씀하시는 뜻을 잘 모르겠어요."

"그것이… 저는 원래 황산에서 오래 살았는데 아는 분이 화성사가 좋으니… 그곳에서 원단을 보내는 것이 어떻겠느냐고 해서… 그래서 오게 되었습니다."

긴장된 마음은 사라졌지만 스스로도 왜 이렇게 횡설수설하고 있는지 이해가 되지 않았다.

"…그랬군요. 아무튼 공자님을 만나뵈어서 반가웠습니다. 소녀는 그만 가봐야 할 것 같아요. 다음에 기회가 있으면 뵐게요."

"예? 예……."

무엇인가 진한 아쉬움이 밀려왔지만 아무런 말도 할 수 없었다.

돌아서던 그녀가 잠시 멈추며 대경을 바라보았다.

"저, 혹시……."

"예, 말씀하세요."

"아, 아니에요. 그럼."

그녀는 고개를 끄덕여 인사를 하고 마당을 가로지르며 천천히 떠나갔다.

대경은 사라지는 그녀의 뒷모습을 그저 멍하니 바라보았다. 그런데 왠지 그녀의 뒷모습에는 어떤 쓸쓸함이 배어 있는 것 같았다.

*　　　*　　　*

아침이 되자 사찰은 많은 인파로 넘쳐나고 있었다.

대경은 혹시나 하는 마음에 대웅보전으로 향했으나 대웅보전 안은 물론 앞마당까지 넘쳐나는 신도들로 발 디딜 틈이 없었다. 이렇게 많은 사람이 모여 있는 것은 처음 보았다. 남녀노소 모두 모여 '아미타불' 을 외치고 있는데, 그 모습이 장엄해 보이면서도 한편으로는 신기해 보였다.

'후유, 사람들이 너무 많구나!'

씁쓸한 마음을 뒤로하고 월아지로 향했다.

대부분의 신도들이 예불을 드리거나 법문을 듣기 위해 대웅보전에 몰려 있는 까닭에 의외로 월아지의 주변은 한가했다.

대경의 눈에 이십대 후반의 검을 든 무인으로 보이는 청년과 십사오 세가량 되어 보이는 소녀가 보였다. 소녀는 활달한 성격인 양 종달새처럼 연신 종알거리고, 청년은 미소를 띠며 고개를 끄덕이고 있었다. 대경이 다가서자 두 사람은 대화를 멈추고 대경을 바라보았다.

그런데 소녀가 갑자기 키득키득거리며 웃기 시작했다. 대경은 이유를 몰라 어리둥절했으나 잠시 후 그 웃음의 주인공이 바로 자신이라는 것을 깨닫고 멋쩍어할 때였다.

"운미야, 처음 뵙는 분한테 그 무슨 무례한 행동이냐? 어서 사과드리거라."

자상해 보이던 청년이 미간을 모으며 나무라자 소녀가 입을 삐죽거렸다.

"어서 사과드리지 못할까!"

청년의 호통에 소녀가 움찔거리며 대경에게 사과하려는 순간 대경이 먼저 입을 열었다.

"괜찮습니다. 너무 나무라지 마십시오."

청년은 엄한 표정으로 소녀를 바라본 후 대경을 바라보았다.

"제가 대신 사과드리겠습니다. 사촌 동생인 운미란 아인데, 워낙 귀여움을 받고 자라서 버릇이 좀 없습니다."

"하하하, 아닙니다. 그저 조금 활달한 성격인 것 같습니다."

"그렇게 이해해 주시니 고맙습니다."

잠시 후, 청년이 자신을 소개했다.

"저는 조양문(朝陽門)의 진원검 강무영이라 합니다."

"아, 예. 저는 황산에서 온 장대경이라 합니다."

강무영은 언뜻 상대의 손에 검이 들려 있는 것을 보았다.

빠르게 황산에 있는 무림문파를 떠올려 보았지만 생각나는 문파나 유명한 무관은 없었다. 비록 깨끗한 옷을 걸친 단정한 모습이긴 했지만 왠지 모르게 촌티가 흐르는 것이 영락없는 삼류무인이었다.

그런데 이상하게도 청년에게는 알 수 없는 묘한 기운이 흘렀다. 고개를 저으며 훑어보던 시선이 검으로 향하는 순간이었다.

'저 검은?'

강무영은 대경의 검에서 시선을 떼지 못했다.

검병이 많이 닳긴 했지만 분명 무당의 송문고검이었다. 특히 저 흑갈색의 벽조목(霹棗木)으로 만들어진 검병은 분명 자신이 아는 검의 절대자가 지니고 있던 검이다. 할아버지께서 젊은 시절 친한 벗을 얻게 되었다며 가문의 앞마당에 있던 벼락 맞은 대추나무의 일부 조각을 그분께 선물한 것으로 어린 시절부터 보아온 검이었다.

'저 검을 어떻게 이 청년이……?'

"소협, 실례지만 사문이 어떻게 되는지요?"

대경은 자신의 검을 뚫어지게 쳐다보던 강무영이 갑자기 진지한 표정으로 물어오자 의아한 생각이 들었다.

"사문은 없습니다."

"그러면 그 검은 어떻게……?"

"이 검이요?"

상대가 왜 이렇게 검에 관심이 많은지 이해가 되지 않았지만 굳이 감출 것도 없었다.

"할아버님께 물려받은 것입니다."

'할아버님?'

강무영은 잠시 어리둥절해졌다.

자신이 알기로 그분은 제자도 두지 않았는데 상대가 할아버님이라 부르고 있으니 이해가 되지 않았다. 대경은 상대의 표정에서 그가 무엇을 의아해하고 있는지 알 수 있었다.

"하하하, 이상하게 생각하실 것 없습니다. 황산에서 할아버님께 목숨을 구원받은 후 맺어진 인연입니다."

"아! 그러셨군요. 그런 일이 있었군요."

잠시 후 강무영은 궁금한 표정으로 대경을 바라보았다.

"그럼 그분은 지금 황산에 계신가요?"

"…아닙니다. 오래전에 우화등선하셨습니다."

"아……!"

강무영의 입에서 탄식하는 소리가 흘러나왔다.

그분은 생전에 천원신검 강자량이라 불리던 자신의 할아버지와 절친한 지기(知己)셨다. 그런데 남궁세가를 방문하고 소식이 끊기자 무림에는 갖가지 소문이 나돌았다. 도를 얻기 위해 은거했다, 암암리에 활동하던 대마두와의 대결에서 양패구상당했다, 우화등선을 했다는 등 온갖 추측이 난무했지만 이상하게도 당사자인 무당과 남궁세가에서는 침묵으로 일관했다. 그렇게 한동안 무성했던 소문은 그들의 침묵 속에 의혹만 남긴 채 점점 무인들의 기억에서 사라져 갔다.

그런데 오랜 시간이 흐른 지금 구화산의 한 산사에 그분과 인연을 맺은 한 청년이 나타난 것이다. 아직 정확히 그분의 진전을 이었는지는 모르겠지만 검을 들고 있는 것을 보면 어떤 가르침을 받은 것이 분명했다.

한참 상념에 빠져 있던 강무영을 깨운 것은 대경의 질문이었다.

"그런데 할아버님께서는 강호에서 유명한 분이셨나 보죠?"

대경이 얼마 전부터 궁금하게 생각하던 부분이었다.

아직 무림에 대해 아는 것이 없는 대경이었다. 물론 할아버지가 무림이란 세계의 무당 출신으로 상상할 수 없는 경지에 올랐다는 것은 알고 있었다. 무당에 전해주어야 할 흑옥패 역시 아직 자신의 목에 고이 걸어 간직하고 있었다.

그런데 얼마 전 청성의 백리향과 위지천에게 할아버님과의 관계를 이야기했을 때였다. 할아버님에 대한 그들의 반응은 실로 놀라운 것이었다. 두 사람은 거의 경외지심(敬畏之心)을 가지고 있었다.

이번에도 역시 할아버지를 잘 알고 있는 듯한 강무영을 만나자 또다시 놀라운 반응을 보이고 있다. 대체 할아버지께서 얼마만큼이나 무림에서 비중을 차지하던 분이셨기에 만나는 사람마다 이러한 반응을 보이는 것인지 참으로 궁금해졌다.

"아직 진인에 대해서 잘 모르고 계십니까?"

"예, 당신에 대해서 특별하게 말씀하신 적이 없습니다."

"허! 역시 속세의 미명을 초월한 그분께 어울리는 행동이셨군요."

"예?"

"그분께서는 강호에서 무당검성이라 불리던 검의 최고봉이셨습니다. 워낙 명리에 초탈했던 분이시라 정사를 막론하고 존경을 받으셨지요. 또한 저의 선조부님과는 막역한 사이셨구요."

"…그랬군요."

'할아버지…….'

잠시 기억 속에 잊혀졌던 할아버님의 자상한 모습이 떠올랐다.

'할아버지가 자랑스러워요. 할아버지께서는 항상 제 옆에 계신다고 하셨죠? 대경이도 늘 할아버지와 함께한다고 생각하며 꿋꿋하게 살아가고 있어요.'

이제 원단을 맞아 스물두 살의 어엿한 헌헌장부가 되었건만 이상하게도 할아버지를 생각할 때면 예전의 어린 시절로 되돌아갔다. 그리고 그때의 행복하던 기억이 떠오르며 마음이 푸근해지곤 했다. 아스라이 떠오르던 기억은 강무영에 의해 막을 내렸다.

"소협?"

"아, 예. 잠시 옛 생각이 떠올라서……."

"그러셨군요. 그런데 소협은 어디로 가시는 길인지……."

"그것이… 아직 확실하게 갈 곳을 정하지 못했습니다."

사실 황산을 나온 김에 세상을 한번 둘러보고 싶었다. 그래서 흑옥패를 전해주러 무당으로 갈 것인지 청성을 방문할 것인지를 놓고 고민하던 중이었다.

"잘되었습니다. 저희 조양문으로 가시죠. 선조부와 진인의 친분을 생각해 보면 우리의 인연 또한 가볍지 않습니다."

“하지만…….”

대경이 선뜻 결정을 내리지 못하고 있을 때였다.

“언니.”

옆에 있던 운미가 환하게 웃으며 누군가를 불렀다.

‘아!

대경은 잠시 멍해졌다.

고개를 돌리는 순간 그녀가 미소를 띠며 천천히 걸어오고 있었다.

“어디 갔다 이제 오는 거냐?”

강무영이 다가선 그녀를 보고 물었다.

“잠시 대웅보전을 둘러보고 오느라고…….”

“소희야, 인사드리거라. 태허 진인 어르신의 의손자인 장대경 소협이시다.”

“…….”

“…….”

“혹시 두 사람이 아는 사입니까?”

강무영은 두 사람이 약간 어색한 표정을 지으며 고갯짓으로 인사하자 이미 서로 알고 있다는 생각이 들었다.

“어머, 두 사람, 얼굴이 붉어졌어.”

“험험.”

옆에서 지켜보던 운미가 크게 말하며 손가락으로 가리키자 대경은 더욱 얼굴을 붉히며 쥐구멍이라도 찾고 싶었다.

"하하하, 소협은 언제 우리 소희를 만나셨습니까?"

"그것이……."

"정말 소협과는 인연이 많은 것 같습니다. 조양문으로 가시지요. 안경에서 호북성의 무한으로 가는 배를 타려면 원단이라 사람이 많을 것이니 서두르는 것이 좋겠습니다."

"저 촌스런 아저씨도 같이 가는 거야?"

"허, 이 녀석 말버릇 좀 보게. 또 한 번 버릇없이 굴면 오라비에게 혼날 줄 알아라. 그리고 소협이 한동안 조양문에 머무를 것이니 소희 너도 불편하지 않게 잘 보살펴 드려야 한다."

"예……."

일행이 산에서 내려오는 동안 대경은 주로 강무영과 이야기를 나누었다.

하지만 신경은 온통 운미와 함께 뒤따르고 있는 소희에게 쏠려 있었다. 가끔 운미와 대화하는 소희의 목소리가 들렸다. 대경은 그저 그녀와의 만남이 계속되었으면 하는 바람이었다. 비록 예정에 없는 조양문으로의 행보였지만 발걸음이 사뭇 가벼웠다. 아직은 그녀가 무림에서 호북제일미 진중화(眞中花)라 불리고 있는 것을 몰랐다.

일행이 구화가로 내려온 것은 점심때가 지나서였다. 구화산 바로 아래 자리하고 있는 구화가는 구화산을 찾는 많은 사람들이 빈번하게 오가는 길목이기에 각종 상점과 객잔 등이 들어서 있는 제법 번화한 마을이었다.

네 사람은 식사를 하기 위해 객잔을 찾았다. 다행히 멀지 않은 곳에 '구화객잔'이란 간판이 걸려 있는 것을 보고 그곳으로 향했다.

대경이 객잔 입구에서 머뭇거리자 강무영이 대경의 손을 잡고 객잔 안으로 들어갔다. 객잔은 밖에서 본 것보다 훨씬 넓었다. 하지만 점심때가 지나서인지 객잔 안은 한산했다. 점소이가 소희를 힐끗힐끗 쳐다보며 일행을 이층의 창가 쪽에 비어 있는 자리로 안내했다.

대경은 난생처음 들어와 보는 객잔이 낯설었다. 자리에 앉은 후 천천히 주변을 둘러보았다. 객잔은 열두 개의 큰 기둥에 벽이 온통 창문으로 되어 있었다. 창문은 모두 위로 올려져 있어 밖이 훤히 내다보였다.

"소협, 장 소협?"

대경은 강무영이 부르는 소리에 둘러보던 시선을 멈추었다.

"뭘 그리 열심히 둘러보십니까?"

"아, 예. 객잔 안이 생각보다 넓어서요."

소희가 앞에 앉아 있으니 객잔을 처음 들어와 봤다는 말이 나오지 않았다.

"그렇군요. 사실 저도 객잔이 생각보다 넓다고 생각하고 있었습니다. 그런데 식사는 뭘로 하실 건지?"

옆을 바라보자 어느새 친절한 표정으로 바뀐 점소이의 웃는 얼굴이 보였다.

그리고 점소이가 막 객잔의 고급 요리에 대해 설명하려는 순간이었다.

"그냥 간단한 것으로 하겠습니다."

강무영은 어색해하는 대경의 표정을 보며 아차 하는 생각이 들었다.

줄곧 산에서만 지냈으니 객잔에 처음 왔을 것이다. 따라서 음식의 종류는 물론 음식을 시켜보지도 못했을 것이다. 고개를 끄덕이며 점소이에게 간단하게 동파육과 만두, 그리고 소면을 시켰다. 순간, 기대에 찼던 점소이의 얼굴이 냉랭하게 변하며 대경을 노려보고는 주방으로 향했다.

잠시 후, 강무영이 대경을 바라보았다.

"장 소협, 궁금한 것이 있습니다."

"예, 말씀하시지요."

"다름이 아니라 혹시 진인께 무공을 배우셨는지요?"

"아, 예. 토납술과 검을 배웠습니다."

강무영이 고개를 갸웃거렸다.

"토납술과 검이라……. 그럼 무당의 검을 익히신 겁니까?"

"아닙니다. 태허무극검이라 부르는데, 할아버님께서 말년에 얻으신 검이라 들었습니다."

"진인께서 직접 창안하신 검이라고요?"

"예, 그렇게 알고 있습니다."

"허, 절대검호라 불리시던 진인께서 직접 창안하신 검이라……. 대체 어떤 검인지 궁금해지는군요."

다소곳하게 앉아 있던 소희가 눈빛을 반짝였다.

"공자님, 태허무극검에 대해 설명해 주시겠어요?"

대경이 약간 의아한 표정으로 소희를 바라보자 강무영이 설명해 주었다.

"진인께서는 생전에 저희 가문을 일 년에 한 번은 들르셨죠. 그리고 소희를 무척 예뻐하셨답니다. 오실 때마다 소희에게 당과도 사다 주시고 같이 놀아주기도 하시고, 마치 친손녀처럼 대해주셨죠. 그래서인지 소희도 진인을 무척 따랐답니다. 아마 진인을 생각하는 마음이 남다를 겁니다."

"…그렇군요."

대경은 소희에게서 할아버님을 그리워하는 눈빛을 보았다. 왠지 그녀에게 한걸음 가까이 다가서는 느낌이 들었다.

"태허무극검은 팔만사천검로가 기본이 되는 검으로 삼 초로 되어 있습니다. 그렇다고 그 삼 초가 따로 정해진 형이 있는 것은 아닙니다. 그저 할아버님께서 깨달으신 자연을 담은 것이죠. 일초는 자연의 이치를 담고, 이초는 자연에 동화되는 것이고, 삼초는 자연 자체가 되는 것이라 생각하시면 됩니다. 마지막 사초가 있긴 하지만 그것은……."

“후유, 너무 어려운 말씀이시군요.”

“저도 그렇게 생각합니다. 이제 겨우 약간의 깨달음을 얻었을 뿐입니다.”

왠지 뿌듯한 기분을 느끼며 소희를 바라보았다.

대경의 시선을 받은 소희의 볼이 발그레해졌다. 그 모습에 대경의 얼굴이 환하게 밝아지는 순간이었다.

“주문하신 음식이 나왔습니다.”

‘윽!’

대경의 해맑던 표정에 갑자기 먹구름이 끼었다.

점소이가 양손 가득 음식을 들고 와 탁자에 내려놓았다. 그리고 대경의 시선과 마주치는 순간 두 사람 사이에 불꽃이 튀었다. 점소이는 잠시 대경을 노려보더니 휑하니 사라졌다. 대경 또한 사라지는 점소이의 뒷모습을 노려보았다.

“소협, 드시지요.”

“아, 예. 드시지요.”

대경은 입맛이 없었다.

하지만 먹음직스럽게 보이는 동파육의 한 조각을 집어 입에 넣으며 아쉬움을 달랬다. 잠시 후, 씹을 때마다 느껴지는 쫄깃쫄깃한 껍질과 부드러운 육질의 맛이 입 안 가득 퍼지자 처음 맛보는 진미에 사라진 입맛이 되살아났다. 어느새 목 안으로 사라진 아쉬움을 달래며 한 조각 더 집었을 때였다.

우지끈! 쾅!

"으악! 악!"

기물 부서지는 소리가 들리더니 연이은 비명 소리가 건너편 창가 아래에서 들려왔다.

식도락에 빠져 있던 대경의 시선이 강무영과 마주치자 강무영의 고개가 끄덕여졌다. 대경은 천천히 자리에서 일어나 건너편 창가로 향했다.

창가의 아래에는 여러 개의 쌀 포대가 어지럽게 흩어져 있고, 그 옆에는 상처 입은 두 사내가 넘어져 있었다. 한 사내는 쌀 포대의 찢어진 곳을 두 손으로 막고 있고, 또 한 사내는 땅바닥에 널브러져 있는 쌀을 주워 담았다. 그들의 앞에는 이미 유혈이 낭자한 커다란 덩치를 가진 사내가 한 상점의 처마를 바치고 있던 나무 기둥을 뽑아 휘두르고 있었지만 애꿏은 허공만 휘두르고 있을 뿐이었다. 앞에 있는 사람에게 일방적으로 얻어맞고 있었다. 결국 상대의 발에 일격을 당하며 쓰러지고 말았다. 쓰러진 덩치 큰 사람을 보던 대경의 눈이 커졌다. 화성사로 오르는 길에 만났던 지대웅이었다.

끝장을 보려는 듯 하늘로 솟아 있던 사내의 발뒤꿈치가 지대웅의 목 아래 급소인 천돌(天突)로 내리 꽂혔다. 순간, 대경의 몸이 움직였다.

"으악!"

안면에 웃음을 띠며 발뒤꿈치로 내리꽂던 사내의 입에서 찢어질 듯한 비명 소리가 나오며 그대로 쓰러졌다.

순식간에 일어난 일에 주변에 있던 사람들이 웅성거렸다. 대경의 검집에 목덜미를 얻어맞은 사내는 일어날 줄을 몰랐다. 아마 거동하려면 최소한 육 개월 이상은 걸릴 것이다.

잠시 후, 사람들이 하나둘 떠나갔다.

"대협!"

지대웅은 희미한 눈 속으로 대경이 보이자 마치 어린아이처럼 엉금엉금 기어왔다.

"대체 이게 어찌 된 일입니까?"

"엉엉!"

지대웅은 대경의 허벅지에 얼굴을 묻고는 서럽게 울었다.

매달려 우는 모습이 서로 뒤바뀐 것처럼 보이지만 이상하게도 어색해 보이지 않았다.

"저 사람은 대체 누구입니까?"

대경은 쓰러진 사내를 가리키며 물었다.

"어엉, 그자는……."

지대웅은 대경과 만난 후 호걸 생활에 회의를 느꼈다.

산채로 돌아가 남은 식구들을 불러모았다. 그들 중에 뱁새를 제외하고 나면 삼류검법의 일 초라도 펼칠 수 있는 식구는 한 명도 없었다. 도대체 산채인지 화전민 마을인지 구분이 되지 않았다. 구화채의 부흥을 꿈꾸며 이곳에 남은 지 여러 해가 지났건만 어느새 그 꿈을 접은 지 오래되었다. 이제는 입에 풀칠을 해야 하는 걱정으로 살아가고 있었다.

운이 좋아 대경을 만났지만 만약 다른 고수를 만났더라면 그 자리에 있지도 못했을 것이다. 서로 많은 대화를 나누었다. 그리고 밭을 갈고 약초를 캐서 내다 팔며 생활하기로 했다. 그러한 결정을 내릴 수 있었던 것은 대경이 건네준 은자 두 냥이 있었기에 가능했다. 다음날 원단을 맞아 식구끼리 나눠 먹을 약간의 푸짐한 음식과 겨우내 식량을 마련하기 위해 구화가로 내려왔다.

그런데 거기서 운이 없게도 전에 구화채의 부채주로 있던 쌍비각(雙飛脚) 이만춘을 만났다.

전 채주 독안귀의 무공에는 미치지 못하지만 그는 잔인한 성격에 두 발을 사용하는 발 기술이 뛰어난 구화채의 이인자였다. 그는 현재 자신이 몸담고 있는 하오문에 지대웅을 데려가려고 했다.

그런데 의외로 지대웅이 강하게 거절하자 해코지를 하기 시작했다. 지대웅이 참지 못하고 덤벼들자 실컷 두들겨 패더니 목숨까지 노렸다. 긴 얘기를 듣고 난 대경은 지대웅의 두 손을 잡아 일으켜 세웠다.

"장하십니다, 장하십니다. 참으로 장하십니다."

"엉엉, 대협!"

지대웅은 대경의 목을 껴안으며 정말 서럽게 울었다.

"지 채주, 다친 곳이 아프십니까?"

고개를 흔들었다.

"그럼 가슴이 아픕니까?"

고개가 끄덕여졌다.

"그렇습니다. 가슴이 아프겠지요. 하지만 지난날 지 채주 때문에 가슴이 아팠던 사람이 많을 겁니다. 오늘의 아픔을 깊이 간직하고 열심히 살아가십시요. 꽃이 피고 지듯, 세상의 모든 것은 오르막길이 있으면 내리막길이 있습니다. 지금 구화산의 겨울도 마찬가지입니다. 내년에 다가설 봄을 위해 잠시 움츠리고 있을 뿐입니다. 지 채주와 구화채 식구에게 지금은 추운 겨울입니다. 하지만 서로 도와가며 열심히 산다면 반드시 밝은 날이 올 겁니다. 분명 그날은 옵니다. 잊지 마십시오. 지금 가장 번성해 있는 것은 곧 망하는 것과 동일선상에 있다는 것을, 지금의 어두운 현실은 곧 내일의 밝은 세상과 동일선상에 있다는 것을요."

"엉엉, 대협! 엉엉엉!"

어느새 대경의 뒤로는 일행이 다가와 있었다.

두 사람을 지켜보던 소희의 눈에 이슬이 맺혔다. 강무영은 고개를 끄덕이며 서 있고, 운미의 입에서는 뜻 모를 이야기가 흘러나왔다.

"촌스런 대경 아저씨, 보기보다 멋지네?"

장강혈투(長江血鬪)

일행이 안경의 포구에 도착한 것은 이틀이 지나서였다.

끝없이 흘러가는 도도한 장강의 물결은 보는 이로 하여금 감탄을 자아내게 하지만, 또 한편으로는 많은 사람의 생계가 걸려 있는 삶의 터전이기도 했다. 포구에는 여러 사람이 분주하게 선착장을 오가며 움직이고 있었다. 한 시진 후에 도착할 장거리 배편에 짐을 싣기 위해서였다. 그들 뒤로 솟아 있는 선착장의 언덕에는 대경을 포함한 이남이녀가 장강을 바라보며 서 있었다.

그런데 대경의 모습이 눈에 띄게 달라졌다.

우선 황산을 떠나올 때 입었던 낡은 옷이 새 옷으로 바뀌었다. 지대웅과의 조우로 많은 피가 묻자 강무영이 근처에 있던 상점에서 새 옷을 사준 것이다. 푸른색의 정갈한 모양이었는데 소희가 직접 골라준 옷이었다. 또한 왠지 모르게 흐르던 촌티가 사라지면서 서생 같은 분위기가 느껴졌다. 그것은 비록 짧은 시간이었지만 일행과 다니는 동안 실생활과 밀접하게 관련된 일을 접하게 되면서 빠르게 세상에 적응해 가고 있기 때문이었다.

대경은 강무영으로로부터 무림에 관한 전반적인 이야기를 들을 수 있었다. 특히 꼭 한 번은 방문해야 할 무당이 구대문파 내에서 두각을 나타내고 있다는 말과 청운검 백리향이 청성의 후기지수라는 말을 들었을 땐 왠지 모르게 뿌듯한 기분이 들었다.

반면, 강무영은 한 가지 고민이 생겼다.

대경과의 관계가 애매해진 것이다. 선조부와 태허 진인과의 관계로 인해 오래전부터 조양문과 무당은 가까운 사이였다. 따라서 속가제자는 아니지만 어려서부터 직전제자들과 친하게 지냈다. 특히 일대제자들과는 서로 사형, 사제로 부르며 가깝게 지내는 사이였다. 가문의 성세가 예전에 미치지 못함에도 아직 호북성에서 행세할 수 있는 것은 사실 무당과의 친분 때문이었다.

그런데 대경이 무당으로 가면 관계가 복잡해질 것이다.

분명 무당에서는 태허 진인의 진전을 이은 대경을 고이 보내줄 리 없었다. 어떻게든 속가제자라도 만들어서 무당과 엮으려 들 게 뻔했다. 그렇게 되면 대경의 배분이 장로급이 될 가능성이 많았다. 결국 자신의 사숙뻘이 되는 것이다. 그런 것을 아는지 모르는지 대경은 만면에 미소를 띠며 소희와 즐거운 대화를 나누고 있었다.

"호호, 그래서 어떻게 됐어요?"

"큰 바위에 등을 돌리고 유인을 했지요."

"그랬더니요?"

"아, 글쎄 그 멧돼지가 씩씩거리며 달려들기에 바위 위로 뛰어올랐더니 바위를 들이받고는 기절하더라고요."

"그럼?"

"한동안 육포로 만들어 잘 먹었지요."

"피이, 아저씨는 만날 약초, 나물, 사냥 얘기만 해. 뭐 좀 재미있는 얘기는 없어요?"

산에서만 살았던 대경에게 재미있는 이야기가 있을 리 없었다.

머리만 긁적이고 있자 소희가 대신 나섰다.

"운미야, 공자님을 이해해야 돼. 산에서 오랫동안 혼자 사셨기 때문에 공자님에게는 산 생활이 전부인 거야."

"언니는 아저씨가 좋은가 봐. 아저씨 편만 들어."

"어머, 애, 애는……."

"크흠."

운미의 말에 두 사람은 얼굴을 붉히며 먼 산을 바라보았다.

잠시 후, 사천으로 향하는 장거리 배편을 이용하기 위해 사람들이 하나둘 포구로 모여들었다. 그들 중에는 병장기를 지닌 무인도 여러 명 보였다. 제법 많은 사람이 모였을 때 누군가 외치는 소리가 들렸다.

"남궁세가다!"

"비룡대주 옥룡(玉龍) 남궁성이다!"

대경이 고개를 돌리자 출중한 기도를 내뿜는 청년을 선두로 열 명의 청년이 질서정연하게 뒤따라오고 있었다. 청년들은 남궁세가의 정예답게 형형한 안광을 뿌리고 있었다.

"비룡대주가 비룡검신의 아들인 진천검 남궁진이 아니었나?"

대경 일행의 앞에 서 있던 무인 중에 한 사람이 묻자 일행으로 보이는 무인이 혀를 차며 바라보았다.

"쯧쯧쯧, 이 친구, 강호 소식에 대해서는 완전 문외한이로구먼."

"그게 무슨 소린가?"

"비룡검신 남궁진천이 물러나고 진천검 남궁진이 새 가주가 되었다네. 그리고 그 자리를 저 강호사공자 중 으뜸으로 불리는 옥룡이 맡게 되었지."

"자네는 그것을 어떻게 알고 있나?"

"얼마 전에 남궁세가의 새 가주 취임식에 들러 한상 거하게 받았다네.”

“그랬구먼. 그런데 옥룡이 비룡대주를 맡기에는 좀 어리지 않은가?”

“허허, 무슨 소리를 그렇게 하는가? 비록 새 가주 진천검과는 나이 차이가 많은 이십대 중반이지만 그의 일신 무공이 범상치 않다는 소문이네. 세가 내에서 직접 비무를 통해 비룡대주가 되었다고 들었네.”

“허! 남궁세가가 날로 번성하는구먼.”

대경은 무인들의 이야기를 들으며 앞장서고 있는 청년을 바라보았다.

‘음, 비룡대주 남궁성이라……. 상당한 고수로구나!

체내의 무극진기가 꿈틀거리며 반응하고 있었다.

잠시 후, 다가선 비룡대원이 다섯 명씩 좌우로 늘어서자 옥룡이 선착장에 모인 사람들을 바라보며 입을 열었다.

“잠시만 주목해 주십시오!”

내력이 실렸는지 뒤에 서 있던 대경 일행에게까지 옥룡의 중후한 목소리가 들렸다.

“본인은 남궁가의 비룡대를 맡고 있는 옥룡 남궁성이라 합니다!”

모여 서 있던 사람들이 웅성거렸다.

“아시다시피 요즘 장강에 심심찮게 수적들이 출몰하고 있습니다! 따라서 저희 남궁가에서는 호북성의 경계선으로부터

강소성 남경에 이르는 뱃길에 대한 안전을 책임지기로 했습니다! 안휘성 내에서 이동하는 배편은 따로 보호하겠지만 장거리 배편은 저희 비룡대원의 일부가 동승하여 각 경계선까지 안전하게 모시겠습니다!"

"와아! 최고다!"

"역시 남궁세가다!"

여기저기서 함성 소리가 들렸다.

하지만 강무영의 표정은 그리 밝지 못했다. 표국을 운영하는 조양문으로서는 그리 달가운 이야기가 아니었다. 옥룡의 말은 곧 남궁세가가 안휘성 내의 모든 장강 유역을 장악하겠다는 말이었다. 다행히 호북성까지 영향력을 행사한다는 말은 하지 않았지만 상황이 어떻게 변할지는 아직 모르는 일이었다.

사실 옥룡의 말대로 심심찮게 수적이 출몰하는 것은 조양문의 세력 약화와 밀접한 관계를 가지고 있었다. 전에는 무한에서 안휘성에 이르는 뱃길이 조양문의 영향 아래 있었다. 하지만 지금은 그렇지 못했다. 동정호에 기반을 둔 수로연맹채(水路聯盟寨)와 조양문의 세력이 약화되면서 형주에서 동정호와 무한을 거쳐 안휘성에 이르는 뱃길은 수적들의 주요 활동 무대가 되고 있었다.

현재 조양문으로서는 장강의 뱃길은 고사하고 강서성 남창에서 강력한 세력으로 떠오르며 호시탐탐 호북성의 남부

지역을 노리는 흑룡방을 견제하기에도 버거웠다. 아직 무당을 의식해 드러내 놓고 압박을 가하고 있지는 않지만 계속해서 조양문을 자극하고 있었다. 조만간 호북성으로 진출할 명분을 얻기 위해 어떤 행동을 취할 것이 뻔했다.

한편, 대경은 비룡대원을 둘러보다가 옥룡과 눈이 마주쳤다. 순간, 옥룡의 눈에 이채가 서렸다. 잠시 옆에 있던 비룡대원에게 뭐라고 얘기하더니 천천히 대경 일행에게로 다가왔다.

"소생은 남궁세가의 옥룡 남궁성이라 합니다."

옥룡이 일행에게 포권을 하며 인사해 오자 강무영이 마주 포권을 했다.

"조양문의 진원검 강무영이라 합니다."

"조양문의 강 형이시군요. 만나서 반갑습니다."

"강소희라고 해요."

"아! 진중화라 불리는 강 소저시로군요. 이거 만나뵙게 돼서 정말 반갑습니다. 실제로 뵙고 나니 호북제일미라는 말이 오히려 모자란 것 같습니다."

"과찬의 말씀이세요."

"제가 업무 중만 아니라면 지부로 모셔 차라도 한잔 대접해 드릴 텐데… 아쉽습니다."

"말씀만이라도 고마워요."

"빈말이 아닙니다. 어찌 강 소저와 같은 절세가인과 함께

할 기회가 흔하겠습니까? 정말 아쉽습니다.”

옥룡의 표정에는 진심이 담겨 있었다.

“…….”

“아! 그러면 되겠네요. 올해 청성에서 열리는 잠룡지회에
강 형과 함께 오시죠. 오셔서 저희 강호사공자와 무림삼화
의 모임인 창천회(蒼天會)에 참석하시죠. 모두 환영할 겁니
다.”

“…가게 되면 인사드릴게요.”

소희는 어색하게 대답하며 힐끗 대경을 바라보았다.

“하하, 이거 잠룡지회가 기다려집니다. 꼭 참석하시길 바
랍니다.”

옥룡은 한동안 강렬한 시선으로 소희를 바라본 후 운미와
대경을 바라보며 물었다.

“그런데 여기 어린 소저 분과 저분은 누구신지?”

“이쪽은 제 사촌 동생인 강운미라 하고, 저쪽은…….”

강무영은 막상 대경을 소개하자니 뭐라고 해야 할지 난감
했다.

잠시 머뭇거리자 대경이 자신을 소개했다.

“황산에서 온 장대경이라 합니다.”

‘황산? 장대경?

옥룡은 빠르게 생각해 보았지만 떠오르는 인물이 없었다.

‘잘못 보았나? 아닌데… 분명…….’

"아, 예. 만나서 반갑습니다."

고개를 갸웃하며 뭔가 물으려 할 때였다.

"배가 온다!"

누군가 소리치자 모두 선착장으로 우르르 몰려갔다.

"그럼 잠룡지회에서 뵙기로 하지요. 강 소저, 꼭 오서야 합니다."

옥룡은 소희를 바라본 후 일행에게 포권을 하고는 비룡대원이 있는 곳으로 돌아갔다.

"우리도 가야지. 장 소협, 가시지요."

세 사람은 강무영을 따라 선착장으로 향했다.

그런데 선착장으로 향하는 대경의 발걸음에는 왠지 힘이 없어 보였다.

찬바람을 가르며 커다란 장거리 객선은 장강을 거슬러 올라가고 있었다. 일행이 타고 있는 이 장거리 객선은 선체가 일반 다른 배에 비해 두 배는 컸다. 따라서 장강의 물결에 큰 흔들림 없이 유유히 떠가고 있었다.

안경에서 무한까지는 강을 거슬러 올라가야 하기 때문에 시간이 많이 걸리는 편이었다. 큰 문제 없이 순항할 경우 나흘 정도 되는 거리였다.

사흘째 되는 날, 객선은 안휘성을 지나 호북성으로 들어서고 있었다. 동승했던 열 명의 비룡대원이 호북성의 경계선에서 내리자 선원 중의 한 명이 사람들을 모아놓고 주의를 주었다. 만약 수적을 만날 경우 절대로 갑판 위에 올라오지 말라는 경고였다.

점심을 먹고 난 뒤 대경은 일행과 떨어져 홀로 갑판으로 향했다. 그리고 난간에 기대어 강 건너편으로 펼쳐지고 있는 광활한 자연을 바라보았다.

드넓은 평야가 지나가고 작은 구릉을 넘어 높은 산이 지나갔다. 잠시 후, 굽어지는 길목으로 병풍처럼 둘러선 높은 절벽이 지나가고 강가에 자리한 조그만 마을이 지나갔다. 어느새 넓게 퍼져 있는 야산이 나타나며 지나더니 또다시 높은 산이 지나갔다. 그렇게 뱃길을 따라 끝없이 펼쳐진 자연은 여러 폭의 그림이 되어 지나가고 있었다.

"후후후."

대경은 갑자기 쓴웃음이 나왔다.

얼마 전 같았으면 저 모습을 보며 어떤 깨달음을 얻으려 노력했을 것이다. 그런데 지금은 저 모습을 보면서도 우울한 기분을 떨칠 수가 없었다. 언제부터였던가? 남궁성을 만나면서부터인 것 같았다. 왠지 자꾸만 작아지는 자신을 느꼈다. 아니, 점점 초라하게 느껴지고 있었다.

황산에서는 자연을 벗 삼으며 무욕(無慾)의 삶을 살았다. 검을 익히고자 하는 마음을 제외하면 달리 욕심낼 만한 일이 없었다. 어쩌면 태허무극검의 일초라도 깨달을 수 있었던 것은 안빈낙도(安貧樂道)하는 삶과 황산이 주는 장엄함을 보며 느끼는 호연지기 때문일 수도 있었다.

황산을 떠난 후 처음으로 이성을 만났다. 그녀를 보며 설레던 가슴은 어느새 사랑으로 다가왔고, 그 사랑으로 인해 세상은 아름다웠다.

그런데 어느 날 갑자기 만나게 된 남궁성이 그녀를 바라보는 눈빛에서 질투라는 감정을 느꼈다. 그것은 단지 그녀를 사랑하는 마음 때문에 느끼는 애정에 대한 질투만은 아니었다. 남궁세가라는 거대한 배경을 지닌 그의 자신감에 찬 당당한 모습과 함께 느끼는 질투였다.

'나는 과연 남궁성만큼 그녀에게 당당할 수 있을까?' 라는 생각이 들자 그녀를 향한 마음이 한없이 위축되는 것을 느꼈다. 그저 쓸쓸해지기만 했다. 대경이 강호에 나와서 맞는 최초의 시련이기도 했다.

'후유, 대경아, 대경아, 너는 어쩌려고 이러느냐?'

한숨을 내쉬며 고개를 저을 때였다.

등 뒤로 누군가 다가서는 것을 느꼈다. 고개를 돌리자 소희가 다가왔다. 그런데 왠지 그 모습이 낯설게만 느껴졌다.

"여기 계셨군요."

"아, 예. 바람 좀 쐬려고요."

잠시 어색한 침묵이 흐른 후 소희가 물었다.

"공자님, 어디 아프신 데라도 있으세요?'

“아, 아닙니다.”

“그런데 요즘 왜 그렇게 우울해 보이세요?”

당신 때문이라고 말하고 싶었지만 차마 말이 나오지 않았다.

“그것이…….”

쓸쓸한 표정의 대경이 소희와 눈이 마주쳤다.

대경은 소희의 눈이 참 맑다고 생각했다. 그런데 잠시 후, 그 맑은 두 눈에 물기가 차오르는 것이 보였다. 대경은 깜짝 놀라며 소희의 두 어깨를 잡았다.

“왜 그러십니까? 무슨 일이 있으십니까?”

소희의 고운 두 눈에서 또르르 눈물이 흘러내렸다.

“무슨 일이십니까? 대체 무슨 일인데 우시는 겁니까? 말씀 해 보세요. 답답합니다.”

“…공자님… 공자님 때문이에요.”

“예? 저 때문에요?”

대경은 잠시 멍한 눈으로 소희를 바라보았다.

“비록 짧은 만남이었지만 저는 공자님께 어떤 사람이었지 요? 왜 남궁 공자를 만난 뒤부터 저와 거리를 두려고 하시는 거죠? 제가 느끼던 공자님의 마음이 겨우 그것밖에 안 되었나 요? 왜 자꾸만 소녀의 마음을 아프게 하시죠?”

소희는 두 손으로 얼굴을 가리며 흐느껴 울기 시작했다.

순간, 대경은 몸 안의 무극진기가 마구 요동치는 것을 느꼈 다. 세맥에 있던 진기가 하단전으로 몰려들며 마구 휘돌기 시작했다. 그리고 무엇인가 가슴을 꽉 메우며 차오르고 있었다. 그것은 진정 한 번도 느껴보지 못했던 기쁨이고, 환희였다.

"아니오, 아니오. 오해요. 내 어찌 그대를 멀리할 수 있겠소?"

소희의 어깨를 잡고 있는 두 손이 떨려왔다.

"아니오. 그것이 아니오. 절대로 아니오!"

"공자님……."

"희… 희 매!"

얼굴이 마주치는 순간 두 사람은 누구라고 할 것도 없이 서로를 꼭 껴안았다.

대경은 아무것도 생각나지 않았다. 주위의 그 어떤 것도 신경 쓰이지 않았다. 세상의 모든 것을 가진 것만 같았다. 그리고 지금의 이 순간이 영원하면 좋겠다는 생각이 들었다.

"희 매!"

"공자님!"

두 사람은 껴안은 채 한동안 떨어질 줄 몰랐다.

잠시 후, 두 사람의 귓가로 여러 소리가 들려왔다.

"허허허, 보기 좋구먼."

"암, 좋을 때고말고."

"쩝, 처자가 아까워 보이는데."

"그 무슨 소리! 총각, 힘내라고! 여자란 그저 꽉 누르면……!"

"어이구! 주책이야, 영감은! 못하는 소리가 없어!"

사천행 장거리 객선의 갑판 위 난간에는 잘 익은 홍시 두 개가 마주 보고 있었다.

*   *   *

다음날, 선실 안의 탁자 위에 김이 모락모락 피어오르는 여러 가지의 요리가 놓여 있었다.

대경이 처음 객잔에서 보았던 동파육은 물론 개수백채와 이홍장잡회 등, 정말 맛깔스럽게 보이는 음식들이었다. 이 모두가 소희가 직접 주방에서 요리해 온 음식들이었다.

음식을 바라보던 대경은 내심 감정이 복받쳐 오르는 것을 느꼈다. 일행을 위해 만든 음식이라고 말했지만 누구를 위해 만든 음식인지 짐작할 수 있기 때문이었다. 대경은 행복하기만 했다. 누군가 자신을 위해 정성껏 음식을 만들었고, 그 사람이 바로 소희였으니 더 이상 바랄 게 없었다.

"흠, 웬일이냐? 음식 솜씨를 다 발휘하고."

강무영이 약간은 뚱한 말투로 물었다.

평소 같으면 해달라고 졸라도 맛보기 힘든 요리를 자청해서 해가지고 왔으니 어이가 없는 한편 서운하기도 한 것이다. 반면에 대경과 소희는 속이 뜨끔해졌다. 어제 선상에서 그 난리를 쳤으니 강무영과 운미 두 사람이 모를 리 없었다.

"아! 언니, 고마워. 정말 언니가 해주는 음식이 먹고 싶었는데.”

소희의 얼굴이 약간 발그레해졌다.

“소협, 드시지요. 자랑은 아니지만 소희가 만든 음식 맛은
정말 일품입니다.”

“아저씨는 좋겠네요. 언니가 만든 음식을 많이 먹을 수 있
어서.”

“……?”

소희의 음식 솜씨는 이미 조양문 내에는 정평이 나 있었다.

아직 그러한 내용을 모르는 대경은 두 사람의 반응이 그저
의아할 따름이었다.

“공자님, 드셔보세요.”

소희가 기어들어 가는 듯한 목소리로 말했다.

“고맙소. 잘 먹겠소, 희 매.”

고개를 끄덕이며 대경의 시선이 식탁 위로 향했다.

강무영과 운미는 이미 젓가락을 부지런히 움직이고 있었
다. 평소 같았으면 같이 먹자고 한 번 더 권했을 텐데 아랑곳
하지 않고 식공에만 열중하고 있었다. 대경이 고개를 갸웃거
리며 젓가락으로 이홍장잡회에 보이는 닭고기에 해삼을 말아
입에 넣었다.

‘응?’

순간, 대경의 눈이 휘둥그레졌다.

정말 황홀한 맛이 느껴지며 입 안에서 사르르 녹고 있었다.

왜 강무영과 운미가 그토록 식공에 열중하고 있는지 비로소 이해가 되었다.

곧이어 대경이 가담하면서 소희를 제외한 세 사람은 모두 식탁 위의 요리를 놓고 엄청난 젓가락신공을 발휘하기 시작했다. 그리고 이각이 지나지 않아 그 많아 보이던 음식이 어느새 동이 났다. 세 사람은 차를 한 잔씩을 마시며 아쉬움을 달래야 했다.

"소협, 음식 맛이 어떠신지요?"

"하하하, 어찌 말로 표현할 수 있겠습니까? 그저 태상노군께서 내려주신 월궁(月宮) 항아(姮娥)의 심오한 미(味)에 대한 가르침에 감읍할 따름입니다."

대경의 말에 소희의 얼굴이 붉어졌다.

왠지 대경의 모습에는 여유가 흘렀다. 비록 음식 맛을 본 것은 늦었지만 앞으로 기회는 두 사람보다 훨씬 우위에 있기 때문이었다.

"언니, 음식 솜씨가 너무 부러워!"

"운미야, 너도 잘할 수 있어."

"정말 그럴 수 있을까?"

"그럼. 당연하지."

"고마워, 언니."

소희가 운미의 어깨를 감싸고 토닥거릴 때였다.

밖에서 웅성거리는 소리가 들려왔다. 그리고 누군가 큰 소리로 외쳤다.

"수적이다! 수적이 나타났다!"

곧이어 우당탕거리며 사람들이 바삐 움직이는 소리가 들렸다.

일다경의 시간이 흐르자 선내는 쥐 죽은 듯이 조용해졌다. 대경이 천천히 일어나 밖으로 나가려 하자 소희가 팔을 잡으며 고개를 저었다.

잠시 후, 배가 속도를 줄이며 기우뚱거렸다. 곧이어 쇠사슬 얽히는 소리가 들리며 갑판 위로 요란한 발걸음 소리가 들려왔다. 선내로 숨이 멎을 듯한 침묵이 흐르기 시작했다. 그리고 일각, 이각, 피를 말릴 듯한 침묵은 계속되었다. 그러나 그 침묵은 오래가지 못했다.

"으악!"

선상에서 누군가가 비명을 질렀다.

곧이어 우당탕거리며 여러 명이 뛰어내려 오는 소리가 들렸다. 그리고 많은 사람이 모여 있는 입구의 큰 선실에서 비명과 함께 아우성치는 소리가 들려왔다.

"으악! 살려줘!"

"안 된다, 이놈들아! 이 애는 안 돼!"

"악! 이거 놔주세요!"

"안 됩니다! 이것은 저의 전 재산입니다! 안 돼! 으악!"

잠시 후, 수적인 듯한 사내의 목소리가 들렸다.

"애들아, 모두 끌어내라! 만약 말을 듣지 않으면 그대로 베어버려라!"

"예!"

사내들의 발걸음 소리가 가까워지며 차례대로 선실의 문이 열렸다.

"살려주세요!"

"빨리 나와!"

사람들을 마구 끌어내는 소리가 들렸다.

"언니!"

운미의 얼굴이 파랗게 질리며 소희의 가슴에 고개를 묻었다.

"걱정하지 마, 운미야. 괜찮을 거야."

소희가 운미의 등을 쓰다듬어 주었다.

이윽고 일행이 머무는 선실의 문이 활짝 열리며 날카로운 인상을 가진 사내가 모습을 드러냈다.

"응?"

사내는 강무영과 대경은 아랑곳하지 않고 오로지 운미와 소희만을 바라보았다.

"흐흐흐, 이게 웬 떡이냐? 뜻밖의 횡재를 했구나."

사내가 징그러운 미소를 띠며 선실로 들어오는 순간이었다.

"으악!"

먹따는 소리를 지르며 그대로 건너편의 선실문에 처박히고 말았다.

대경의 발끝이 정확하게 사내의 거궐(巨闕)에 꽂힌 것이다. 나둥그러진 사내는 기절한 듯 쓰러져 움직이지 않았다.

"무슨 일이냐? 이게 무슨 소리냐?"

"저쪽이다! 독사가 쓰러졌다!"

수적들의 목소리가 들리며 선실로 달려오는 발소리가 울려왔다.

곧이어 선실 문 앞에 한 사내가 나타나며 쓰러져 있는 독사라 불린 사내를 흔들어 깨웠다. 그러나 쓰러진 사내는 일어날 줄을 몰랐다. 사내가 천천히 일어서며 일행을 노려보았다.

"흐흐흐, 여기 고인들이 계신 줄 몰랐군."

도를 치켜들며 강무영과 대경을 노려보았다.

그러나 쓰러진 사내를 의식하는지 쉽게 달려들지는 못했다.

"네놈들은 어디서 온 놈들이냐? 어떤 간 큰 놈들이기에…… 으악!"

사내의 말은 더 이상 이어지지 못했다.

대경이 검을 뽑지 않고 검집째 그대로 사내의 천돌을 찌른 것이다. 사내는 두 눈을 부릅뜬 채 그대로 쓰러지고 말았다.

"희 매와 운미를 돌봐주시기 바랍니다."

강무영이 고개를 끄덕였다.

“공자님, 저희도 가겠어요.”

“희 매, 운미와 함께 여기 남아주시오. 그래야 내가 편할 것 같소.”

“하지만……”

“그래, 소희야. 소협의 말대로 잠시 이곳에 있자꾸나. 너와 운미가 옆에 있으면 신경이 분산되어 오히려 방해만 될 거다. 상황을 본 뒤에 움직이도록 하자.”

“하지만……”

소희는 아랫입술을 깨물었다.

지금처럼 자신이 무공을 제대로 익히지 않은 것이 후회된 적이 없었다.

“걱정하지 마시오, 희 매. 내 곧 다녀오리다.”

“조, 조심하세요.”

“조심하세요, 아저씨.”

대경은 일행에게 고개를 끄덕여 보이고는 밖으로 나갔다.

선실 사이의 좁다란 통로에는 세 명의 사내가 도를 움켜쥐고 서 있었다. 맨 앞에 서 있던 애꾸눈의 사내가 도를 치켜들며 노려보았다.

“너는 누구냐?”

“장대경이라 하오.”

“뭐, 장대경?”

사내는 고개를 갸웃거렸다.

동료가 일격에 나가떨어지는 것을 보고 크게 긴장을 했는데 막상 마주 서고 보니 이름도 들어보지 못한 새파란 애송이였다.

"흐흐흐, 겁이 없는 놈이로군. 감히 우리 귀왕선(鬼王船)의 살귀들을 건드리다니."

"귀왕선이라? 그것이 당신네 수적 집단이 타고 있는 배의 이름이오?"

"뭐, 수적 집단이라고? 이놈이 말을 함부로 하는구나!"

"시끄럽소! 그럼 당신들이 수적이 아니면 무엇이란 말이오?"

"……."

"그런데 그러고만 있을 거요? 안 오면 내가 가겠소!"

일체의 망설임이 없었다. 말을 마친 대경의 신형이 쭉 미끄러지며 애꾸눈 사내를 향했다.

'헉!'

애꾸눈의 사내는 검집째 빠르게 날아오고 있는 상대의 검을 보며 기겁했다.

"윽!"

몸을 피하려 뒤로 움직이는 순간 아랫배에 극심한 통증을 느꼈다.

어이없는 표정으로 아래를 내려다보았을 때, 검은 이미 상대의 손에 되돌아가 있었다. 그리고 이미 자신을 지나치고 있었다.

"크흑!"

"으윽!"

흐릿해지는 의식 속에 연이은 비명 소리가 들려왔다.

'고수.'

마지막으로 떠오르는 생각이었다.

세 명의 사내를 쓰러뜨린 대경은 갑판으로 향하다가 잠시 멈추어 섰다.

입구 아래로 여러 사람이 같이 지내던 큰 선실이 보였다. 아니, 선실이라기보다는 그냥 하나의 넓은 마룻바닥이었다. 돈 없는 서민들이 서로 몸을 부대끼는 고통을 참아가며 배를 타던 자리였다.

그런데 그곳이 아수라장으로 변해 있었다.

여기저기 핏자국이 묻어 있고, 이부자리가 흩어져 있었다. 풀어헤쳐진 짐에서 쏟아져 나온 옷가지들이 어지럽게 널브러져 있고, 쓰러져 있는 사람도 여러 명 보였다. 오직 두 사람만이 처절하게 몸부림치며 고통스러워하고 있었다. 양손으로 깊게 베인 상처를 짓누르고 있지만 안타깝게도 옆으로 계속해서 피가 뿜어져 나오고 있었다.

대경이 멍한 표정으로 두 사람을 바라볼 때였다.

절망 어린 시선으로 자신을 보고 있는 노인이 눈에 띄었다. 전날 갑판 위에서 힘내라고 격려해 주던 노인이었다. 빠르게 다가가 상처를 지혈시켜 주었다. 노인은 대경의 꼭 손을 움켜쥐었다.

"소, 손녀를 좀……."

노인은 말을 맺지 못하고 정신을 잃고 말았다.

나머지 중년인도 지혈을 시키고는 천천히 일어섰다. 분명 아수라장이 펼쳐져 있건만 대경의 눈에는 아무것도 보이지 않았다. 머리가 텅 빈 채 아무것도 떠오르지 않았다.

목이 메었다. 응어리가 되어 목이 메었다. 무엇인가 응어리가 되어 가슴을 꽉 채우며 목이 메었다. 숨이 막혔다. 숨이 막히는데 가슴에 꽉 들어찬 응어리 때문에 숨을 쉴 수가 없었다. 두 팔이 떨렸다. 두 팔이 떨리며 온몸이 떨려왔다. 두 팔을 마구 휘둘러 가슴에 꽉 찬 응어리를 모두 토해내고 싶었다. 증오였다. 그것은 무엇이고 다 부숴 버리고 싶은 아주 커다란 증오심이었다.

'왜?'

대경은 이해가 되지 않았다.

왜 이래야만 하는지, 아니, 왜 이런 상황이 벌어져야만 하는지 도대체 이해할 수가 없었다. 또다시 갑판 위에서 비명 소리가 들려왔다. 대경의 신형이 천천히 갑판으로 향했다.

갑판 위에 오르자 이미 갑판에는 아비규환의 지옥도(地獄圖)가 펼쳐져 있었다. 팔이 잘리고, 허벅지가 깊이 베이고, 온몸에 피멍이 든 상태로 쓰러져 꿈틀거리고 있는 낯익은 선원

들의 모습이 보였다. 갑판은 그들이 흘린 피로 홍건하게 젖어 있었다.

한쪽 구석에는 배를 탔던 많은 사람들이 여러 사내에게 둘러싸여 새파랗게 질린 채 바들바들 떨고 있었다. 그들 옆에는 이미 서너 명의 사람이 피를 흘리며 쓰러져 있었다.

또한 젊은 처녀와 아낙네들이 머리가 헝클어지고 옷이 찢어진 채 사내들에 의해 귀왕선으로 끌려가며 울부짖었다. 그 중에는 어린 소녀들도 보였다. 발버둥을 치고 있지만 사내들의 억센 손아귀를 벗어나지 못하고 있었다.

그들의 옆으로 다섯 명의 무인이 검을 휘두르며 수적과 맞서고 있었다. 그러나 이미 깊은 상처를 입고 수세에 몰리고 있었다. 갈색 무복을 입은 한 무인이 비틀거리자 앞에 있던 수적의 칼이 그의 목을 노리며 예리하게 파고들었다. 그 칼을 바라보는 무인의 눈이 절망으로 물들어갈 때였다.

"우—!"

대경이 진기를 실어 짧은 사자후(獅子吼)를 토해냈다.

갑판으로 빠르게 퍼져 나가는 사자후에 갑판에 있던 모든 사람들이 일체 동작을 멈추었다. 그리고 많은 사람이 귀를 틀어막았다.

잠시 후, 모든 이의 시선은 자연스럽게 대경에게로 쏠렸다.

핏발 선 두 눈에서 쏟아져 나오는 안광이 등줄기를 오싹하게 만들고, 주위로 아지랑이 같은 기운이 서리며 두 발을 굳

세게 딛고 서 있는 모습이 마치 도리천의 제석천(帝釋天)을 보
는 듯했다. 대경은 지금 무극진기를 극성으로 끌어올리고 있
었다.

귀왕선으로 여자들을 끌고 가던 수적 중 한 명이 조심스럽
게 물었다.

"귀, 귀하는 누구요?"

전신에 흐르는 기운이 심상치 않음을 느끼자 감히 경시하
지 못했다.

"알려주고 싶지 않소."

"……?"

"빨리 서로 볼일이나 봅시다."

"그게 무슨 말이오?"

"당신들은 뺏으려 하고 나는 지키려 하니 무슨 말이 필요
하겠소? 내가 먼저 가겠소."

대경의 신형이 북두칠성보를 밟으며 미끄러지듯 쏘아져
갔다.

망설임이 없었다. 꼭 싸워야 하는 상황이라면 굳이 망설일
이유가 없었다. 어쩌면 그것은 혈마의 영향을 받은 것인지도
몰랐다.

"헉! 크흑!"

대경과 말을 나누던 사내가 헛바람을 삼키며 그대로 쓰러
졌다.

거궐에 강한 통증을 느끼며 정신을 잃은 것이다. 대경의 신형은 빠르게 옆으로 움직이며 당황하고 있는 다른 사내의 옆구리에 일격을 가했다.

"윽!"

사내의 신음 소리와 동시에 바닥을 차고 오른 대경의 신형이 어느새 끌려가던 여인들을 뛰어넘어 또 다른 사내의 정수리로 검을 내리긋고 있었다. 놀란 사내가 도를 치켜들며 막으려 했지만 대경의 검은 이미 그의 정수리에 꽂힌 뒤였다.

"으악!"

옆에 있던 사내가 비명 소리에 흠칫하며 대경을 향해 도를 휘둘렀다. 그러나 애꿎은 허공만 가르며 아랫배에 끔찍한 고통을 느꼈다.

"크흑!"

그의 몸이 힘없이 주저앉았다.

"안 되겠다! 모두 저자를 공격해라!"

순식간에 네 명의 사내가 쓰러지자 누군가 대경을 공격하라고 외쳤다.

다섯 무인과 상대하던 수적들과 많은 사람을 위협하며 둘러서 있던 수적들이 일제히 대경에게 달려들었다. 대경의 눈에 아직도 여인들의 주위에 서 있는 두 명의 사내가 보였다. 빠르게 뛰어오르며 몸을 일자로 만들어 약간은 멍한 상태로 서 있던 한 사내의 관자놀이를 걸어차고 다른 한 사내의 천돌에 검을 꽂았다.

"으악!"

"크흑!"

천돌을 찍힌 사내가 가래 끓는 소리를 내며 쓰러지려 하자 대경은 몸을 비틀어 그의 가슴을 내려 찼다. 그 반동으로 다시 한 번 몸을 띄우며 달려오고 있는 사내들을 향해 마주쳐 갔다.

"도대체 저놈은 누구냐?"

귀왕선의 높은 곳에서 갑판을 지켜보던 혈우검(血雨劍) 우만호가 종횡무진 검을 휘두르고 있는 대경을 바라보며 물었다.

옆에 서 있던 사내가 말끝을 흐렸다.

"글쎄, 저도 아직은……."

혈우검은 황구를 근거지로 활동하는 수적 집단인 혈왕채(血王寨)의 삼령주 중 제이령주였다. 각 령주는 한 개의 전선(戰船)을 소유하고 있었다. 혈왕채는 수신(水神)이라 불리는 신비인이 채주에 오르면서 최근 장강에서 가장 강한 수적 집단으로 급부상하고 있었다. 그들은 다른 수적들을 빠르게 흡수하며 세력을 넓힐 뿐만 아니라 점차 조직을 갖춰 나가고 있었다. 현재 동정호의 수로연맹채에서는 그들의 세력 강화에 촉각을 곤두세우고 있는 실정이었다.

"대단한 무공이야. 모두 일초지적이 되지 못하고 있어. 잘

못하면 우리의 계획이 틀어질 수도 있다.”

“그렇지 않아도 저자의 주위에 어른거리는 기운 때문에 신경이 거슬리고 있던 중이었습니다.”

아침에 혈우검은 수신으로부터 사천행 장거리 객선을 접수하라는 명령을 받고 출동했다.

그런데 일이 잘되어가다가 대경이란 생각지 못한 변수를 만난 것이다. 그들은 조양문의 세력이 약해진 틈을 타서 무한에서 안휘성으로 이르는 뱃길을 거의 장악했다. 당연히 그들의 허락 없이는 그 뱃길을 이용할 수 없다는 것을 보여주어야 했고, 그에 따른 희생양이 필요했다. 그리고 그 희생양이 바로 대경이 타고 있던 사천행 장거리 객선이었다.

“혹시 모르니까 쌍살귀(雙殺鬼)를 바로 투입하고 묶어놓은 쇠사슬을 풀어놓아라. 그리고 궁수들과 궁왕전(弓王箭)을 준비해라.”

“궁왕전을요?”

궁왕전은 상대의 배에 구멍을 뚫어 침몰시키기 위해 한 번에 다섯 개의 철궁을 발사할 수 있도록 특별히 제작된 병기였다. 철궁 한 개의 길이가 장창(長槍)만 하고 굵기는 어린애 팔뚝만 하니 가히 그 위력을 짐작할 수 있었다.

“이리로 모이시오.”

대경의 출현으로 다소 여유가 생긴 다섯 무인 중의 한 사람이 갑판에 있던 사람들을 선실의 입구로 모았다.

그 모습을 보고 서너 명의 수적이 달려왔지만 나머지 무인들에게 가로막혀 큰 탈 없이 모일 수 있었다. 그리고 한두 사람씩 선실로 내려갔다.

챙! 챙!

“으악! 악!”

대경을 주위로 십수 명이 에워싸고 공격하던 것이 이제는 다섯 명으로 줄어 있었다.

잠시 그들을 바라보던 대경의 시선에 묶어놓았던 쇠사슬을 풀고 넘어오는 두 사내가 보였다. 풍기는 분위기가 상대한 수적들보다는 한 수 위인 것 같았다. 대경은 북두칠성보의 파군을 중심으로 몸을 빠르게 회전시키며 앞에 서 있는 세 사내를 횡으로 갈랐다. 단말마가 이어지는 동시에 몸을 띄운 대경의 신형에서 오른발이 쭉 뻗어 나오며 뒤에 서 있던 사내의 인중에 꽂혔다. 다시 반동을 이용해 마지막 한 사내를 공격하려던 대경은 서늘한 두 개의 기운을 느끼며 몸을 비틀었다. 순간, 쇠사슬로 엮어놓은 두 개의 낫이 바람을 가르며 배와 등을 스쳐 지나갔다.

‘휴우!’

내심 한숨 돌리며 바닥에 내려선 대경은 낫을 휘두르고 있는 두 사내를 바라보았다.

똑같이 매부리코에 눈매가 찢어진 것이 쌍둥이 같아 보였다. 잠시 대경의 시선이 두 사람의 머리 위로 바람 소리를 내며 돌고 있는 이상한 기병으로 향했다. 날카로운 날에 스치기만 해도 큰 부상을 당할 것만 같았다. 또한 검을 마주치면 검이 감기게 되고, 피하면 계속해서 연환 공격이 이어질 것이니 위협적인 병기임에 틀림없었다.

'까다로운 병기로구나. 거리를 두면 안 되겠어.'

대경이 주춤하는 사이 두 사람이 휘두른 낫이 허공을 가르며 쇄도해 왔다.

찰나의 순간 대경은 두 쇠사슬의 사각지대로 몸을 날리며 한 사내에게 검을 뻗었다. 쇠사슬의 길이가 길지 않아 미끄러지듯 두 걸음에 쉽게 다가설 수 있었다.

"헉!"

대경의 내뻗은 검을 마주한 사내가 헛바람을 켜며 몸을 틀었다.

찌지직!

거궐을 향했던 대경의 검이 옷을 찢었다.

제법 고수였던지 빠른 동작으로 일검을 피한 것이다. 그러나 완전히 피하지는 못하고 가슴을 베이고 말았다. 뒤로 주춤주춤 물러서는 상대에게 일격을 가하려는 순간, 등 뒤로 서늘한 기운을 느꼈다. 할 수 없이 몸을 돌려 피한 후 바닥을 차고 올랐다. 그리고 그대로 몸을 날려 낫을 휘두른 사내의 천돌을 향해 검을 내뻗었다.

사내는 예상외의 공격에 깜짝 놀라며 목을 틀었지만 검이 조금 더 빨랐다.

"크르륵!"

깊숙하게 꽂혀 있는 검을 뽑자 천돌에서 피가 뿜어져 나왔다.

대경은 폭포수 같은 피를 뿜어내며 나무토막처럼 쓰러지는 사내의 모습에 인상을 찌푸렸다.

'이건 아닌데……'

이성이 돌아오며 가슴이 답답해졌다.

그러나 냉정해질 시간이 없었다. 상대의 거친 목소리가 들려왔다.

"이놈, 형님을 죽이다니! 나 지살귀(地殺鬼)가 네놈과 동귀어진하리라!"

지살귀가 눈에 핏발을 세우며 내력을 극성으로 끌어올렸다.

지금 그는 어이가 없었다. 쌍살귀가 누구였던가? 혈왕채 내에서 '어둠의 도살자'라 불리던 자신들이다. 그런데 힘 한 번 제대로 써보지 못하고 단 이 초 만에 자신은 가슴이 베이고 쌍둥이 형은 저승길로 향했다. 지난 삼십여 년간 강호가 좁다 하며 함께 누비고 다니던 형이 단 일 초 만에 송장이 된 것이다.

'네놈만은 반드시 저승길 길동무로 삼으리라.'

"천살망(天殺網)!"

모든 내력을 쏟아 부으며 자신의 최절초를 펼쳤다.

쐐애액!

쇠사슬의 그림자가 온통 하늘을 뒤덮으며 날카롭게 빛나는 날이 대경을 향해 엄청난 속도로 쏘아져 왔다.

이 한 초에 모든 내력을 쏟아 부었는지 아까의 위력과는 천양지차였다. 멀지 않은 거리였기에 이미 낫의 날카로운 날이 대경의 미간에 이르고 있었다.

"대협, 위험합니다!"

"소협!"

선실의 입구 앞에 서 있던 강무영과 무인들이 이구동성으로 외쳤다.

낫과 함께 쏘아져 가고 있는 지살귀는 멍하니 서 있는 상대를 보며 회심의 미소를 띠었다. 천살망은 수신마저도 감탄했던 절기였다. 분명 이 천살망에 상대의 머리가 두 동강 날 거라는 확신이 들었다.

그런데 갑자기 눈앞에 있던 상대의 모습이 사라졌다. 그리고 아랫배가 찢어질 듯 아파오며 어떤 이물질이 깊게 박히는 느낌이 들었다. 고개를 들어 내려다보았다. 다리를 앞뒤로 쭉 벌리며 검을 내뻗고 있는 상대의 모습이 보였다. 그리고 그의 검끝이 자신의 아랫배에 꽂혀 있었다. 갑자기 눈앞이 흐려졌다.

"끄르륵."

지살귀가 세상에서 내뱉은 마지막 비명이었다.

대경은 천천히 일어나며 멍한 시선으로 쓰러져 있는 쌍살귀 형제를 보았다. 그들이 흘리는 피를 보자 왠지 자꾸만 알 수 없는 혐오감이 들었다. 미간을 찌푸리고 있는 대경의 귓가로 누군가가 외치는 소리가 들렸다.

"귀왕선이 도망간다!"

고개를 돌리자 시커먼 선체의 귀왕선이 조금씩 멀어지고 있었다.

아직 귀왕선과의 거리가 채 십 장이 넘지 않았다. 건너뛰기 위해 몸을 날리는 순간이었다. 귀왕선의 난간에 크게 활을 당기며 십여 명이 넘는 궁수들이 모습을 드러냈다.

"쏴라!"

귀왕선의 높은 곳에 있던 두 사람 중 붉은 옷을 걸친 사내가 외쳤다.

순간, 십여 개의 화살이 엄청난 속도로 쏘아져 왔다.

가까운 거리이기에 화살이 날아오는 속도가 마치 번갯불을 방불케 했다. 대경은 미처 몸을 피할 시간이 없었다. 빠르게 검을 돌리며 동그란 검막을 만들어냈다. 날아온 화살들이 검막에 부딪치며 대부분 퉁겨져 나갔다. 다만 창졸간에 만들어낸 검막이라 일부가 검막을 뚫고 들어왔으나 다행히 방향을 틀며 날아갔다.

"휴우!"

대경은 한숨을 내쉬었다.

멀어지는 귀왕선을 바라보자 또다시 궁수들의 활대가 부풀어 오르는 것이 보였다. 그런데 활대의 일부가 자신이 아닌 선실의 입구를 겨냥하고 있었다.

"조심하십시오!"

대경의 외침과 함께 빠른 속도로 화살이 날아왔다.

검막을 펼침과 동시에 무인들을 바라보았다. 맨 앞에 강무영을 중심으로 품 자(品字)로 서서 날아오는 화살들을 쳐내고 있었다. 이후 또 한 번의 화살이 더 날아왔지만 모두 잘 막아냈다.

더 이상의 공격이 없자 대경의 신형이 강무영이 있는 곳으로 향하는 순간이었다.

마치 공기를 찢어발기는 듯한 소리가 들리며 엄청난 속도로 시커멓고 커다란 다섯 개의 화살이 날아왔다. 순간, 검막으로는 막아내기 힘들다는 생각이 들었다. 어느새 몸을 구르며 사정권을 벗어나고 있었지만 한 개의 화살이 날아오는 방위만은 피할 수 없었다. 마구 요동치고 있는 무극진기를 극성으로 쏟아내며 검을 내려쳤다.

까아앙!

검이 부러질 듯 울리며 손아귀로 엄청난 통증이 느껴졌다.

충격으로 인해 하마터면 검을 놓칠 뻔했다. 검을 쥐고 있는 손이 짜르르 울리며 마비가 되는 것 같았다. 다행히 화살은 약간 방향을 틀어 대경의 옆구리에 피를 뿌리고 스쳐 지나갔다.

콰! 콰! 콰! 콰!

엄청난 폭음이 들려왔다.

대경이 쳐낸 화살을 제외한 네 개의 화살이 갑판을 통과해 배의 옆면을 뚫고 강에 큰 포말을 일으키며 사라졌다. 그 충격으로 한동안 배가 기우뚱거렸다.

"소협!"

"대협, 괜찮으십니까?"

강무영을 포함한 무인들이 대경에게 달려왔다.

대경은 옆구리에 흐르는 피를 지혈시켰다.

"예, 괜찮습니다."

"정말 다행입니다."

한 무인의 말에 모두 고개를 끄덕였다.

"그런데 금방 지나간 것이 뭐였지?"

"엄청난 크기의 화살이었던 것 같네."

"휴우, 큰일날 뻔했습니다."

모두 놀란 가슴을 쓸어내렸다.

정말 엄청난 크기의 강전이었다. 다행히 갑판을 통과해 배의 옆면의 윗부분을 뚫었기에 망정이지 선실이 있는 아랫부분을 뚫고 지나갔더라면 물이 차올라 배가 가라앉을 뻔했다.

귀왕선을 보니 어느새 작은 점이 되어 사라지고 있었다.

"대협, 정말 굉장한 무위였습니다."

"고맙습니다, 대협!"

"대협! 덕분에 목숨을 건졌습니다."

대경이 고개를 끄덕이며 무인들을 둘러보았다.

제법 상처가 심해 보였지만 아주 심각한 상태는 아니었다.

"크게 다치신 분이 없어서 다행입니다. 여러분의 의협심 덕분에 저들을 물리칠 수 있었습니다."

"그 무슨 겸양의 말씀을……. 대협 덕분에 모두 그 악명 높은 귀왕선의 마수에서 살아남지 않았습니까?"

"맞습니다. 대협 덕분입니다."

"제 평생 검막을 펼치는 고수는 처음 보았습니다."

한 사내가 눈을 동그랗게 뜨며 물었다.

"그게 검막이었나?"

"자네 같은 하수가 어찌 검막을 알아보겠나?"

"예끼, 이 사람. 대협 앞에서 그렇게 창피를 주면 어떻게 하나?"

"하하하!"

대경은 무인들의 칭찬에 어쩔 줄 몰라 했다.

그 모습을 보자 강무영이 대신 나섰다.

"자, 서두르시지요. 다치신 분들을 먼저 치료하고 빨리 정리해야 하지 않겠습니까?"

"내게 금창약이 있습니다."

"다행이오. 빨리 내려가 봅시다."

무인들이 서둘러 선실로 내려갔다.

“소협 덕분에 오늘 개안을 했습니다.”

강무영의 칭찬에 대경이 머리를 긁적였다.

“운이 좋았습니다. 희 매와 운미는?”

“아마 아래에서 다친 사람들을 돌보고 있을 겁니다.”

“예, 그렇군요.”

“같이 내려가시지요.”

“아닙니다. 먼저 내려가십시오. 저는 조금 있다가 내려가
겠습니다.”

“그렇게 하십시오. 그럼 저는 먼저 내려가겠습니다.”

말을 마친 강무영이 선실로 향했다. 대경은 천천히 주변을
둘러보았다.

‘으음!’

갑판 위에 펼쳐져 있는 아수라장에 토할 것 같은 혐오감이
들었다.

대경은 어두운 얼굴이 되어 천천히 난간으로 발길을 옮겼
다.

무한은 호북성의 성도로 장강과 한수(漢水)가 만나는 곳에 한구와 무창, 그리고 한양의 세 지역으로 넓게 분포되어 있으며, 항주의 서호와 비견되는 아름다운 동호(東湖)와 악양의 악양루(岳陽樓), 남창의 등왕각(騰王閣)과 함께 삼대명루(三大名樓)라 불리는 황학루(黃鶴樓)로 유명한 곳이다. 또한 예로부터 대륙의 동서남북을 이어주는 내륙의 중앙에 위치한 교통의 중심지로서 수많은 중소표국이 난립하던 지역이다.

사십여 년 전, 호북제일검으로 불리던 소희의 선조부인 천원신검 강자량이 표국을 세우면서 난립하던 중소표국은 하나둘씩 흡수되기 시작했고, 다섯 해가 지나지 않아 조양표국은 명실상부한 호북성 제일의 표국으로 자리 잡았다.

표국을 운영하기 위해서는 강한 배경이 필요했다. 첫째가 관(官)이고 둘째가 무력이었다. 조양표국의 경우에는 후자에 속했다. 천원신검 강자량이란 걸출한 인물과 무당과의 친분을 통해 빠른 시일 내에 호북성의 거대 표국으로 성장할 수 있었던 것이다.

하지만 그가 세상을 뜬 이후 조양문에서는 천원신검의 무공을 대성한 후인이 나오지 않았다. 결국 강력한 세력이 속속 등장하면서 나날이 내리막길을 걸을 수밖에 없었다.

동쪽으로는 안휘성의 패자인 남궁세가가 안휘성 내의 표국을 지원하고 있었고, 남쪽으로는 강서성의 흑룡방이 길을 차단하며 버티고 있었다. 주요 수송로였던 장강은 혈왕채를 비롯한 수적들이 들끓고 있고, 그나마 친분을 나누어온 수로연맹채마저도 제 앞가림을 하기에 급급한 상황이니 사면초가가 따로 없었다. 다행히 호북성의 북쪽 길만은 아직 열려 있는 상태라 겨우 표국을 유지하고 있는 실정이었다.

일행이 객선 내에 있는 사람들의 환송을 받으며 무한의 포구에 내린 것은 이틀이 지나서였다. 예정보다 하루 늦은 도착이었다.

그러나 장강을 떠도는 원귀가 될 뻔한 것을 벗어나 고향에 돌아왔다는 안도감 때문이었는지 일행의 표정은 사뭇 밝기만 했다. 단지 대경의 얼굴이 다소 어둡고 그를 지켜보고 있는 소희의 표정에 안타까움이 서려 있을 뿐이었다.

그동안 소희는 대경의 옆구리에 난 상처를 돌보기 위해서 거의 모든 시간을 대경과 함께 보냈다. 제법 깊은 상처였기에 거의 뜬눈으로 밤을 지새우다시피 했다. 그런데 상처보다 더 큰 걱정이 생겼으니, 대경이 웃음을 잃은 것이다. 겉으로 티를 내고 있지는 않지만 마음에 큰 상처를 입은 것을 알 수 있었다.

강무영은 강호에 첫발을 들인 사람이면 누구나 한 번은 거쳐야 할 관문이라며 대경이 잘 이겨낼 것이라고 말했다. 하지만 그가 아파하는데 자신은 딱히 해줄 것이 없다는 사실이 가슴 아프게 만들었다.

다행히 선착장에 내리자 대경의 얼굴이 한결 나아 보였다.

호기심 어린 표정으로 연신 주위를 둘러보고 있었다. 아마 안경과는 비교할 수 없을 만큼 넓고 커다란 포구를 보자 신기해하는 것 같았다.

"공자님, 포구가 크지요?"

소희의 물음에 대경이 고개를 끄덕였다.

"그렇소. 이렇게 큰 포구가 있다는 것은 상상도 해보지 못했소."

안경에 있던 포구에 비해서 서너 배는 커 보였다.

또한 각 지역에서 온 상인들이 오가고 정박해 있는 상선(商

船)에서 짐을 부리는 일꾼들로 북적이고 있는 모습이 마치 커다란 마을의 시장통을 보는 것 같았다.

"전에는……."

소희가 말끝을 흐리자 대경이 물었다.

"왜 그러시오, 희 매? 무슨 말을 하려다 마는 것이오?"

소희의 입에서 한숨이 나왔다.

"후유, 아무것도 아니에요. 다음에 기회가 있으면 말씀드릴게요."

"……?"

대경은 소희의 쓸쓸한 표정을 보며 무엇 때문에 그러는지 궁금했지만 더 이상 묻지 않았다.

두 사람은 어깨를 나란히 하고 포구의 언덕에 서서 유유히 흘러가는 강물을 바라보았다. 바람이 불어서인지 강의 한가운데에는 큰 너울이 출렁이고 있었다. 밀려 나온 너울이 자신의 존재를 알리고 싶은 듯 넓은 물결을 만들어 포구로 밀려왔다. 그리고 파도가 되어 포말을 일으키며 선착장을 때리고 있었다. 그 모습을 앞에 두고 눈을 마주친 대경과 소희는 서로를 갈망하고 있는 자신들의 눈빛을 보았다. 대경의 눈에는 소희의 모든 것을 갖고 싶어하는 마음이 담겨 있고, 소희의 눈에는 대경에게 자신의 모든 것을 주고 싶어하는 마음이 담겨 있었다. 아련한 감정을 느끼며 그렇게 둘만의 시간은 흘러갔다.

그러나 영원히 정지될 것만 같았던 시간은 깨지고 말았다.
포구를 둘러보고 있던 강무영과 운미가 돌아온 것이다.

"소협, 가시지요."

강무영은 아쉬워하는 두 사람의 표정을 보며 고개를 갸웃
했지만 서둘러 조양문으로 향했다.

한구에서 강을 건너 무창에 이르자 제법 넓은 길이 보였다.
그 길을 따라 각종 상점과 객잔들이 들어서 있었다. 서로 마
주 보고 있는 객잔 앞에는 점소이들이 나와 호객 행위를 하고
있었다. 한 명의 손님이라도 더 잡기 위해서 눈에 불을 켜고
행인의 옷소매를 끌어당기고 있었다.

일행이 지나가자 점소이를 포함한 모든 상인들이 손을 흔
들거나 고갯짓으로 인사했다. 무창에서 오래 살아온 사람치
고 조양문도를 모르는 사람은 거의 없었다. 당연히 강무영과
소희, 그리고 운미는 유명 인사에 속했다. 영문을 모르는 대
경으로서는 그저 어리둥절할 따름이었다.

번화한 거리를 지나 일각쯤 걸어가자 고풍스러운 한 채의
커다란 장원이 나왔다.

반 장 정도 되는 높이의 담벼락 뒤로 마치 하늘을 찌를 듯
치솟아 있는 검은색 지붕을 가진 웅장한 전각을 중심으로 여
러 개의 건물이 보였다. 그러나 대경의 시선은 정문에 걸려
있는 커다란 현판에 머물러 있었다. 일필휘지(一筆揮之)로
'조양문(朝陽門)'이라 쓰여 있는 현판이었다.

'대단한 서체로구나!'

대경은 한동안 조양문이란 글씨에서 눈을 뗄 수가 없었다.

글씨에서 알 수 없는 현기(玄機)를 느낀 것이다. 만약 저 현기를 검에 담을 수만 있다면 지난날 백리향의 청운적하검에 버금가는 검을 펼칠 수 있을 것 같았다. 정말 누구의 글씨인지 궁금해졌다.

"소협, 뭘 그렇게 열심히 보고 있으십니까?"

"아, 예. 저 현판에 쓰여 있는 글을 보고 있었습니다."

"그러셨군요. 저에게는 의미있는 현판이지요……."

강무영이 말끝을 흐렸다.

대경이 의아한 시선으로 바라보자 소희가 대신 설명해 주었다.

"어머니께서 오라버니를 낳으신 후 할아버지께서 조양문의 대를 이을 손자를 얻었다며 기뻐하셨대요. 그리고 조양문이 번성하길 바라며 당신의 심력(心力)을 쏟아 쓰신 글이래요."

"그렇군요."

대경은 현판에서 느껴지던 현기를 이해할 수 있었다.

소희의 선조부께서는 분명 어떤 경지에 이르러 있었고, 자신의 모든 깨달음을 담아 단 한 번에 내려썼을 것이다.

"소협, 장 소협?"

"예?"

"들어가시죠."

“예.”

대경은 아쉬움이 남았지만 정문 앞에 서 있던 두 사내의 각듯한 인사를 받으며 강무영의 뒤를 따라 안으로 들어갔다.

장원은 밖에서 보던 것보다 훨씬 넓었다. 넓은 마당을 가로질러 월동문을 지나자 다시 넓은 뜰이 나왔다. 그리고 그 뜰의 건너편에 밖에서 보았던 커다란 전각이 놓여 있었다. 조양각이란 현판이 달린 웅장한 건물이었다.

“잠시만 기다려 주십시오.”

강무영이 조양각 안으로 들어갔다.

잠시 후, 밖으로 나오더니 대경을 안내했다. 강무영을 따라 들어간 곳은 넓은 장방형의 집무실이었다. 커다란 탁자의 건너편에 온화한 모습의 초로인과 옆으로 두 명의 청년이 앉아 있었다.

“아버님, 말씀드렸던 장 소협입니다.”

“장대경이라 합니다.”

대경이 공손하게 머리를 숙여 인사했다.

“허허허, 반갑네. 강운천이라 하네. 어르신의 의손자라 들었는데, 맞는가?”

“예, 그렇습니다.”

“혈왕채의 습격에서 아이들을 구해주었다고?”

“아닙니다. 운이 좋았을 뿐입니다.”

대경은 인자한 성품을 느낄 수 있었다.

강운천은 조양문의 문주로 강호에서는 유정검(有情劍)이라 불리는 호북성 내에서 손꼽히는 무인이었다. 그러나 안타깝게도 가문의 무공인 '천원검(天原劍)'의 화후가 구성에 머물고 있었다.

천원검은 조양문의 독문무공으로 소희의 증조부가 대학사 시절 우연히 황궁의 한 서고에서 얻은 '천해도서(天解圖書)'라는 서적의 후반부에 있던 구결을 풀어내면서 얻은 검이었다.

천해도서는 '천지상인(天地上人)'이란 기인이 남긴 비서였다.

처음에는 천체(天體)에 관한 서적인 줄 알았다. 전반부에는 온통 천문(天文)에 관한 도형과 별자리 이동에 관한 설명이 적혀 있었다. 그러나 후반부로 갈수록 천지상인의 깨달음이 적혀 있었다. 심오한 경지의 깨달음이었다. 결국, 그 난해한 구결에 심취하게 되었고 고향인 무한으로 낙향해서 천해도서에 평생을 바쳤다.

훗날, 그 구결이 천체의 생성 원리인 동시에 하나의 지고한 검리(劍理)라는 것을 알게 되었다. 그렇게 얻게 된 상승의 검법은 아들인 강자량에 이르러 빛을 보았지만 워낙 난해한 검이라 더 이상 대성한 후인이 나오지 않았다.

유정검은 옆에 있는 청년들을 가리켰다.

"참, 인사하게나. 이쪽은 양우진과 이숙빈이라 하네."

두 청년이 일어섰다.

"양우진이라 합니다."

"이숙빈이라 합니다."

"아, 예. 저는 장대경이라 합니다."

서로 인사를 나누자 유정검이 대경을 보며 말했다.

"먼 길 오느라 수고 많았네. 가서 좀 쉬게나."

"예, 고맙습니다."

"소희야, 장 소협을 별채로 모시거라."

"예, 아버님."

대경은 인사를 한 뒤 소희와 운미를 따라 밖으로 나갔다.

잠시 후, 유정검이 강무영을 바라보았다.

"이리 와서 앉거라."

강무영이 옆 자리에 앉자 유정검이 한 통의 서찰을 내밀었다.

"어제 흑룡방에서 전해온 청혼장이다."

"예? 청혼장이요?"

강무영은 어이가 없어 잠시 멍하니 서찰을 바라보았다.

앞에 앉아 있던 양우진이 목소리를 높였다.

"뻔한 수작입니다! 분명 우리가 거절할 것을 알고 꼬투리를 잡으려는 겁니다!"

이숙빈이 양우진의 말을 거들며 나섰다.

"맞습니다. 꼬투리를 잡으려는 것이 분명합니다. 그놈, 남창에서 아주 소문난 난봉꾼입니다. 어찌 그런 개차반 같은 놈에게 큰아가씨를 보낼 수 있겠습니까?"

양우진과 이숙빈은 부모를 잃고 어린 나이에 세상을 떠돌던 고아였다.

문전걸식(門前乞食)을 하다가 우연히 유정검의 눈에 띄어 조양문의 제자가 될 수 있었다. 그것만으로도 고마운 일이지만 유정검은 그들을 마치 친자식처럼 대해주었다. 조양문을 생각하는 그들의 마음이 헌신적일 수밖에 없었다. 강무영과는 어려서부터 사형, 사제로 부르며 자랐다. 소희도 사형들이라 불렸지만 그들은 소희와 운미에게 꼭 아가씨라는 호칭을 붙였다.

"너는 어떻게 생각하느냐?"

"사제의 말대로 명분을 얻으려는 것이겠지요."

"하지만 그것만으로는 명분이 약하지 않느냐?"

"물론 그렇습니다. 그렇지만 자신들을 무시했다는 빌미가 될 수는 있겠죠."

유정검이 양우진을 보며 물었다.

"그들의 전력이 어느 정도 되느냐?"

"요즘 남창으로 가는 길이 막혀 있어 정확히는 모르겠지만 꾸준히 사파의 고수들을 영입하고 있는 것 같습니다."

"사파의 고수를?"

"예, 얼마 전에 단월도(斷月刀) 한웅이 태상장로가 되었다는 소문을 들었습니다."

유정검과 강무영이 놀라며 양우진을 바라보았다.

"단월도 한웅이?"

단월도 한웅은 사파의 최고수라 불리던 도천제(刀天帝) 석천강의 후인이었다.

일도에 하늘을 베고 땅을 가른다는 단월도법을 구성까지 익힌 고수였다. 따로 세력을 가지고 있지는 않았지만 사파는 물론 정파에서도 한 수 양보하는 인물이었다.

"어찌 그자가 흑룡방으로 갔단 말인가?"

단월도의 명성을 생각하면 도무지 이해가 되지 않았다.

"저희도 처음에는 그 부분이 이해가 가지 않았습니다. 하지만 조사를 해보니 단월도가 젊은 시절 흑룡방주의 아버지에게 도움을 받은 적이 있다고 합니다. 이후 흑룡방주가 인연을 맺어오다가 개차반인 자식의 무공 사부로 모시기 위해 삼고초려를 했다고 합니다."

"음……."

유정검의 입에서 나지막한 신음이 흘러나왔다.

답답했다. 말이 무공 사부이지 전력 강화를 위해 데려온 것이 뻔했다. 현재의 조양문으로는 흑룡방을 상대하기도 어려운데 단월도마저 흑룡방에 투신했으니 그저 막막하기만 했다. 조양각 내에는 한동안 침묵이 흘렀다. 무거운 분위기를 깬 것은 양우진이었다.

"사부님, 무당에 도움을 청하면 어떻겠습니까?"

모두의 시선이 양우진에게 쏠렸다.

"어차피 저들의 말도 안 되는 요구를 들어줄 수는 없지 않습니까? 그럴 바에야 무당의 도움을 받아 맞서는 것이 나을지도 모릅니다."

"쉬운 일이 아니다."

강무영이 고개를 저으며 말하자 이숙빈이 나섰다.

"하지만 사형, 계속해서 저들의 압박을 받고만 있을 수는 없지 않습니까? 차라리 양 형님의 말씀대로 속 시원하게 한판 붙어보는 것이 괜찮다고 생각됩니다. 아무리 단월도가 버티고 있어도 무당을 그리 쉽게 생각하지는 못할 겁니다."

"일리가 있는 말이지만 명분이 없다. 저들이 당장 쳐들어오는 것도 아니고, 그렇다고 공개 도전장을 내민 것도 아닌데 무당에게 도움을 청한다면 어떻게들 생각하겠느냐? 흑룡방이 두려워 무당을 불렀다고 하지 않겠느냔 말이다."

잠시 답답한 침묵이 흘렀다.

"후유, 좀 더 생각해 보도록 하자."

유정검의 말에 모두 고개를 끄덕였다.

"그런데 장 소협이 어르신의 진전을 이었느냐?"

모두의 시선이 강무영에게 향했다.

태허 진인이 누구였던가? 의손자라는 말에 궁금해하던 참이었다.

"그것이……."

"왜 그러느냐? 설마 무공을 익히지 않은 것은 아닐 테고."

"예, 분명 익혔습니다. 그것도 아주 고강한 무공을요."

"그럼 태극혜검을 익힌 것입니까?"

이숙빈이 궁금한 듯 물었다.

"그건 아니다. 태허무극검이라고, 진인께서 말년에 창안하신 검인데 도저히 모르겠더구나. 어떤 뚜렷한 초식이 있는 것이 아니고 순간순간마다 간단하게 내뻗거나 찌르는데 상대가 꼼짝을 못하더구나. 혈왕채의 쌍살귀 두 형제가 단 삼 초 만에 당했다."

"쌍살귀가 삼 초 만에 당했다고?"

유정검이 놀라며 물었다.

"예, 아버님. 그것도 마지막에 자신의 절초인 천살망을 펼치고도 당했습니다."

"허! 이해가 되지 않는구나. 내력이 그리 높아 보이지 않던데."

"예, 그 점도 이해하기 어렵습니다. 평소에는 백면서생인데 검을 펼칠 때는 주위로 아지랑이 같은 기운이 서리며 냉정한 승부사가 되더군요. 당시 제가 지살귀의 마지막 공격을 받았다면 그의 기세에 눌려 당황했을 겁니다."

"설마 신검합일의 경지에 이른 것은 아니겠지요?"

이숙빈이 눈빛을 반짝이며 물었다.

"글쎄, 그게 그런 것 같기도 하고 아닌 것 같기도 하고. 아무튼 고수인 것만은 틀림없다.”

“아무렴, 어르신의 후인인데 달라도 뭐가 다르겠지.”

모두 고개를 끄덕였지만 이숙빈만은 계속해서 눈빛을 반짝이고 있었다.

“그럼 이제 무당으로 가겠구나.”

“아무래도 그럴 것 같습니다.”

“그런데 아까 보니 소희와 가까워 보이던데, 어찌 된 일이냐?”

“그것이 화성사에 있을 때 처음 만난 것 같은데 진인에 대한 얘기가 나오면서부터 갑자기 두 사람의 관계가…….”

유정검이 고개를 끄덕였다.

“음, 하기야 어르신께서 소희를 끔찍하게 생각하셨지. 어르신의 후인이니 당연히 정이 갔을 게야.”

“그렇습니다. 아마 태허 진인 어르신의 무등을 타본 사람은 소희 아가씨밖에 없을 겁니다.”

이숙빈이 의아한 표정을 지었다.

“아니, 형님이 그걸 어떻게 아십니까?”

“…어릴 때 담 너머로 봤네.”

“…….”

이숙빈은 양우진의 표정을 보자 저절로 고개가 끄덕여졌다.

어쩌면 형님도 자신과 같은 마음이었으리라.

서럽기만 하던 어린 시절, 선녀 같던 아가씨의 모습이 떠올

랐다. 등 뒤에 당과를 몰래 숨기고 가져와 두 사람에게 나눠
주며 해맑게 웃던 아가씨, 눈물을 글썽이며 수련하다 다친 상
처를 손수 치료해 주던 아가씨, 그 아가씨의 뛰어노는 모습이
보고 싶어 몰래 월동문 뒤에서 까치발을 들고 숨어 보던 기억
등이 주마등처럼 스쳐 갔다.

아무리 힘들어도, 아무리 아파도 아가씨의 웃는 모습을 한
번만 보면 다 나았는데… 그랬는데…….

태허 진인의 의손자라는 청년도 마구 낯짝을 두들겨 주고
싶은데 하물며 천하의 파락호가 감히 아가씨를 넘보다니…….

'내 이놈을 당장!'

또다시 열이 오르기 시작했다.

"이번 기회에 아주 흑룡방 놈들을 싹 쓸어버려야 합니다!"

"그래야지. 암, 그렇고말고."

"……."

"……."

유정검과 강무영이 멍하니 두 사람을 바라보았다.

한편, 대경은 소희와 함께 뒤뜰을 거닐고 있었다.

소희는 조양문의 구석구석을 보여주었다. 또한 현재 조양
문의 조직에 대해 설명해 주었다.

표국은 따로 분리하여 운영하고 있었다. 국주는 운미의 아
버지인 원무검(元武劍) 강운명이 맡고 있으며, 큰일을 제외하

고는 거의 모든 일을 도맡아 했다.

또한 조양문은 크게 내전과 외전으로 나누어져 있었다.

내전은 양우진이 이끌고 있으며, 제자들로 구성되어 있는 조양문의 핵심 세력이었다. 가끔 호위를 서는 것 이외에 그들은 주로 천원검을 수련하는 데 전력을 기울였다. 다만 무위가 높고 오래된 제자의 경우, 일정 기간 표국의 경험을 쌓게 했다. 그리고 표두가 되어 표국의 일을 거들게 하였다.

외전은 이수빈이 맡고 있는데 주로 외곽의 경비를 맡는 일반 무사로 이루어져 있었다. 그들에게는 천원검을 수련할 기회가 주어지고, 뛰어난 무사는 따로 선발되었다. 그리고 각자의 희망에 따라 내전으로 들어가거나 표사가 되었다.

"흠, 결국 조양문은 표국을 중심으로 운영되고 있구려."

"예, 그렇다고 볼 수 있어요. 예전에는 내전의 제자들이 무공을 익히는 데 주력했어요. 모두 천원검을 익히기 위해 열성이 대단했지요. 그랬는데… 요즘 표사들의 희생이 커지면서 표사들을 충원하기에도 벅찬 형편이 되었어요."

"그건 무슨 말이오?"

"후유!"

소희는 한숨을 크게 내쉰 후 말을 이었다.

"전에는 조양표국의 깃발을 달고 다니면 큰 사고 없이 안전하게 목적지까지 표물을 운반할 수 있었어요. 그런데 지금은 깃발을 보고도 표물을 노리는 자들이 많아졌어요."

“그렇구려.”

“그것 때문에 아버님과 숙부님께서 심려가 크세요.”

“…….”

대경은 표국에 대해서 잘 몰랐지만 현재 조양문이 어려움에 처해 있다는 것은 알 수 있었다.

만약 도와줄 수만 있다면 조금이라도 도움이 되고 싶었다.

*   *   *

어둠이 내린 별채의 한 방에 대경이 누워 있었다.

조양문의 어두운 분위기와 소희의 안타까워하는 모습에 쉽게 잠을 이룰 수가 없었다. 잠시 뒤척이던 대경에게 문득 정문에 걸려 있던 현판의 글씨가 떠올랐다.

‘조. 양. 문…….’

분명 각각 따로 쓰여 있는 글자였다. 그런데 이상하게도 자꾸만 하나의 글자인 것만 같았다. 아니, 분명 하나의 글자라는 확신이 강하게 들었다. 조(朝)에서 양(陽)으로, 양에서 문(門)으로 이어지는 글씨는 분명히 생생하게 이어져 있었다. 그러나 그것이 무엇인지 도무지 감을 잡을 수가 없었다.

‘후유, 아무래도 천원검을 펼치는 것을 한번 봐야겠구나.’

대경은 밤새 끙끙거리다 밤을 하얗게 지새웠다.

다음날 아침 대경은 홀로 연무장으로 향했다.

황산에서 지낼 때는 매일 검을 수련했지만 화성사에 들른
이후에는 따로 수련한 적이 없었다. 모처럼 수련을 하기 위해
연무장으로 향하는 길이었다. 그런데 이미 조양문의 제자들
이 수련을 하고 있는지 우렁찬 기합 소리가 들렸다. 연무장에
이르자 삼십여 명쯤 되어 보이는 제자들이 힘찬 기합을 내지
르며 검을 휘두르고 있었다. 호기심이 생겨 잠시 바라보았다.

숙빈이 앞에서 구령을 부르면 모두 초식에 따라 검을 펼치
고 있었다.

그런데 몇몇을 제외하고는 제대로 된 동작들이 나오지 않
고 있었다. 올바른 자세를 익혀 초식을 운용해야 하건만 초식
의 형에만 매달리고 있었다. 저렇게 검을 익히면 보기는 좋을
지 몰라도 실전에는 무용지물이었다. 자신도 모르게 한숨이
나왔다. 때마침 고개를 돌리던 숙빈과 눈이 마주쳤다.

순간, 그의 눈빛이 반짝이는 것을 느꼈다.

"장 소협이시군요! 이리로 오십시오!"

숙빈이 큰 목소리로 대경을 불렀다.

대경은 고개를 끄덕여 인사를 하고는 숙빈이 서 있는 곳으로
향했다. 대경이 다가서자 제자들이 수군거리기 시작했다. 대경
에 대한 소문이 이미 나 있는 터라 모두 궁금한 모양이었다.

"너희도 알다시피 이분이 바로 검의 절대자로 불렸던 태허
진인 어르신의 의손자가 되는 분이시다."

"와아!"

"와!"

제자들의 입에서 커다란 함성이 터져 나왔다.

대경은 쑥스러운 표정으로 숙빈의 옆에 서며 인사를 했다.

"처음 뵙겠습니다. 장대경이라 합니다."

"와아!"

"태허 진인께 물려받은 절기를 보여주십시오!"

"개안을 시켜주십시오!"

여기저기서 제자들의 목소리가 터져 나왔다.

그 모습을 바라보는 숙빈의 입가에 미소가 맺혔다. 자신이 의도한 대로 일이 잘 풀리고 있었다. 이 정도 분위기면 한 수 보여줘야 될 것이다.

처음 대경에 대한 얘기를 들었을 때 '정말 그 정도의 실력이 될까?'라는 의문이 생겼다. 사형의 이야기대로라면 이미 초식에 얽매이지 않는 경지에 이르러 있다는 말이었다. 그것은 자신의 우상인 선대 문주께서 항상 말씀하시던 진정한 천원검을 펼칠 수 있는 경지이기 때문이었다.

아무리 태허 진인의 진전을 이었다고는 하지만 자신보다도 나이가 어린 청년이 벌써 그런 경지에 올라 있다는 것이 믿어지지 않았다. 묘한 호승심이 생겼다. 또한 과연 아가씨를 책임질 만한 능력이 있는지 직접 눈으로 확인하고 싶었다. 당장 비무를 하고 싶지만 조양문을 방문한 손님에게 무례를 범할 수는 없었다.

그런데 의외로 대경의 무위를 볼 수 있는 기회가 빨리 찾아왔다. 대경과 눈이 마주치는 순간 한 수 펼치도록 하는 차선책을 택했다. 그리고 결과는 아주 성공적이었다.

"좋습니다. 그럼 어느 한 분과 검을 섞어보겠습니다. 어느 분이 나서주시겠습니까?"

'응?'

숙빈의 눈이 동그래지며 대경을 바라보았다.

의외의 반응이었다. 쑥스러워하는 표정을 보며 머뭇거릴 줄 알았는데 의외로 담담하게 받아들이고 있었다.

한편, 대경은 숙빈과는 전혀 다른 생각을 하고 있었다.

조양문의 제자들에게 조금이라도 도움이 되고 싶었다. 최소한 제대로 된 검을 펼칠 수 있는 기본 무리를 가르쳐 주고 싶었다.

"제가 상대하겠습니다."

약간 나이가 들어 보이는 제자가 나섰다.

제법 익숙한 자세로 검을 펼치던 제자였다.

"좋습니다."

"조양문의 제자 황석봉이 장 대협께 비무를 청합니다."

마주 선 황석봉이 검을 들어 포권하자 대경 역시 마주 검을 들어 포권했다.

"장대경이 비무를 받겠습니다."

"와아!"

"장 대협, 멋진 검을 보여주십시오!"

"황 형님, 조양문 천원검의 뛰어남을 보여주십시오!"

갑자기 연무장이 흥분의 도가니로 변했다.

"선공을 양보하겠습니다."

대경이 말하자 황석봉이 천원검의 기수식을 취했다.

"사양하지 않겠습니다. 타앗!"

힘찬 기합 소리가 들리며 천원검의 일초 일원천류(一圓天流)가 펼쳐졌다.

둥근 곡선을 그리며 제법 매서운 검이 날아갔다.

"위험합니다!"

조양문 내에서 황석봉은 무위가 손꼽히는 제자였다.

그의 검이 지척에 이르렀음에도 가만히 서 있는 대경을 보자 여기저기서 위험하다고 소리를 질렀다.

"으헉!"

찰나의 순간 황석봉의 입에서 헛바람 켜는 소리가 흘러나왔다.

자신의 검이 상대의 몸에 닿았다고 느끼는 순간 무엇인가 하얀 빛이 보였다. 그리고 상대의 검은 이미 자신의 거궐 앞에 멈춰 서 있었다. 자신의 눈을 의심하며 재빨리 뒤로 물러섰다.

내력을 극성으로 끌어올리며 이초 천기미밀(天氣彌密)을 펼쳤다.

“천기미밀!”

온 내력을 실어 펼쳤기에 강한 기운이 빠르게 검에서 퍼져 나갔다. 기묘한 곡선이 방위를 꽉 채우며 대경에게로 향했다.

‘으음.’

대경의 검이 움직이는 것을 보았다.

그런데 이번에는 자신이 펼치고 있는 검의 방위를 가르며 정확히 천돌 앞에 멈춰 섰다. 황석봉은 고개를 저었다. 도저히 자신은 상대가 될 수 없었다.

“대협의 가르침에 감사드립니다.”

검을 거두며 예를 표하고 물러갔다.

웅성거리는 소리가 들려왔다. 어떻게 된 일인지 모두 당혹스런 모양이었다. 분명 황석봉의 검이 더 빠르고 위력이 있어 보였건만 상대의 검은 이미 황석봉의 급소에 머물러 있었던 것이다.

‘저럴 수가?’

숙빈은 온 신경이 곤두서는 것을 느꼈다.

그나마 대경의 검을 제대로 본 사람은 숙빈이었다. 분명 황석봉은 정확한 초식으로 검을 펼쳤다. 결코 낮은 화후가 아니었다. 그런데 대경의 일검에 일원천류와 천기미밀의 두 초식이 가볍게 와해되었다.

‘어떻게?’

머릿속으로 수많은 생각이 떠올랐다.

하지만 어떠한 명확한 대답도 얻을 수 없었다. 그저 자신보다 몇 단계 위의 고수라는 생각밖에 떠오르지 않았다. 연무장에는 한동안 침묵이 흘렀다.

"대협, 가르침을 주십시오!"

누군가 큰 목소리로 외쳤다.

"그렇습니다! 가르침을 주십시오!"

제자들이 이구동성으로 외치기 시작했다.

잠시 후, 대경이 천천히 앞으로 나섰다. 그리고 제자들을 둘러보며 말했다.

"모든 검에는 검을 창안한 사람의 마음이 담겨 있습니다. 자신의 오랜 검로의 끝에서 얻은 깨달음이 녹아 있는 것이죠. 그것을 익힐 수 있게 나누어놓은 것을 초식이라 합니다. 많은 초식으로 나눌 수도 있고, 단 일 초식이 될 수도 있습니다. 초식의 수가 중요한 것은 아닙니다. 중요한 것은 초식을 꾸준히 수련하는 겁니다. 초식의 형에 치우치는 것이 아니고 초식이 가지고 있는 의미를 생각하며 정확하게 초식을 펼치는 겁니다. 그리고 꾸준하게 반복 수련하는 것이지요. 어떤 상황에서도 저절로 몸이 먼저 반응할 때까지 익히고 또 익히야 합니다. 그것이 완성되어야 비로소 초식의 운용이 가능해지며 창안한 사람의 깨달음에 다가설 수 있기 때문입니다. 이후 자신과의 싸움이 남아 있는 것이지요."

잠시 제자들을 바라본 후 대경은 말을 이었다.

　"검이 펼쳐지는 곳에서 목표한 지점까지 가장 적절하고 정
확하게 가는 길을 작은 의미의 검로라 합니다. 그 검로를 넘
어서게 되면 각자의 길을 가게 되지요. 그 길은 무척 외롭고
힘든 길입니다. 거친 길이 될 수도 있고 때로는 험한 길이 될
수도 있습니다. 그 모든 고난을 이겨내고 그 길의 끝에 이르
렀을 때, 모든 길은 다시 만나게 됩니다. 비로소 만나게 되는
끝을 향해 걸어가는 험한 여정을 큰 의미의 검로라 합니다."
　제자들은 모두 침묵에 빠져 있었다.
　"여러분은 검을 든 무인입니다. 처음 검을 들면서 검의 끝
을 보기를 원하셨겠죠. 그렇습니다. 그것은 검을 든 무인이면
누구나 바라는 꿈입니다. 아직 늦지 않았습니다. 여러분은 모
두 그 꿈의 한가운데에 서 있습니다. 익히십시오. 열심히 익
히십시오. 형에 매달리지 말고 천원검의 의미를 생각하며 한
초식 한 초식에 혼신의 힘을 다해 익히십시오. 여러분 가문을
빛냈던 천원검이 다시 세상에 우뚝 설 수 있도록 최선을 다해
익히십시오. 그러면 분명 조양문이 강호에 우뚝 설 날이 올
것입니다. 반드시 그날은 옵니다."
　연무장에는 깊은 생각에 잠긴 제자들과 함께 오랜 침묵이
이어지고 있었다.

　대경이 조양문에 온 지 한 달이 되어가고 있었다.
　그동안 작은 변화가 있었다. 연무장에서의 비무 이후 제자

들 사이에 무공에 대한 열풍이 불고 있는 것이다. 어두운 분위기 아래 의욕없는 검을 휘두르던 지난날에 비해 천원검의 끝을 보고 말겠다는 뚜렷한 목표 의식을 갖고 수련에 임하고 있었다. 당연히 열기가 뜨거울 수밖에 없었다. 따라서 조양문은 점점 활기를 되찾아가고 있었다. 특히 대경이 수련에 함께 참가하면서 그 열기는 더욱더 뜨거워지고 있었다.

"일원천류!"

"천기미밀!"

제자들의 커다란 외침과 함께 천원검이 펼쳐졌다.

'흠, 알 수가 없단 말이야.'

대경은 고개를 갸웃거리며 제자들을 바라보았다.

천원검은 일초식인 일원천류부터 천광무량(天廣無量)까지 모두 칠 초식으로 이루어져 있었다. 각 초식마다 뛰어난 무리가 담겨 있는 상승의 검법이었다. 특히 마지막 초식인 천광무량은 대경이 감탄한 초식이었다. 태허무극검에 결코 뒤지지 않는 심오한 초식이기 때문이었다. 이러한 검이 존재하고 있다는 사실이 대경에게는 신선한 충격이었다.

또한 천원검이 왠지 태허무극검과 일맥상통하다는 생각이 들었다.

태허무극검이 커다란 자연의 수레바퀴라면 천원검은 그 안에 존재하는 또 다른 자연을 담고 있는 수레바퀴와 같았다. 마치 자연 속에 숨어 있는 또 다른 자연을 보는 것 같았다.

‘후유, 잡힐 듯 잡힐 듯하면서도 잡히지 않는구나!’

대경이 한숨을 내쉬었다.

‘허허, 또다시 집착에 매달리고 있구나. 그래, 시간을 두고 천천히 생각해 보자.’

마음을 편안하게 하며 다시 조양문 제자들이 펼치는 검을 바라볼 때였다. 숙빈이 다가왔다.

“뭘 그리 열심히 생각하고 계십니까?”

“예? 아, 예. 아무것도 아닙니다.”

숙빈이 웃으며 대경을 바라보았다.

대경은 보면 볼수록 재미있는 사람이었다. 평소에는 순진한 것 같다가도 검만 들면 전혀 다른 사람이 되었다. 게다가 무슨 생각이 그리 많은지 연무장에서 수련 시간의 반은 지그시 눈을 감고 보냈다. 처음에는 조는 줄 알았다. 그런데 자세히 보면 눈썹이 오르락내리락거리며 어떤 깊은 생각에 잠겨 있었다. 그 모습에 제자들은 대경을 구몽도조(求夢道祖)라 부르고 있었다.

“구몽도조의 사색을 방해했나 봅니다.”

“아닙니다. 그렇지 않아도 막 생각을 접은 후였습니다.”

“그러셨군요.”

“예. 그런데 무슨 할 말이 있으신지?”

“아, 예. 한 가지 여쭤볼 게 있어서요.”

“무엇인지요?”

숙빈뿐만 아니라 모든 제자들이 시도 때도 없이 대경을 찾았다.

대부분 무공에 관한 질문이거나 무리에 대한 이야기였다. 귀찮을 것 같은데도 대경은 상대가 이해할 때까지 자세하게 설명해 주었다.

"전에 황 선배와 비무할 때 펼치던 검 말입니다."

"아, 팔만사천검로를 말씀하시는군요."

"팔만사천검로요? 대체 그게 무슨 검입니까? 아무리 생각해 봐도 알 수가 없어서요. 분명 황 선배가 공격할 때 일 초씩만 펼쳤던 것 같은데……."

"그 점이 궁금하셨군요. 팔만사천검로는 무궁한 초식을 담고 있는 검이라고 생각하시면 됩니다."

"예?"

"상대와 내가 움직일 수 있는 모든 방위상의 검로를 초식으로 삼고 있는 것이지요. 따라서 어떤 상황에서도 검을 펼칠 수가 있습니다. 그리고 일 초씩만 사용한 것은 간단한 원리입니다. 상대와 내가 움직이는 방위상에서 상대와 가장 가까운 검로는 오직 하나이기 때문입니다."

숙빈이 궁금한 표정을 지었다.

"그럼 그것이 태허무극검입니까?"

"아닙니다. 태허무극검의 바탕을 이루는 검이라고 생각하시면 됩니다."

"끄응, 어려운 얘기로군요."
"예, 저도 그렇게 생각합니다."
숙빈이 머리를 긁적이며 미소를 지었다.
"머리를 맑게 하려고 왔다가 더 복잡해지고 말았습니다."
"저도 태허무극검을 생각하면 머리가 복잡해집니다."
"우리 같은 하수가 듣기에는 그저 가진 자의 만용으로밖에 들리지 않습니다."
"그게 그렇게 되는군요."
"분명히 그렇습니다. 하하하!"
"하하하!"

한편, 조양각 내에는 유정검과 강무영이 탁자를 마주하고 앉아 있었다.
"요즘 장 소협 덕분에 문내에 활기가 도는 것 같구나."
"예, 저도 그렇게 생각하고 있습니다."
"네가 보기에는 어떠냐?"
"장 소협을 말씀하시는 겁니까?"
유정검이 고개를 끄덕였다.
"그래, 소희와 가깝게 지내는 것 같아서 말이다."
"무공도 고강하고 좋은 사람입니다. 다만……."
"그래, 그것 때문에 쉽게 결정을 내리지 못하겠더구나. 배경만 좋았더라면 금상첨화인 것을……."

강무영의 시선이 유정검을 향했다.

"혹 소희에게 혼담이 들어온 것입니까?"

"그렇단다. 포정사(布政使) 어른의 둘째 공자가 우연히 저 잣거리에서 소희를 보았던 모양이야. 이후, 수소문해서 우리 가문의 여식이라는 것을 알고는 부모님께 혼인을 시켜달라고 말한 모양이다. 두 사람을 맺어주면 어떻겠느냐고 매파를 보내왔더구나."

"사돈이 되면 든든한 배경이 되겠군요."

"물론이다. 또한 사람을 보내서 알아보니 학식이 매우 뛰어나고 예의가 바른 공자라 하더구나."

"휴우!"

강무영은 자신도 모르게 한숨을 내쉬었다.

아무리 생각해 봐도 놓치기 아까운 혼처였다. 만약 관(官)과 사돈을 맺게 되면 흑룡방 문제는 물론, 기울어가는 표국도 살릴 좋은 기회였다. 잠시 두 부자간에 침묵이 흐를 때였다.

"아버님, 소희옵니다."

"오냐, 어서 들어오너라."

유정검이 자리를 권했다.

"앉거라."

"예, 아버님."

'무슨 일이지?'

소희는 갑작스런 부친의 부름을 받고 오는 길이었다.

　“이 아비가 부른 것은 다름이 아니라 너에 관한 문제를 상의하기 위해서이다.”

　‘아!’

　소희의 가슴이 콩콩거리며 뛰기 시작했다.

　“장 소협을 어떻게 생각하느냐?”

　“소녀는……”

　소희의 얼굴이 발그레해졌다.

　부친과 오라버니가 빤히 바라보고 있으니 말하기가 창피스러운 것이다. 하지만 용기를 내어 막 말을 꺼내려는 순간이었다. 청천벽력과 같은 부친의 목소리가 들려왔다.

　“너도 알다시피 흑룡방 문제로 가문이 복잡한 상황이다. 그런데 때마침 포정사 댁에서 너와 혼담을 나누러 왔구나.”

　“아버님!”

　소희는 크게 놀라 부친을 바라보았다.

　“그래, 기탄없이 말해보아라.”

　“키워주신 은혜를 생각하면 어찌 가문의 어려운 일을 나 몰라라 하겠습니까? 하지만 아버님, 저는… 저는 장 공자가 좋습니다. 정말 장 공자가 좋습니다, 아버님. 흑흑흑!”

　소희의 눈에서 하염없이 눈물이 쏟아져 내렸다.

　한동안 조양각 내에는 소희의 울음소리만 들렸다.

　“허! 그렇게도 좋더란 말이냐?”

　“예, 아버님. 흑흑흑!”

“후유, 그래 알았으니 일단 물러가 있거라.”
“예, 흑흑흑!”
소희가 물러가자 답답한 표정의 두 부자는 한숨만 내쉬었
다.

조양문(朝陽門) 2

'**어**디 갔을까?

조양각의 뜰에 있는 월동문 앞에서 대경이 서성거렸다.

오전 수련이 끝나면 제자들과 함께 점심을 먹은 후 이곳에서 항상 소희를 만나왔다. 그런데 오늘은 무슨 일인지 소희가 보이지 않았다. 일각, 이각, 흐르던 시간이 어느새 반 시진을 넘어서고 있었다.

'무슨 일이 생긴 것일까?

대경의 마음이 초조해졌다.

계속해서 소희의 모습이 보이지 않으니 기다림이 걱정으로 변해가는 것이다. 약속 시간에 한 번도 늦은 적이 없는 소희였다. 물론 조양문 내에 있으니 큰일은 없겠지만 걱정이 되는 것은 어쩔 수 없었다.

'어디 아픈 것일까?

온갖 상념이 떠오르며 머리가 복잡해질 때였다.

"소협!"

숙빈이 큰 소리로 부르며 다가왔다.

"아니, 여기서 뭐 하고 계십니까?"

"아, 예. 그게……."

대경을 잠시 훑어보던 숙빈이 웃음을 터뜨렸다.

"하하하, 구몽도조께서 선녀를 기다리고 계셨군요?"

"흠흠, 꼭 그렇다기보다는 경치도 좋고 해서……."

"매일 보는데 무슨 경치가 좋다고 그러십니까? 남자는 말이죠, 때로는 과감해질 필요가 있습니다. 특히 좋아하는 여자 앞에서는요."

말을 하는 숙빈의 얼굴에 쓸쓸함이 묻어 나왔다.

어쩌면 지난날 자신이 하지 못했던 심정을 대변하고 있는 것 같아 쓸쓸해진 것이다. 이미 마음속으로 아가씨의 배필감이라 인정한 대경이 머뭇거리자 약간은 답답한 생각이 들었다.

"아무 말 없으면 저는 그냥 가겠습니다."

"예?"

"조금 전 아가씨를 봤거든요."

"지금 어디에 있습니까? 아니, 희 매에게 무슨 일이 있습니까? 어디 아픈 것입니까?"

"하하하! 하나씩만 물어보십시오. 그렇게 물어보시면 어떻게 대답해 드리겠습니까?"

대경이 머리를 긁적이자 미소를 지었다.

"연무장 뒤에 있는 언덕을 아시죠?"

"예."

연무장 뒤로 큰 야산이 있었다.

우거진 숲 사이로 길이 있어 산책을 하며 바람을 쐬기에는 안성맞춤인 곳이었다. 전에 소희와 함께 거닐던 길이기도 했다.

숙빈이 고개를 갸웃거리며 입을 열었다.

"아까 그곳으로 가시는 것을 보았습니다. 그런데… 무슨 일인지 아가씨 표정이 우울해 보이더군요. 빨리 가서 위로해 드리시지요."

"연무장 뒤 언덕이요?"

"그렇습니다."

"고맙습니다. 그럼 실례하겠습니다."

대경은 인사를 마친 후 쏜살같이 달려갔다.

'허! 대단하구나!'

숙빈은 잠시 멍하니 서 있었다.

대경이 엄청난 속도로 사라진 것이다. 극성의 북두칠성보를 펼쳤다는 것을 모르는 그로서는 멍하니 바라보며 입을 다물지 못할 뿐이었다.

한편, 언덕까지 한걸음에 달려간 대경은 어느새 산길로 접어들었다. 낭떠러지 앞에 있는 바위 위에 소희가 걸터앉아 있었다.

"희 매, 여기서 왜 이러고 있으시오?"

수심이 가득 찬 표정의 소희가 고개를 돌렸다.

"아, 공자님. 죄송해요. 제가 깜빡했어요."

"무슨 일이오? 퉁퉁 부은 눈 하며 왜 그리 안색이 좋지 않은 것이오?"

"아니에요. 잠시 생각할 것이 있어서요."

"그랬구려."

아무리 눈치가 없는 대경이었지만 소희에게 무슨 일이 있다는 것은 느낄 수 있었다.

하지만 때로는 모르는 척하는 것이 약이 될 때도 있었다. 대경이 가만히 서 있자 소희가 대경을 바라보았다.

"공자님이 그러고 계시니까 안 어울려요."

"나도 어색하오."

소희는 머리를 긁적이는 대경을 보자 어느 정도 마음이 가라앉는 것을 느꼈다.

"참, 전에 황학루를 보고 싶다고 하셨죠?"

"그렇소. 워낙 유명한 곳이라고 들어서……."

“우리 황학루 구경하러 가요.”

“정말이오?”

“예, 지금 빨리 가면 해질녘에 돌아올 수 있을 거예요.”

“좋소. 그럼 빨리 갑시다.”

두 사람은 걸음을 재촉하며 야산을 내려갔다.

황학루에 이르자 해가 이미 중천을 넘어섰다.

옛날에 한 선인이 그림 속에서 튀어나온 황학(黃鶴)을 타고 날아갔다는 전설이 내려오는 거대한 누각 황학루 앞에 대경과 소희가 나란히 섰다.

지붕의 처마 끝이 하늘을 찌를 듯 솟아 있는 웅장한 누각의 모습은 차라리 장엄하기까지 했다. 대경이 황학루를 바라보며 감탄 어린 목소리로 말했다.

“허! 진정 대단하구려.”

“예, 이곳을 보기 위해 멀리 성도와 항주는 물론 북경에서 오는 사람도 있어요.”

“희 매 덕분에 쉽게 구경을 왔으니 나는 행운아구려.”

“호호, 그러네요. 어서 올라가 보도록 해요.”

대경은 소희를 따라 누각으로 향했다.

소희는 바로 삼층으로 올라갔는데 그곳에는 의외로 사람이 많지 않았다.

“날을 잘 택한 것 같아요. 평소에는 많은 사람들로 북적이는데 오늘은 뜸하네요."

대경은 고개를 끄덕이며 장강을 바라보았다.

출렁이는 물결이 어디론가 한없이 흘러가고 있었다. 한동안 그 모습을 바라보니 마음이 편안해졌다. 황산에서 내려온 이후 장강을 보면서 느낀 것이 있었다. 황산이 웅혼한 기상을 담고 있다면 장강은 넓은 포용심을 담고 있었다. 그것이 정확히 무엇인지는 모르겠지만 황산이 주는 호연지기와는 또 다른 감흥이었다.

대경의 상념을 깬 것은 한 구의 시 구절이었다.

日暮鄕關何處是(일모향관하처시).
날은 저무는데 그리운 고향은 어드메뇨.
煙波江下使人愁(연파강하사인수).
강 아래 긴 물안개가 시름을 더하는구나.

"호호호, 연 공자님은 풍류를 아시는 분이세요."

행복에 젖어 있는 여인의 목소리가 들려왔다.

대경과 소희가 뒤를 돌아다보자 미끈하게 생긴 한 서생이 여인 옆에서 황학루를 읊고 있었다. 왠지 어울려 보이지 않는 한 쌍이었다. 하지만 여인의 사치스러운 비단옷 위로 주렁주렁 달려 있는 고급 노리개가 대경을 제외한 삼층에 있는 모든 사람에게 두 사람의 관계를 이해할 수 있도록 만들어주었다.

대경은 잠시 서생을 바라보았다. 그의 눈은 쉴 새 없이 움직이고 있었다. 옆에 서 있는 여인과 소희를 번갈아 보고 있는 것이다. 어떻게 눈을 좌우로 굴리며 입으론 저런 시를 읊을 수 있는지 마냥 신기하게만 보였다. 아는지 모르는지 서생의 눈은 계속해서 움직이고 있었다. 그러나 안타깝게도 유희는 오래가지 못했다.

당연히 자신을 바라보리라 생각하던 여인이 수줍은 미소를 머금고 서생을 곁눈질하는 순간이었다. 이번에는 서생의 입에서 이백의 시가 흘러나오고 있었지만 눈동자는 옆으로 돌아가 있었다. 여인의 눈이 서생의 눈동자를 따라 돌아가는 순간이었다.

'윽!'

그곳에는 선녀 같은 모습의 여인과 멍한 표정의 사내가 서 있었다.

여인의 미간이 모이며 가뜩이나 험한 얼굴이 더 험악해지고 말았다.

"연 공자님!"

여인이 '꽥' 하고 소리를 지르자 삼층에 있던 모든 사람의 시선이 두 남녀에게로 쏠렸다.

"어쩌면 이러실 수 있죠?"

상황을 알아차린 서생이 뒷수습에 나섰으나 이미 늦고 말았다.

"흥, 소매는 정말 공자님에게 실망했어요. 다시는 만나지
않겠어요."

여인이 서생을 노려보더니 휑하니 아래층으로 내려갔다.

서생의 지난 육 개월간의 모든 노력이 수포로 돌아가는 순
간이었다.

"흥 매, 흥 매! 오해요, 오해! 내 말 좀 들어보시오!"

서생이 목소리를 높이며 여인을 따라 내려갔다.

그러나 아래층으로 내려가는 순간에도 한 번 더 소희를 바
라보는 것을 결코 잊지 않았다.

"흥— 매—!"

여인을 부르는 처절한 서생의 목소리가 점점 사라져 갔다.

잠시 누각의 삼층으로 찬바람이 스쳐 갔다. 그런 와중에도
웅성거리는 소리가 한동안 이어졌다.

"허참!"

대경은 어이가 없어 멍하니 서 있었다.

잠시 후, 고개를 저으며 소희를 바라보았다.

'끄응!'

서생의 마음이 이해가 되었다.

잠시 후, 주변이 조용해졌다. 대경은 소희와 환담을 나누며
깨가 쏟아지고 있었다. 그저 이 시간이 멈추었으면 하는 바람
이었다.

"할아버지, 빨리 오세요! 여기 사람들이 별로 없어요!"

등 뒤로 여자 아이의 목소리가 들려왔다.

대경은 무심코 뒤를 돌아다보았다. 칠팔 세가량 되어 보이는 여자 아이 뒤로 초로인이 따라 올라왔다. 그리고 삼층으로 올라선 초로인과 눈이 마주치는 순간이었다.

마치 약속이라도 한 듯 두 사람의 신형이 멈추어 섰다. 서로 시선이 뒤엉키자 대경은 한없이 상대의 동공으로 끌려 들어가는 것을 느꼈다. 무극진기가 요동치며 저항을 하자 비로소 그의 동공에서 벗어날 수 있었다.

그러나 한숨을 돌릴 사이도 없이 강한 기세가 흘러나오며 대경의 몸을 옭아매기 시작했다. 그에 대항을 하듯 무극진기가 빠르게 휘돌며 위험을 알리고 있었다. 그런데 움직일 수가 없었다. 아니, 그에게서 눈을 뗄 수가 없었다. 조금이라도 움직이는 순간 그의 일장이 날아올 것만 같았다.

시간이 갈수록 그에게서 더욱 강한 기세가 흘러나왔다. 무극진기가 임독맥을 마구 휘돌며 위험하다는 경고를 보내고 있었다. 당장에라도 쏟아져 나올 듯 온 혈(穴)을 크게 부풀리고 있었다.

두 사람 사이로 침묵이 흘렀다. 시간이 멈춰지며 공간은 무거운 압력으로 짓눌려 갔다.

다시 그의 기세가 날카로운 칼날처럼 변해갔다. 맥박이 세차게 뛰며 두 손이 파르르 떨려왔다. 온몸의 신경이 곤두서며 찌릿찌릿해지고 있었다. 하지만 움직일 수가 없었다. 손이 검으로 향하는 순간 그의 날카로운 기세가 칼날이 되어 마구 쏟아져 올 것만 같았다.

또르르.

이마에서 땀 한 방울이 흘러내렸다. 식은땀이 등을 적시며 온몸이 굳어졌다. 그렇게 억겁의 시간이 흘러갔다.

이 일촉즉발의 상황을 깬 것은 여아의 커다란 울음소리였다.

"으아앙! 할아버지, 무서워요!"

멀리 떨어져 있던 여아가 무겁게 짓누르며 주위로 퍼져 나가는 기운을 감당하지 못하고 울음을 터뜨린 것이다.

노인이 잠시 주춤거렸다. 순간, 대경의 손이 빠르게 검병으로 향했다. 당장에라도 출수할 수 있도록 검병을 꼭 움켜쥐었다. 손 안에 가득 찬 검을 느끼자 비로소 노인의 날카로운 기세를 벗어날 수 있었다. 위축되었던 몸이 풀리며 빠르게 뛰던 맥박이 속도를 늦추고 있었다. 무극진기도 차츰 안정을 찾고 있었지만 여전히 위험하다는 신호를 보내오고 있었다.

천천히 초로인을 바라보았다.

그의 눈이 동그래지며 놀란 표정을 지었다. 하지만 여전히 날카로운 예기를 뿌리고 있었다. 그 날카로운 예기는 도가나 불가의 무인에게서 느껴지는 그런 기운이 아니었다. 왠지 한 번쯤은 극한의 한계에 도전했고, 그 한계를 넘었을 듯한 무인에게서 느껴지는 기운이었다.

차츰 초로인의 기세가 약해지자 무극진기도 빠르게 가라앉았다. 기세가 완전히 사라지자 마치 농촌의 평범한 노인의 모습을 보는 것 같았다. 그의 시선이 여아에게로 향했다.

"허허, 유미가 놀랐구나."

"으앙, 할아버지! 무서웠단 말이에요!"

"허허, 미안하구나. 울지 말거라. 할애비가 당과를 사주마."

"흑흑, 정말요?"

유미라 불린 여아는 당과의 유혹이 컸는지 울음을 그쳤다.

"아까 할아버지의 모습에 숨이 막힐 것 같았어요. 왜 그렇게 무서워 보였어요?"

"응? 그건 말이다……. 할애비가 머리가 아파서 그랬단다."

"힝, 싫어! 할아버지, 아프지 마세요! 유미가 '호' 해줄 테니까 아프지 마세요! 호― 호―"

여아가 초로인의 이마에 대고 입김을 불어주었다.

"이제는 안 아프죠?"

"허허허, 하나도 안 아프구나. 유미 덕분에 아픈 것이 사라졌단다."

초로인은 여아를 꼭 안아주고는 몸을 일으켰다. 그리고 천천히 대경을 향해 다가왔다.

"자네, 이름이 무엇인가?"

"장대경이라 합니다."

"장대경?"

초로인은 고개를 갸웃거리며 대경을 바라보았다.

"도가 계열의 무공을 익혔나?"

"예, 그렇습니다."

"대약(大藥)을 이루었나?"

"잘 모르겠습니다."

"허! 이미 대약을 이루고도 모르겠다니… 아무튼 대단하네. 우리 림(林)에서도 자네와 같은 나이에 그 같은 경지를 이룬 사람은 단 한 사람밖에 없었네."

대경이 고개를 갸웃거렸다.

"림이요?"

강무영에게 강호에 대한 얘기를 들어서 제법 식견이 늘었지만 '림'이란 곳에 대해서는 들어본 적이 없었다.

"나 같은 늙은이들이 살고 있는 곳이네. 그냥 천외천이라고만 알아두게."

"무슨 말씀이신지?"

"궁금하더라도 조금만 참게나. 곧 알게 될 걸세."

대경은 더 이상 묻지 않았다.

"그나저나 오랜만에 강호에 나와서 자네 같은 청년을 만나다니 기쁘기도 하고 아쉽기도 하네."

"예? 무슨 말씀이신지?"

"손속을 나눠보지 못한 것이 아쉽다는 말일세."

초로인의 시선이 여아에게로 향했다.

“허허허, 유미야. 가자꾸나.”

여아의 손을 잡고 몸을 돌리던 초로인의 신형이 잠시 멈추었다.

“장대경, 장대경이라……. 곧 만나게 되겠지. 그럼 다시 보세나.”

대경은 멍하니 서서 여아의 손을 잡고 아래층으로 사라져 가는 초로인을 바라보았다. 마치 한차례의 큰 폭풍이 지나간 것만 같았다.

잠시 후, 대경의 귓가로 소희의 신음 소리가 들렸다.

“으음, 공자님.”

뒤를 돌아다보자 파리한 안색의 소희가 비틀거리고 있었다.

“희 매, 괜찮소?”

“어지러워요, 공자님.”

“안 되겠구려. 업히시오.”

대경이 등을 돌리자 소희가 쓰러질 듯 업혀왔다.

대경은 빠르게 소희를 업고서 조양문으로 향했다.

조양문으로 향하는 동안 대경의 머릿속은 온통 초로인에 대한 생각으로 차 있었다. 그 옛날 혈마 할아버지의 기세를 느껴본 이후 처음으로 느끼는 강한 기운이었다. ‘림’이라는 곳에 그와 같은 고수가 여러 명 있다는 말을 생각해 보니 강호에 기인이사가 많다는 말을 실감할 수 있었다.

석양이 질 무렵 무창의 저잣거리에 다다랐다. 빠른 걸음으로 저잣거리를 지나 조양문의 길목으로 들어섰다.

"으음."

소희가 정신을 차리는 것 같았다.

"희 매, 희 매, 괜찮으시오?"

"고, 공자님, 여기가 어디죠?"

"조금만 가면 조양문이라오."

"제가 오랫동안 정신을 잃었군요. 그런데 그 무서운 노인은 누구예요?"

"나도 잘 모르겠소."

"다행이에요. 공자님이 다칠까 봐 걱정을 많이 했어요."

"그랬구려. 고맙소. 그나저나 심맥을 다치지 않아서 정말 다행이오."

잠시 두 사람 사이에 침묵이 흘렀다.

"공자님, 좀 천천히 가세요."

대경이 걸음을 늦추었다.

"물어볼 말이 있어요."

"무슨 말이오?"

"저를 좋아하세요?"

"험, 거 당연한 걸 물어보고 그러시오?"

"항상, 아니, 영원히 제 곁을 지켜줄 수 있으세요?"

"물론이오. 내 평생 당신을 지켜줄 것이오."

"아! 고마워요, 공자님."

소희가 대경의 목을 꼭 껴안았다.

'후유!'

대경은 정신이 혼미해지는 것을 느꼈다.

등 뒤로 느껴지는 가슴과 두 손 가득 떠받치고 있는 탄력 있는 엉덩이의 촉감은 물론 머리에서 풍기는 창포 냄새가 코끝으로 스며들었다. 거기에 귓가를 간질이며 쌔근거리는 숨소리가 더해지자 온몸이 굳어졌다.

정신이 하나도 없었다. 마치 구름 위를 걷고 있는 기분이었다. 아니, 하늘을 두둥실 떠다니고 있는 느낌이었다. 그렇게 말없이 서로 느끼는 감정은 깊어만 갔다.

하지만 아쉬웠다. 그러한 감정을 계속 느끼기에 조양문은 너무도 가까이에 있었다. 대경의 눈에 멀리 조양문의 정문이 보였다.

'지켜주리다, 내가 지켜주리다! 설사 하늘이 무너진다 하더라도 꼭 희 매를 지켜주리다! 나는 더 이상 소중한 사람을 잃지 않겠소.'

*　　　*　　　*

따사로운 햇살이 조양문의 연무장을 비추고 있었다.

연무장에는 제자들이 내뿜는 열기로 가득 차 있었다. 반경 다섯 장의 넓이로 삼삼오오 둥그렇게 모여 앉아 목청을 높이며 누군가를 열심히 응원하고 있었다.

챙! 챙! 챙!

원형의 공터에는 두 제자가 검을 섞고 있었다.

앉아 있는 제자들 역시 두 패로 나뉘어서 큰 소리로 응원했다. 연무장은 그들이 내뿜는 열기로 후끈 달아올라 있었다.

"저, 저런, 위험해! 빨리 뒤로 물러서야지!"

"아니야! 옆으로 비켜서며 반격을 해야지!"

"그래, 그거야! 계속 몰아붙여!"

여기저기서 쉬지 않고 외치는 소리가 들렸다.

그 모습을 바라보는 대경의 입가에 미소가 번졌다. 자신이 의도한 대로 변해가는 제자들의 모습에 흡족한 마음이 든 것이다. 그동안 제자들의 무공 수련 방식에 변화를 주었다. 기존에 해오던 획일적인 수련 방식을 벗어나 자율적인 수련을 강조했다. 아울러 수련 시간의 반은 비무로 채워졌다. 비무를 통해 실전 감각을 익히게 하기 위함이었다. 처음에는 어색해하던 제자들도 새로운 수련 방식에 익숙해지고 있었다.

이러한 수련 방식은 제자들에게 많은 변화를 가져왔다. 단순히 형에만 매달려 초식을 익히던 지난날에 비해 이제는 한 초식 한 초식의 의미를 생각하며 검을 펼치려는 모습이 역력했다. 또한 비무시에 당황하던 모습이 점점 사라지고 냉철하게 검을 섞기 시작했다. 실전을 방불케 하는 비무를 통해 검을 보는 시야가 넓어지며 자신감을 갖게 된 것이다.

　이미 몇몇 제자는 초식을 운용하려는 시도를 하고 있었다.
아직 자연스럽게 펼치지는 못하지만 나름대로 초식을 이해하
기 시작한 것이다. 생사결이 이루어지는 실전에서 어떤 결과
가 나올지 아직은 미지수였지만 예전에 비해서 장족의 발전
을 한 것은 분명했다.
　대경 또한 제자들이 펼치는 검을 보면서 천원검의 대략적
인 흐름과 초식의 의미를 이해할 수 있었다. 하지만 정확한
구결을 모르니 심오한 검리를 깨닫기는 어려웠다. 단지 천문
에 대한 깨달음이 녹아 있는 검이라는 것을 어렴풋이나마 짐
작할 뿐이었다.
　“차압!”
　힘찬 기합 소리가 들리며 비무 중이던 한 제자의 검이 상대
에게로 향했다.
　끝장을 보려는 듯 강한 내력이 담긴 일검이 곡선을 그리며
날아갔다. 이초 천기미밀을 펼친 것이다.
　“헛!”
　“위험하다! 피해!”
　구경하던 제자들이 이구동성으로 위험을 외쳤다.
　검이 지척에 이르자 공격을 받은 제자의 몸이 빙그르르 한
바퀴 돌았다. 그리고 회전하는 상태 그대로 검을 휘두르며 상
대의 목을 노렸다. 일초 일원천류를 응용한 동작이었다.
　“헉!”

공격하던 제자의 입에서 다급한 목소리가 튀어나왔다.

애꿎은 검이 허공을 가르는 순간 이미 상대의 검이 목에 닿아 있었다. 그는 잠시 황당한 표정을 지으며 고개를 갸웃거렸다. 분명 자신의 검이 빨랐건만 오히려 위력이 약한 일원천류에 당한 것이다.

"와아!"

요란한 박수 소리가 연무장에 울려 퍼졌다.

몇몇 제자는 신중한 표정으로 고개를 끄덕이며 무엇인가를 생각하는 모습이었다. 방금 펼쳐진 일원천류의 운용에 대해 생각하는 것 같았다. 비무하던 제자들이 인사를 하고 물러났다.

잠시 후, 한 제자가 일어서며 숙빈을 바라보았다.

"외전주님의 검을 보고 싶습니다."

"그렇습니다. 한 수 가르쳐 주십시오."

제자들이 이구동성으로 외쳤다.

순간, 숙빈이 미소를 지으며 눈빛을 반짝였다. 살며시 들어 올린 고개가 대경을 향했다. 숙빈의 시선을 받은 대경은 뜨끔했다.

'끄응!'

그 표정의 의미를 알기 때문이었다.

숙빈은 하루에도 몇 번씩 질문을 해왔다. 처음에는 자상하게 대답해 주었다. 그런데 언제부터인가, 대답은 실전으로 이어지고 있었다. 심지어는 하루에 세 번이나 겨룬 적도 있었

다. 하루가 다르게 늘어가는 숙빈의 검을 상대해 주는 것이
여간 까다롭지 않았다.

여러 번 도망을 쳤지만 조양문 내에서 숨을 곳은 그리 많지
않았다. 어떻게 알았는지 소희를 앞세우며 찾아왔다. 이후 도
망가는 것을 포기했다.

대경이 보기에 숙빈은 천생 무골에다 무공광이었다. 그를
보고 있으면 마치 싸움닭을 보는 것 같았다. 슬슬 그와 눈이
마주치는 것을 외면하던 참이었다.

'후유, 방법이 없구나.'

상황을 보니 오늘은 외통수였다. 아니나 다를까, 숙빈의 커
다란 목소리가 들려왔다.

"구몽도조께 비무를 신청합니다!"

"와아! 한 수 보여주십시오!"

"구몽도조님의 깨달음을 보여주십시오!"

제자들의 함성이 울려 퍼졌다.

대경의 힘없는 발길이 중앙의 공터로 향했다. 서로 눈이 마
주치는 순간이었다. 대경이 준비도 하기 전에 숙빈의 낭랑한
외침이 들렸다.

"먼저 갑니다! 타앗!"

날카로운 검이 바람을 가르며 빠르게 날아왔다.

몸을 틀어 피하자 재빠르게 따라붙으며 연속해서 검을 펼
쳤다. 대경은 의외로 북두칠성보를 밟으며 피하기만 했다.

‘허!’

대경은 내심 놀라고 있었다.

지금 숙빈이 펼치는 검은 얼마 전에 자신이 숙빈에게 펼친 검이었다. 비무하는 것이 귀찮아서 이틀을 눕게 만들어 버린 검이었다. 그런데 조금도 틀리지 않고 그대로 펼치고 있었다. 이미 자신이 펼쳤던 한 수를 정확하게 익힌 것이다. 흠이라면 단지 내력이 모자라는 것뿐이었다.

“타앗!”

숙빈이 바닥을 차고 오르며 일도양단의 기세로 대경의 정수리를 향해 검을 내리그었다. 순간, 대경의 손이 검병으로 향했다. 송문고검의 새하얀 검신이 빠르게 모습을 드러내며 마주쳐 갔다.

챙!

맑은 쇳소리가 연무장에 울려 퍼졌다.

검이 막히자 숙빈의 발이 대경의 천돌을 노리며 빠르게 내뻗어졌다. 역시 전날 숙빈에게 사용했던 임기응변의 한 초였다. 염정을 밟으며 몸을 틀어 피했다. 그런데 바닥에 내려서던 숙빈의 몸에서 또다시 발이 뻗어 나오며 대경의 거궐을 노렸다. 예상치 못한 일각(一脚)에 검면을 들어 막아내자 검이 부러질 듯 휘어졌다. 검을 틀어 충격을 흘려보내며 손을 앞으로 쭉 내밀었다. 순간, 휘어졌다 펴지는 검면이 숙빈의 이마를 때렸다.

짜악!

큰 소리가 울려 퍼지며 숙빈의 신형이 대 자로 눕고 말았다.

피하기에는 대경의 검이 너무 빨랐다. 웅성거리는 제자들의 목소리가 들렸다. 몇몇을 제외하면 두 사람의 빠른 움직임을 보지 못한 것이다.

잠시 후, 숙빈이 이마를 쓰다듬으며 일어났다. 아직 정신이 없는 듯 약간 몸을 흐느적거렸다. 이마가 뻘겋게 부어올라 마치 잘 익은 고구마 반쪽을 보는 것 같았다.

"숙빈이 구몽도조께 가르침을 받았습니다."

"일취월장하는 외전주의 무공에 감탄했습니다."

대경의 말은 진심이었다.

별채에 짙은 어둠이 내렸다.

대경은 저녁 내내 우울한 기분에 휩싸였다. 원인 모르게 생긴 우울한 감정은 대경을 괴롭히고 있었다. 마치 거친 파도에 휩쓸리다 방향을 잃고 헤매는 돛단배와 같은 느낌이었다. 망망대해는 펼쳐져 있건만 어디로 가야 할지 모르는 막연한 심정과 같았다.

창가로 살며시 달빛이 스며들었다. 달빛을 바라보는 두 눈에는 초점이 흐려져 있었다. 왠지 달빛이 낯설어 보이기 때문이었다. 황산에서 보던 달빛과는 너무나 다르게 느껴졌다.

황산에서 지내던 기억이 떠올랐다. 당시에는 가끔 달빛에 취해 검무를 추었다. 새하얀 검신에 반사되어 반짝이는 달빛은 별꽃이 되어 밤하늘을 수놓았고, 때로는 은하수가 되어 춤을 추었다.

그런데 지금은 아무런 감흥도 느껴지지 않았다. 그저 방 안을 훤히 비춰주는 달빛으로만 보였다. 왠지 씁쓸한 기분이 들었다. 방에서 나와 뜰을 거닐다가 뜰 옆에 있는 바위에 걸터앉았다. 찌르르 풀벌레 우는 소리가 들렸다. 멍하니 앉은 채덧없이 시간만 흘러갔다.

어느덧 황산을 떠나온 지 삼 개월이 훌쩍 넘었다.

그동안 대경에게 많은 심정의 변화가 있었다. 황산에서 오랜 세월을 지내며 변한 것보다 오히려 더 많은 변화를 겪은 것이다. 나름대로 노력하며 세상에 적응해 가고 있었지만 유독 한 가지만은 적응이 되지 않았다. 아니, 도저히 이해가 되지 않았다.

그것은 서로 미워하는 마음이었다.

대경의 눈에 비친 세상은 옳고 그른 것으로 나뉘어 끝없이 투쟁하는 모습이었다. 옳고 그른 판단의 기준은 무엇인지, 왜 서로 칼을 겨누어야 하는지, 누구을 위해 그래야 하는지 도무지 알 수가 없었다.

황산에서의 삶은 지금의 세상과는 전혀 다른 세상이었다.

생활에 필요한 것을 조금 얻어 쓰면 될 뿐 달리 욕심낼 일이 없었다. 그저 산에서 필요한 만큼 구해서 쓰는 소박한 삶이었다. 그렇다면 세상은 무엇 때문에 서로 미워하며 싸우는 것일까? 많은 생각을 해보았지만 의미없는 메아리일 뿐 뚜렷한 해답을 얻을 수 없었다. 그렇게 애꿎은 시간만 흘러갔다. 풀벌레도 잠이 들었는지 뜰에는 고요한 침묵만이 흐르고 있었다.

주위는 조용한데 머릿속은 혼란스럽기만 했다.

서서히 고개를 젓던 대경에게 갑자기 집착 때문이 아닐까 하는 생각이 드는 순간이었다. 마치 둑이 터지며 거센 물결이 쏟아져 나오듯 수많은 생각이 떠오르기 시작했다. 그리고 시간이 흘러감에 따라 수많은 생각은 귀일(歸一)되고 있었다.

'왜 집착이 생기는 것일까? 라는 의문이었다.

분명 어떤 것을 이루고자 하는 마음에서 의지가 생겼다. 그런데 의지가 점점 집착으로 변해가는 것이다. 왜 그러는 것일까? 한번 생긴 집착은 왜 벗어나기 어려운 것일까?

생각은 꼬리에 꼬리를 물고 이어졌다. 그렇게 시간은 하염없이 흘러만 갔다.

문득 밤하늘을 바라보았다.

달빛에 가려 있는 별이 희미하게 보였다. 자세히 보니 빛을 발하고는 있지만 달빛에 가려 보이지 않는 것이다. 달빛이 별빛을 가리고 있기 때문이었다.

"그렇구나! 그것 때문이었구나!"

그랬다. 욕심이었다. 바로 인간의 욕심 때문이었다.

남보다 앞서고 싶어하는 마음, 남의 것을 갖고 싶어하는 마음, 남 위에 군림하고 싶어하는 마음, 그리고 흰 화선지의 순백을 흑묵(黑墨)으로 마구 채우고 싶어하는 마음, 바로 그 욕심 때문이었다. 결국 의지에 욕심이 더해지면서 강한 집착으로 나타나는 것이다. 그리고 그 강한 집착이 미움을 부르는 것이다.

'왜 그럴까?'

내가 가져야 하기 때문이다. 남의 것을 빼앗는 한이 있더라도 내가 모든 것을 가져야 하기 때문이다.

'그럼 어떻게 해야 되는가?'

놓으면 된다. 욕심과 함께 집착을 버리면 되는 것이다. 집착을 버리고 마음을 텅 비우면 되는 것이다.

'텅 빈 마음으로 무엇을 할 수 있는가?'

텅 빈 마음은 비어 있으되 비어 있는 것이 아니다. 비어 있음으로 해서 오히려 쓸모가 있는 것이다.

'텅 빈 마음에 무엇을 담으면 되는가?'

자연을 담는 것이다. 인위(人爲)가 섞이지 않은 있는 그대로의 자연을 담는 것이다.

'무위(無爲)의 자연에서 무엇을 얻을 수 있는가?'

도(道)를 얻을 수 있다. 자연 속에는 있는 듯 없는 듯 도가 보이지 않게 작용하고 있기 때문이다.

'그렇다면 어떻게 되는가?'

텅 빈 마음은 유(有)가 되고 도는 무(無)가 되는 것이다. 텅 빈 마음이 도를 담고 도가 텅 빈 마음을 채우는 것이다. 그래서 하나가 되는 것이다.

"아! 유와 무가 일여로구나!"

탄성이 터짐과 동시에 머릿속으로 빠르게 떠오르는 구결이 있었다.

형(形)은 있으되 마땅히 속이 비어야 안을 채울 수 있노라. 유를 이롭게 쓸 수 있는 것은 무가 유를 사용할 수 있게 작용하기 때문이로다. 고로 무와 유는 일여(一如)로다.

바로 행심종검의 구결이었다.

머리가 맑아지며 상쾌한 기분이 들었다. 그리고 입가에 염화시중(拈華示衆)의 미소가 떠오르는 순간이었다.

"공자님, 이 야심한 시각에 여기서 뭐 하고 계세요?"

'아, 아……'

허탈해졌다. 정말 허탈해지고 말았다.

손 위에 행심종검의 깨달음이 놓여 있었다. 그것이 바로 눈앞에 있었다. 그런데 그 깨달음이 한순간에 사라진 것이다. 대경은 망연자실해지고 말았다.

천천히 소희가 다가왔다. 그리고 넋 나간 대경의 표정을 보며 물었다.

“공자님, 왜 그러세요? 무슨 일인데 그러고 계세요?”

잠시 후, 대경의 멍한 시선이 소희를 향했다.

달빛을 받으며 걱정스러운 얼굴로 서 있는 모습이 마치 불사약을 훔쳐 달나라로 달아나고 있는 안타까운 항아의 모습을 보는 것 같았다.

‘후유, 그 어떤 깨달음이 당신만 하겠소?

“아니오. 내 잠시 황산에서 지낼 때가 생각나서 그랬나 보구려.”

“공자님, 너무 외로워하지 마세요. 소매가 있잖아요.”

“그렇구려. 나에게는 희 매가 있었구려. 내 옆에 있어주어서 정말 고맙소.”

“저도 공자님이 계시니 얼마나 든든한지 몰라요.”

달빛에 비친 소희의 모습이 아름다워 보였다.

대경의 그윽한 눈길을 받은 소희의 얼굴이 도화 빛으로 물들었다. 그러나 아련한 분위기는 오래가지 못했다.

“희 매, 내 부탁이 있는데 들어주겠소?”

“무슨 일인데요? 말씀만 하세요. 다 들어드릴게요.”

“고맙소, 희 매. 다름이 아니라 우리가 함께 지내게 되면…….”

순간, 소희의 가슴이 콩닥거리기 시작했다.

“더도 말고 아이를 딱 열만 낳읍시다.”

“그럴게요… 예, 예?”

소희는 깜짝 놀라며 머릿속으로 미래의 모습을 떠올려 보았다.

제법 큰 소녀가 아기를 업고 있고, 조금 작아 보이는 소녀 역시 아기를 업고 있었다. 옆에는 사내아이가 소녀의 손을 잡고 있었다. 자신은 갓난아기를 업고 두 손으로 어린 계집아이를 안고 있었다. 또 옆으로 고만고만한 사내아이 셋이 있었다. 모두 대문 앞에서 누군가를 기다리는 모습이었다. 무심코 지나친 자신의 모습을 되돌아보는 순간이었다. 중년이 넘은 나이에 주름이 가득한 얼굴로 돌아오는 지아비를 애절하게 기다리는 모습이었다.

순간, 커다란 외침이 밤하늘에 울려 퍼졌다.

"안 돼! 안 돼요! 절대로 안 돼요! 다섯 이상은 절대로 안 돼요!"

대경은 깜짝 놀라며 소희를 바라보았다. 왜 이렇게 소리치고 있는지 어리둥절하기만 했다.

잠시 후, 머리를 긁적이며 말했다.

"열다섯을 낳자고 말하려다가 줄여서 열만 낳자고 했는데, 다섯은 좀 그렇지 않소?"

"꼬르륵!"

소희가 입에 거품을 물며 쓰러졌다.

"희 매! 희 매! 정신 차리시오, 희 매!"

대경의 커다란 목소리 또한 밤하늘에 울려 퍼졌다.

다음날, 월동문 앞에서 만난 두 사람은 전날 밤의 일로 인해 약간은 어색한 모습이었다.

"흠흠, 날씨도 화창한데 동호나 구경하러 갑시다."

소희가 고개를 끄덕이자 두 사람이 막 월동문을 향해 몸을 돌리는 순간이었다. 담 옆으로 쑤군대며 지나가는 조양문도들의 목소리가 들려왔다.

"역시 구몽도조께서는 달라도 뭐가 달라. 대단한 힘이야. 글쎄, 어젯밤에 아가씨께서 다섯 번 만에 기절하셨다잖아."

"역시 사람은 겉으로만 봐서는 모르는 거야. 점잖아 보이던 구몽도조께서 그런 일에 대단한 힘을 쓸 줄 누가 알았겠어?"

"아가씨는 어떻고? 기절해서 그렇지 다섯 번은 견뎌내셨잖아."

한동안 두 사람은 아프다는 핑계로 방에서 두문불출해야만 했다.

<h2>십년지약(十年之約)</h2>

산과 물이 많은 남쪽 땅에 자연의 정기가 가득한 곳이라 하여 이름 붙여진 남창은 강과 호수로 둘러싸여 있어 수려한 경치를 자랑할 뿐만 아니라, 삼대누각 중의 하나인 등왕각으로 유명한 강서성의 성도이다.

요즘 남창에 떠오르는 방파가 있으니 바로 흑룡방이었다.

강서성에는 오랜 전통을 지닌 천검문(天劍門)이 남창의 한복판에 자리하고 있었다. 사실 정파에 가까운 천검문이 강서성을 대표하는 문파라고 해도 과언은 아니었다. 반면에 남창의 외곽에는 뚜렷한 색이 없는 흑도문(黑刀門)이란 소문파가 있었다. 대대로 흑사도(黑絲刀)라 불리는 뛰어난 도법이 전해지고 있었지만 받쳐 줄 만한 심법이 없으니 그저 고만고만한 소문파에 지나지 않았다.

그러나 사십여 년 전 흑도문에도 사상 최고의 기재라 불리는 후인이 나왔으니, 바로 현 흑룡방주인 묵혼도(墨魂刀) 기세령이었다. 그는 젊은 시절, 뛰어난 자질을 지녔음에도 그것을 채워줄 만한 무공이 없는 현실에 방황하고 다녔다. 그렇게 방황하던 중 이곳저곳을 떠돌다 들른 곳이 구강이었다. 마치 은하수가 구천에서 떨어진 것같이 아름답다는 여산(廬山)을 그냥 지나칠 수가 없었다.

여산의 오로봉에 오른 후 신비한 운무에 취해 넋을 잃고 있다가 우연히 지나가던 한 도인을 만났다. 오랫동안 여산의 정기를 받으며 도를 닦아 심오한 경지에 이른 도인이었다. 천재일우(千載一遇)라 생각한 그는 무작정 도인을 쫓아갔다. 그리고 두 해 동안 도인의 수발을 들며 무진경(無塵境)이란 심공을 전수받았다. 이후 남창으로 돌아온 그는 십여 년간을 오직 무진경에만 매달렸다.

어느 날, 무진경을 바탕으로 흑사도를 펼쳐 보았다. 가문의 무공인 흑사도는 본래 날카로운 도법이었다. 그런데 날카롭기만 하던 도가 부드러워지며 더욱 위력적인 도로 변했다. 한 단계 올라선 흑사도를 얻게 된 것이다. 차츰 무공에 대한 자신감이 생기자 서서히 가슴 깊숙이 묻어두었던 야망이 고개를 들었다. 결코 흑도문이란 소문파에 만족할 수 없었다.

흑도문을 흑룡방이라 바꾼 후 높은 무공을 지녔음에도 괴팍한 성정 때문에 낭인으로 떠돌고 있던 유운창(流雲槍) 장문연과 무영장(無影掌) 남기운을 좌우호법으로 받아들였다. 이후, 남창에 있는 무관들을 차례로 흡수하며 빠르게 세력을 넓혀 나갔다. 당연히 천검문과의 마찰은 피할 수 없었다. 결국 천검문주 천검(天劍) 남정과 그의 두 아들, 그리고 백여 명이 넘는 제자들의 희생을 가져왔던 남창의 난을 통해 강서제일방으로 올라서게 되었다.

그러나 천검문이 남창에 내린 뿌리는 결코 얕지 않았다. 그들이 뿌린 많은 피로 인해 흑룡방을 바라보는 사람들의 시선이 곱지 않았다. 민심을 수습할 필요가 있었다. 따라서 가급적이면 대외 활동을 자제하고 암암리에 움직였다. 다행히 어느 정도 민심이 가라앉자 단월도 한웅을 태상장로 겸 총호법로 영입하며 서서히 야망을 드러내기 시작했다. 그리고 그 야망의 대상은 호북성 진출의 교두보인 무한의 조양문이었다.

우선 호북성 진출이란 목적과 장강의 뱃길 확보라는 이해관계가 맞아떨어지는 혈왕채와 우호 관계를 맺었다. 그리고 육로와 수로를 차단하며 서서히 조양문을 압박하고 있었다.

해가 기울고 있는 남창의 외곽에 흑룡방이라 쓰여진 현판이 달려 있는 커다란 장원이 자리하고 있었다.

흑룡방의 한가운데에는 삼층 규모의 커다란 전각이 있는

데 바로 묵혼도의 야망이 무르익는 흑룡전이었다. 이곳은 집무실 겸 회의실로 쓰이고 있었다. 지금 흑룡전에는 다섯 무인이 탁자를 중심으로 앉아 있었다.

상석의 흑룡방주 묵혼도 기세령을 중심으로 총호법인 단월도 한웅, 좌우호법인 유운창 장문연과 무영장 남기운, 그리고 흑룡방의 지낭(智囊)이라 불리는 흑뇌(黑腦) 하륭이었다.

묵혼도의 시선이 흑뇌를 향했다.

"어떻게 됐는가?"

"예상대로입니다. 거절을 해왔습니다."

흑뇌의 대답에 유운창과 무영장이 한마디씩 하고 나섰다.

"흥, 그놈들이 옛 영화에서 벗어나지 못하고 있구나."

"고이 딸내미를 바치면 끝날 일을 가지고 기어코 피를 부르는구나."

"대응책은 마련해 놨겠지?"

"그렇습니다. 정공법을 택하려 합니다."

"정공법이라……."

"예. 바로 놈들의 코앞인 한구에 거점을 만드는 것이지요."

"한구에 거점을? 그것이 가능하다고 생각하는가?"

"후후후, 가능하게 만들어야지요."

"어떻게 말인가?"

"지금 영화객잔을 인수 중입니다."

"영화객잔을?"

모두의 시선이 흑뇌에게로 쏠렸다.

사층 규모의 영화객잔은 한구에 위치한 무한에서 가장 크고 유명한 객잔이었다.

"허허허, 놈들의 코앞에서 호화 생활을 하겠구먼."

"허허허, 그거 아주 좋은 생각일세. 그곳을 인수하면 아예 그곳으로 가서 지내야겠네."

유운창과 무영장이 죽이 맞아 희희낙락했다.

잠시 후, 묵혼도가 고개를 갸웃거렸다.

"그들이 가만히 있겠는가?"

"달리 어쩌지는 못할 것입니다."

"그게 무슨 말인가?"

"저희가 지부를 세우는 것도 아니고 객잔을 인수하여 영업을 하겠다는 것이니 할 말이 없을 겁니다. 속만 끓이겠지요."

묵혼도의 미간이 모였다.

"그래도……."

"걱정하지 마십시오. 그것이 오히려 제가 생각하고 있는 계획입니다."

"계획이라니?"

"오래 참지 못하고 누군가 도발해 올 것입니다. 그때 청혼도 거절하면서 객잔의 영업까지 방해할 거냐고 정중하게 항의하는 겁니다. 그리고 정식으로 도전장을 내미는 것이지요. 우리가 이기면 객잔 영업에 대해 더 이상 왈가왈부하지 말라는 조건으로요. 그것이 계획입니다."

묵혼도가 의아하다는 듯한 표정을 지었다.

"단지 그 조건 때문에 도전을 한다는 말인가?"

"조양문이 진다고 생각해 보십시오. 그나마 무림에서 차지하던 위상은 떨어지고, 표국은 끝없는 약탈의 대상이 될 것입니다. 결국 더 이상 설 자리가 없으니 봉문이나 해야지요."

흑뇌의 말에 모두 고개를 끄덕였다.

"우리 방은 남창의 난으로 인해 인식이 좋지 않은 상태입니다. 그런데 또다시 많은 피를 흘리는 것은 좋지 않습니다. 정파의 표적이 될 수 있으니까요. 따라서 공개 도전을 통해 피 흘릴 것도 없이 날로 먹는 겁니다. 한구를 거점으로 자연스럽게 무한을 차지하는 것이지요. 더욱이 정식으로 도전하는 것이니 방의 명성도 높일 수 있고 뒤탈도 없을 것입니다. 꿩 먹고 알 먹는 격이지요."

무영장이 흑뇌를 바라보았다.

"뒤탈이라니, 그게 무슨 소린가?"

"조양문 뒤에는 무당이 있습니다. 그것 때문에 여태껏 신중할 수밖에 없었지요. 그러나 정공법을 택하게 되면 그들이 끼어들 명분이 없습니다. 조양문에는 고수라고 해봐야 유정검 강운천밖에 없습니다. 아들인 진원검 강무영이 제법이라지만 좌우호법 두 분 중 한 분이면 충분할 것입니다."

"그까짓 새파란 애송이 놈쯤은 일 초에 꼬치로 만들어 버리겠네.”

유운창의 말에 무영장이 나섰다.

“허허, 자네가 그놈을 차지하면 나는 무엇을 하란 말인가? 술 한잔 살 테니 나에게 양보하게.”

“해월루에서 한잔 산다면 내 고려해 보지.”

“자네가 또 앵월이 생각이 나는 모양이구먼.”

“흐흐흐, 잘 알면서 왜 물어보는가?”

중요한 회의가 잡담으로 변해가자 흑뇌가 두 사람의 말을 끊었다.

“유정검이 호북성에서 손꼽히는 고수라지만 우리에게는 총호법님과 좌우호법님이 계십니다.”

모두의 고개가 끄덕여졌다.

“다만…….”

“다만 무엇인가?”

모두의 시선이 흑뇌에게로 쏠렸다.

“두 가지 변수가 있습니다.”

“두 가지 변수라?”

“예, 그렇습니다. 첫째는 얼마 전 포정사로 부임해 온 유룡이 자신의 둘째 아들과 조양문의 여식을 맺어주기 위해 매파를 보냈다고 합니다.”

“허! 포정사라면 상당히 높은 직책이 아닌가? 관(官)과 연결 고리가 없는 우리가 어찌해 보기에는 부담스러운 상대가 아닌가?"

"그놈들이 그걸 믿고서 창성이와의 청혼을 거절했구먼."

유운창의 말에 흑뇌가 말을 이었다.

"꼭 그렇지만도 않습니다."

"그건 또 무슨 말인가?"

"변수가 서로 얽혀 있기 때문이죠. 잘하면 한 번에 해결할 수 있는 문제입니다."

모두의 시선이 흑뇌를 향했다.

"알아본 바로는 조양문의 여식이 둘째 변수인 장대경이란 청년과 가깝게 지낸다고 합니다. 무창의 저잣거리에도 두 사람이 자주 나타났다는군요. 상인들 말로는 보통 사이가 아니라고 합니다. 따라서 소문만 잘 내면 포정사라는 혹은 쉽게 떼어낼 수 있습니다. 문제가 있는 조양문의 여식을 며느리로 받아들일 수는 없을 테니까요."

무영장이 고소하다는 듯한 표정을 지었다.

"허! 역시 지낭일세. 아주 좋은 방법이야. 아예 애를 가졌다고 소문을 내버리게."

"그런데……."

"왜 그러는가?"

"장대경이란 청년의 무공이 대단하다는 소문입니다. 그래서 백방으로 알아보고 있지만 도무지 출신 성분이 모호합니다. 절강삼마의 대형인 흑령검귀가 황산에서 한 청년 검신을 만났다고 합니다. 그런데 장대경이란 청년이 처음 나타난 곳이 바로 구화산입니다. 청년의 무공과 황산과의 거리를 생각해 보면 두 사람이 동일 인물일 가능성이 높습니다. 따라서 황산에 있는 한 고인의 제자일 거라는 생각이 듭니다. 그런데 청년이 무당검성의 후인이란 소문이 있어서 계속 알아보고 있는 중입니다.”

“무당검성의 후인이라고?”

흑뇌의 말에 모두 궁금한 표정을 지었다.

“예, 그렇습니다. 조양문 내에는 그가 무당검성의 후인이라 알려져 있습니다. 그런데 후인이라고 단정 지을 수가 없습니다. 오히려 조양문의 연막 작전이라는 생각이 듭니다.”

묵혼도가 궁금하단 표정으로 물었다.

“연막 작전이라니?”

“그가 처음 무공을 드러낸 곳이 장강입니다. 혈왕채가 사천행 장거리 배편을 노리다가 그 청년 하나로 인해 쌍살귀가 비명횡사하고 이십여 명이 넘는 혈왕채 식구들이 당했다고 합니다.”

“쌍살귀가 당했다고?”

“그렇습니다. 그것도 단 삼 초 만에 두 사람을 베었다고 합니다.”

“단 삼 초 만에 두 사람을 베었다는 말인가?”

“예, 그렇습니다.”

모두 놀란 눈으로 흑뇌를 바라보았다.

"음, 그 말이 사실이라면……."

쌍살귀 중의 한 명이라면 모를까, 두 형제의 합격은 유운창이나 무영장도 쉽게 상대할 수 없었다. 그런데 젊은 청년이, 그것도 단 삼 초 만에 베었다니 도무지 믿을 수가 없었다.

"계속 말해보게."

"예, 우선 그 청년의 무공이 강한 것은 사실인 것 같습니다. 다만 어떻게 해서 조양문의 여식과 가까워졌는지 알 수가 없습니다. 듣기에는 화성사에서 처음 만났다는데 시간상 따져 보면 이해가 되지 않습니다. 아무래도 선대 문주였던 천원신검과 관련이 있는 것 같습니다."

"천원신검 강자량과?"

"그렇습니다. 아무래도 그 청년 정도의 고수를 키워낼 만한 고인이라면 엄청난 무공의 소유자였을 것입니다. 따라서 천원신검과 황산의 고인과는 절친한 사이였고, 청년은 이미 조양문과는 잘 알고 있는 사이일 가능성이 높습니다. 또한 황산의 고인 역시 세상을 떠났을 가능성이 높습니다. 그래서 청년을 데려오게 되었고, 청년이 무당과 연관이 있다는 소문을 퍼뜨려 현재의 어려운 상황을 벗어나려는 얄팍한 술책일 수 있습니다."

묵혼도가 조금 어두운 표정으로 흑뇌를 바라보았다.

"하지만 만약 그 청년이 정말로 무당검성의 후인이라면 어떻게 되는 것인가?"

“만약 그렇다 해도 큰 문제는 없습니다.”

“그게 무슨 말인가?”

“세 사람의 대결을 제안할 것입니다. 총호법님께서 유정검이나 청년 중 한 사람만 처리해 주신다면 우리 흑룡방의 승리는 의심할 여지가 없습니다.”

묵혼도가 궁금한 표정을 지었다.

“나는 나서지 않아도 된다는 말인가?”

“천려일실(千慮一失)이라 했습니다. 세 분이 계시니 굳이 방주님께서 위험을 자초하실 필요는 없습니다.”

흑뇌의 말에 모두 고개를 끄덕였다.

흑룡전 안에는 한동안 침묵이 흘렀다.

“그런데 청년이 사용한 무공이 무엇인가? 태극혜검을 사용했다고 하는가?”

“아닙니다. 바로 그 점 때문에 장대경이란 청년이 무당검성의 후인이라는 말에 의문이 생기는 것입니다.”

“무슨 말인가?”

“그가 사용한 검법을 아는 사람이 없다고 합니다. 만약 무당검성의 후인이라면 당연히 무당의 검법을 썼을 것입니다. 그런데 무명검을 펼쳤으니 황산에 은거하는 고인의 제자라는 쪽에 비중을 두는 것입니다.”

묵혼도가 고개를 끄덕였다.

“음, 일리가 있는 말이군!”

"요즘 강호에서 그 청년이 청의신협(靑衣神俠)이라 불리며 신성으로 떠오르고 있다고 합니다."

"청의신협?"

"그렇습니다. 당시 푸른 옷을 입었나 봅니다. 아무튼 청년 덕분에 구사일생한 무인들이 입에 거품을 물고 소문을 퍼뜨리고 있는 모양입니다."

묵혼도의 얼굴에 미소가 떠올랐다.

"아무리 뛰어난 검을 익혔다 하더라도 어쨌든 강호 초출의 애송이가 아닌가? 무당과 관련만 없다면 신경 쓸 것 없네."

"그렇긴 합니다만 경시할 수는 없으니 계속해서 알아보겠습니다."

"음, 그렇게 하게나. 조심해서 나쁠 것은 없으니. 그런데 창성이 놈은 뭐 하고 있는가?"

흑뇌가 곤란한 표정을 지었다.

"그것이……."

"괜찮으니 말해보게."

"지금 해월루에 계십니다. 아마 조양문의 청혼 거절에 충격이 크셨던 모양입니다."

순간, 묵혼도의 미간이 찌푸려졌다.

"쯧쯧쯧, 천하에 명성이 자자한 사부님까지 모셔왔는데 익히라는 무공은 안 익히고 술만 퍼마시고 있다니, 한심한 놈!"

묵혼도의 말에 단월도가 굳은 표정으로 입을 열었다.

"기 방주, 조금만 기다리게. 내 어떻게 해서든지 무공에 전
념하게 만들 테니 너무 걱정하지 말게나."

"고맙습니다, 숙부님. 저는 그저 숙부님만 믿겠습니다."

"알겠네. 나에게 맡겨두게."

묵혼도가 고개를 끄덕이며 좌중을 둘러보았다.

"자, 그럼 회의는 이것으로 끝내고 일어들 나시지요. 포양
각에 주안상을 마련해 놓았으니 오랜만에 주흥이나 즐기러
가시지요."

"호호호, 역시 방주밖에 없구려."

"그렇지 않아도 목이 컬컬하던 참인데 고맙구려, 방주."

유운창과 무영장의 말에 묵혼도가 자리에서 일어섰다.

"자, 다음 술자리는 무창의 객잔에서 봉문한 조양문을 바
라보며 즐기도록 하시고, 오늘은 아쉽더라도 포양각으로 가
시지요."

"호호호, 기대가 되는구려."

"허허허, 그날이 기다려지는구려."

"흑뇌가 고생 좀 해야겠구먼."

"고생이라뇨? 천만의 말씀입니다. 모두 어르신들이 있기
에 가능한 일입니다. 일어들 나시지요. 제가 안내해 드리겠
습니다."

모두 흑뇌를 따라 포양각으로 향했다.

　　　　*　　　　　*　　　　　*

　하늘에는 뭉게구름이 두둥실 떠다니고 있었다.

　그 아래로 새들이 떼를 지어 날아가고 장강의 물결이 포말을 일으키며 드나드는 선착장에는 여러 척의 배가 정박해 있었다. 큰 규모의 배들은 아니기에 기다란 선착장을 중심으로 양옆에 두 척씩 정박해 있는 모습이었다.

　선착장은 배를 오르고 내리는 사람들로 인해 크게 붐비고 있었다. 긴 여정에 지쳤는지 피곤한 모습으로 배에서 내리는 사람들과 봇짐을 짊어지고 밝은 내일을 꿈꾸며 힘차게 배에 오르는 사람들이 묘한 대조를 이루며 스쳐 갔다.

　이곳은 바로 대경이 감탄하던 한구에 위치한 무한의 커다란 포구였다.

　한구는 무한의 중심지로 포구의 선착장을 이용하는 사람들이 워낙 많아 큰 규모의 상점들이 위치한 저잣거리를 비롯해 여러 개의 주루와 객잔이 자리하고 있었다. 그중에 유난히 눈에 띄는 커다란 사층 객잔이 있으니 무한 최대의 규모를 자랑하는 영화객잔이었다.

　평소 활기로 가득 차던 객잔의 이층에는 지금 냉랭한 찬바람이 불고 있었다. 조양문의 다섯 제자와 건너편 창가에 앉아 있는 십여 명의 무인들이 마주치는 시선에 불꽃이 튀고 있었다.

　십여 명의 무인들은 하나같이 가슴에 붉은 용이 수놓아져 있는 검은 무복을 걸치고 있었다. 또한 일반 도에 비해 일 촌은 넓어 보이는 장도를 지니고 있었다. 바로 강서성 흑룡방의 제자들이 사용하는 장혼도(將魂刀)였다.

조양문의 한 제자가 나이 들어 보이는 제자를 바라보며 물었다.

"사형, 저들은 흑룡방의 제자들이 아닙니까?"

중년의 제자는 전에 대경과 비무를 벌였던 황석봉이었다.

황석봉은 신중한 표정으로 고개를 끄덕였다.

"그래, 흑룡방의 제자들이 분명하구나!"

"그런데 저자들이 이곳에는 무슨 일로 왔을까요?"

"글쎄다. 요즘 같은 분위기에 한구의 한복판에 나타나다니 실로 대단한 배짱을 지닌 자들이로구나."

붉은 얼굴에 약간은 다혈질로 보이는 제자가 황석봉을 바라보았다.

"지금 저놈들이 시비를 걸러 온 것이 분명합니다. 그렇지 않고서야 어찌 한구의 영화객잔에 와서 버젓이 자리 잡고 있을 수 있습니까? 당장 저놈들을 내쫓아 버려야 합니다."

"잠깐만 기다려라, 수영 사제."

황석봉은 자리를 박차고 일어나려는 수영을 만류했다.

"사형, 왜 그러십니까? 제가 저놈들을 쫓아버리고 오겠습니다."

"가만히 있어라. 아직 무슨 연유인지 모르지 않느냐? 이유를 알아본 후에 움직여도 늦지 않는다.”

“답답합니다, 사형. 연유는 무슨 연유가 있겠습니까?”

“왜 이렇게 경거망동하는 것이냐?”

수영은 황석봉의 계속되는 만류에 붉은 얼굴이 더욱 붉어졌다.

탁자 위에 놓여 있던 죽엽청을 술병째 들고 벌컥벌컥 들이켰다. 잠시 그 보습을 지켜보던 황석봉이 사제들을 둘러보았다.

“너희가 분해하는 것은 이해하지만 지금은 좋지 않은 시기이다. 우리들의 사소한 행동 하나가 커다란 결과를 불러올 수도 있으니 자중해야 한다. 알겠느냐?”

“예, 사형. 그렇지만 억울합니다. 저희는 강서성에 발도 들여놓지 못하는데 저놈들은 버젓이 우리의 무한 땅을 밟고 있습니다. 이럴 수는 없습니다. 우리도 흑룡방을 두려워하던 예전의 우리가 아니지 않습니까?”

황석봉이 수영에게 막 무슨 말을 하려는 순간이었다.

흑룡방의 제자들이 벌떡 일어나며 일제히 시선이 삼층을 오르는 계단으로 향했다. 그곳에서 두 사람이 계단을 내려오고 있었다.

“좋은 조건이긴 하지만 잠시 생각할 여유를 주십시오. 아무래도 지역이 지역이니만큼 조양문과의 관계가 있으니 시간이 필요합니다.”

“그 점은 신경 쓰실 것 없습니다. 차후의 일은 저희가 알아서 하겠습니다. 그럼 좋은 답변을 기다리겠습니다."

"예, 그럼 살펴가십시오."

학자처럼 보이는 장년인과 겹쳐진 두 턱에 퉁퉁한 몸매를 자랑하는 장년인이 서로 인사를 나누며 돌아섰다.

순간, 돌아서던 장년인과 조양문 제자들의 시선이 마주쳤다. 장년인은 바로 흑룡방의 지낭인 흑뇌였다.

"너희 흑룡방도가 무슨 볼일이 있어서 이곳까지 왔느냐?"

수영이 붉은 얼굴에 성난 목소리로 외쳤지만 흑뇌의 표정은 담담하기만 했다. 오히려 얼굴에는 여유가 흘러넘쳤다.

"호오, 그 유명한 조양문의 제자들이시구먼. 반갑네. 나는 흑룡방의 흑뇌라 하네."

"흑룡방의 흑뇌?"

조양문의 제자들은 깜짝 놀랐다.

그들도 흑뇌라는 별호를 들어보았다. 흑룡방에서 그가 어떤 위치에 있는지 잘 알고 있었다. 그러한 그가 이곳에는 무슨 일로 왔는지 이해가 되지 않았다.

수영이 조심스럽게 물었다.

"당신이 이곳에는 무슨 일로 왔소?"

"무슨 일이 있어서 왔겠나? 볼일이 있어서 왔지."

"…그 볼일이 무엇이냐는 말이오?"

"허! 내가 그것을 자네에게 꼭 말해주어야 할 의무가 있는가?"

흑뇌의 말에 수영은 할 말을 잃고 멍한 표정이 되었다.

"궁금하더라도 조금만 참게. 곧 알게 될 걸세. 그럼 이만 가겠네."

흑뇌는 미소로 인사를 대신하며 흑룡방의 제자들과 함께 아래층으로 내려갔다.

한편, 황석봉과 눈이 마주친 객잔 주인은 곤란한 표정을 짓더니 빠르게 삼층으로 올라갔다. 그 모습을 지켜보던 황석봉의 미간이 모였다.

'음, 흑뇌란 자가 객잔 주인과 무슨 볼일이 있단 말인가?'

다음날, 조양각 내에는 유정검과 강무영, 그리고 우진과 숙빈이 마주 보고 앉아 있었다.

유정검이 좌중을 둘러본 후 말을 꺼냈다.

"너희도 들어서 알고 있겠지만 어제 흑룡방의 지낭이라 불리는 흑뇌가 한구에 있는 영화객잔에 모습을 드러냈다. 뿐만 아니라 객잔 주인과 모종의 거래를 나누었다고 하는구나. 따라서 확실한 내막을 알기 위해 객잔 주인을 부르러 보냈으니 혹시 그가 어떤 말을 하더라도 자중해 주기를 바란다."

유정검의 말에 모두 고개를 끄덕였다.

강무영이 걱정스러운 표정으로 물었다.

"무슨 일이기에 그가 한구까지 와서 영화객잔의 주인을 만났을까요?"

“글쎄다. 정확한 것은 객잔 주인의 말을 들어봐야 알겠지만 아무래도 그들이 움직이기 시작하는 것 같구나.”

“저도 그런 생각이 듭니다.”

잠시 후, 밖에서 황석봉의 목소리가 들려왔다.

“사부님, 영화객잔의 주인을 모시고 왔습니다.”

“그래, 어서 뫼시어라.”

문이 열리며 황석봉과 함께 퉁퉁한 모습의 장년인이 조양각 안으로 들어섰다.

“어서 오십시오. 오래간만입니다. 이리로 앉으시지요.”

유정검의 말에 객잔 주인이 어색한 웃음을 지었다.

“그동안 잘 지내셨습니까?”

자리에 앉은 객잔 주인은 연신 옷소매로 땀을 닦았다.

그는 지금 좌불안석이었다. 어차피 한 번은 거쳐야 할 일이지만 막상 조양문에 오고 보니 호랑이 굴에 끌려온 느낌이었다. 그의 오십여 년간의 삶을 통해 배운 교훈이 있다면 정파든 사파든 간에 무지막지한 무인들과는 상종을 않는 것이 신상에 이롭다는 것이었다.

잠시 어색한 침묵이 흐르자 유정검이 먼저 입을 열었다.

“어제 저희 제자가 영화객잔에서 흑룡방의 흑뇌라는 자를 보았다고 하는데, 사실인지요?”

“예, 그렇습니다.”

“혹여 무슨 일인지 알 수 있겠습니까?”

"그것이……."

"괜찮습니다. 말씀하시지요. 저의 아들과 조양문의 내, 외 전주들이니 신경 쓰지 않으셔도 됩니다."

"그럼 말씀드리겠습니다. 사실은……."

얼마 전부터 흑룡방에서 객잔을 인수하겠다며 여러 번 만나자는 전갈을 보내왔다.

결국 어제 흑룡방의 고위층이라는 흑뇌를 만나게 되었다. 처음에는 가벼운 마음으로 만나려고 했지만 그가 제시한 조건에 구미가 당길 수밖에 없었다. 객잔 가격의 일 할을 더 얹어주고 포양호반의 커다란 주루를 헐값에 넘기겠다는 조건이었다.

일 할을 얹어준다는 말에는 흥미를 느끼지 못했지만 강서성이 자랑하는 포양호는 사시사철 유람객의 발길이 끊이지 않는 곳이었다. 더구나 호반(湖畔)에 위치한 커다란 주루를 헐값에 넘겨준다는 말에는 마음이 기울 수밖에 없었다. 다만 예전에 조양문에게 받은 도움이 있어 냉큼 수락하기가 어려웠다.

객잔 주인의 이야기가 끝나자 모두 침통한 표정이 되었다. 속이 빤히 들여다보이는 술책이지만 그렇다고 달리 어떤 조취를 취할 방법이 없었다. 방법이라고는 객잔을 넘기지 않는 것뿐이었다.

강무영이 약간 격앙된 어조로 말했다.

"제가 알기로 선조부께서 영화객잔 초창기에 많은 도움을 준 것으로 알고 있습니다. 그렇지 않습니까?"

"그, 그럼요. 오늘날 저희 객잔이 번성할 수 있었던 것은 공자님 말씀처럼 강 어르신의 도움이 컸습니다. 항상 고맙게 생각하고 있습니다."

"그런데 어찌 저희 가문에게 이러실 수가 있습니까?"

"죄, 죄송합니다, 공자님. 저도 마음이 편한 것은 아닙니다."

"너무하십니다. 참으로 너무하십니다."

"죄송합니다. 정말로 죄송합니다, 공자님!"

객잔 주인이 땀을 뻴뻴 흘리며 연신 머리를 조아렸다. 두 사람을 지켜보던 유정검이 나섰다.

"됐다, 무영아. 그만 하거라. 주인장, 내 주인장께 부탁이 있습니다."

객잔 주인의 눈이 동그래졌다.

"예? 예, 말씀하십시오."

"주인장이 객잔을 넘기는 것에 대해서 우리가 강요할 수는 없습니다. 다만 그들에게 기별을 넣어 방주와의 자리를 마련해 주시기 바랍니다."

객잔 주인이 고개를 갸웃거리며 유정검을 바라보았다.

"그거야 어려운 일이 아니지만 그들이 수락할까요?"

"제가 보자고 전하시면 틀림없이 수락할 것입니다."

"알겠습니다. 제가 꼭 그렇게 전하겠습니다."

"고맙습니다. 살펴가시기 바랍니다. 멀리 나가지 않겠습니다."

"예, 그럼 다음에 뵙겠습니다."

객잔 주인은 모두에게 고개를 숙여 인사한 후 밖으로 나갔다.

그 모습을 지켜보던 우진이 입을 열었다.

"세상 인심이 너무 야박한 것 같습니다."

"허허, 장사꾼 마음이야 늘 그런 것 아니겠느냐?"

강무영의 시선이 유정검을 향했다.

"아버님, 무엇 때문에 만나자고 하셨습니까?"

"이유는 무슨 이유가 있겠느냐? 한 번 만나서 정확한 의도가 무엇인지 허심탄회하게 이야기를 나눠보려고 한다."

"뻔한 수작인데 굳이 그럴 필요가 있겠습니까?"

"어느 날 영문도 모르고 당하는 것보다는 그래도 알고 있는 것이 낫지 않겠느냐? 그저 이 모든 것이 가문의 무공을 제대로 익히지 못한 나의 책임인 것을……."

우진이 어두운 분위기를 일소하려는 듯 목청을 돋우었다.

"사부님, 걱정하지 마십시오! 저희 제자들이 더욱 정진하여 꼭 조양문을 지키겠습니다!"

"허허허! 그래, 고맙구나. 너희가 있어 든든하구나."

유정검이 고개를 끄덕이며 만족스런 웃음을 지었다.

잠시 후, 시선이 강무영에게 향했다.

"참, 포정사 어른 댁에는 기별을 넣었느냐?"

"예, 제가 직접 다녀왔습니다. 정중하게 사과의 말씀을 드

리고 왔습니다. 그리고 둘째 공자도 직접 만나서 사정 얘기를
했습니다."

"잘했다. 그런데 아쉬운 마음이 남는 것은 어쩔 수 없구나."

"어인 말씀이십니까?"

"허허, 이제 나도 늙었는가 보구나. 너희도 알다시피 무인
에게 내일이란 보장은 없단다. 어미도 없이 키운 불쌍한 그
녀석만은 무인이 아닌 다른 좋은 혼처로 시집보내고 싶었는
데… 결국 무인에게 이어지고 마는구나."

조양각 내에 유정검의 씁쓸한 웃음과 함께 고요한 침묵이
흘렀다.

정오의 따사로운 햇살이 남창의 흑룡방을 비추고 있었다.

흑룡전 지붕의 처마가 햇살에 반사되어 반짝였다. 흑룡전
내에는 묵혼도가 상석에 몸을 깊숙하게 파묻은 채 앉아 있고
옆에는 밝은 표정의 흑뇌가 앉아 있었다.

"방주님, 낭보입니다."

"허! 무슨 일이기에 그리 서두르는가?"

"잘하면 번거로움없이 모든 일이 잘 해결될 것 같습니다."

묵혼도가 동그랗게 눈을 떴다.

"그게 무슨 말인가?"

"예, 다름이 아니라 영화객잔 인수 건 말입니다."

"무슨 문제라도 생겼나?"

"아닙니다. 오히려 더 잘되었습니다."

묵혼도가 궁금하단 표정을 지었다.

"허허, 궁금하구먼! 빨리 말해보게!"

흑뇌가 약간 흥분한 모습으로 입을 열었다.

"예, 아침에 객잔 주인으로부터 연락이 왔는데 유정검이 방주님과의 자리를 주선해 달라고 했답니다."

"뭐라고? 유정검이 나와 자리하기를 원했다고?"

"그렇습니다."

"아니, 어찌 그리되었는가?"

"제가 조양문의 제자와 객점에서 만난 후 유정검이 객잔 주인을 불렀던 모양입니다. 그리고 일에 대한 경과를 듣고는 자신과의 자리를 주선해 달라고 한 모양입니다."

흑뇌의 말에 묵혼도가 고개를 끄덕였다.

"허! 썩어도 준치라더니 그 말이 딱 맞는구먼. 그래도 한 가문의 수장이라고 역시 남다른 데가 있어."

"언제쯤 날을 잡는 것이 좋을까요?"

"그냥 자네가 알아서 잡게. 다만 빠를수록 좋지 않겠나?"

"예, 알겠습니다. 그럼 서두르는 쪽으로 하겠습니다."

잠시 후, 묵혼도의 얼굴에 맺혔던 미소가 사라졌다.

"그나저나 창성이 놈은 뭐 하고 있나?"

"단월도 어르신에게 무공을 배우고 있습니다."

묵혼도가 깜짝 놀란 표정을 지으며 흑뇌를 바라보았다.

“뭣이라? 무공을 배우고 있다고?”

“예, 다만 좀…….”

“무슨 일이데 그러는가? 어서 말해보게.”

흑뇌가 곤란한 표정을 지었다.

“예, 어르신께서 너무 엄하게 대하고 있어 보기가 좀 민망합니다.”

“숙부님께서 어떻게 하시는데 그러는가?”

“삼 일간 아무 말 없이 두들겨 패시기만 하더니 이제는 하루에 한 가지씩 무엇인가를 전수하는데 다음날 익히지 못하면 또다시 엄청난 폭력을 쓰고 계십니다. 보기가 민망할 정도입니다.”

“하하하!”

묵혼도의 웃음이 흑룡전 내에 크게 울려 퍼졌다.

“방주님, 왜 그러십니까?”

“하하하! 아닐세, 아니야. 숙부님께서 아주 제대로 가르치고 계시네.”

“그래도 그렇지, 방도들의 이목도 있는데 너무 심한 것 같습니다.”

“무슨 생각이 있어서 그러시겠지. 너무 걱정하지 말고 그냥 지켜보게.”

“…….”

“하하하! 으하하하!”

흑뇌는 고개를 갸웃거리며 크게 웃기만 하는 묵혼도를 바라보았다.

＊　　　＊　　　＊

아침 해가 떠오르며 수풀에 맺혀 있던 이슬이 사라지고 있었다.

밤새 움츠려 있던 꽃들이 마치 제 세상을 만난 양 자신의 색을 더욱 진하게 뿜어내며 아침 햇살을 만끽하고 있었다.

조양문의 정문이 열리며 강무영을 비롯한 양우진과 황석봉, 그리고 이십여 명의 제자가 유정검을 따라 모습을 드러냈다. 비록 굳은 표정이지만 제자들의 모습이 눈에 띄게 달라져 있었다. 지난날엔 오합지졸을 연상케 했다면 지금은 질서 정연한 모습이 마치 명문 제자들을 보는 것 같았다.

한구의 중심에 다다르자 기다란 저잣거리가 나타났다. 길 끝에는 영화객잔이란 현판이 달려 있는 커다란 객잔이 자리하고 있었다. 이미 객잔 앞에는 삼십여 명이 넘는 흑룡문도들이 주위를 에워싼 채 경계의 눈빛을 번뜩이고 있었다. 객잔에 이르자 유정검은 손을 들어 제자들의 걸음을 멈추게 했다.

"너희는 이곳에서 기다리고 있거라."

"예, 사부님의 명을 따르겠습니다!"

제자들은 우렁찬 목소리로 일제히 대답했다.

유정검은 고개를 끄덕인 후 강무영과 우진만을 대동한 채 객잔 안으로 들어갔다. 일행을 기다리고 있던 통통한 모습의 주인이 빠른 걸음으로 다가서며 말했다.

"오셨습니까?"

유정검이 고개를 끄덕이자 일행을 이층으로 안내했다.

이층에 올라선 일행의 눈에 날카로운 인상의 사내를 중심으로 세 명의 사내가 보였다. 유정검이 일행과 함께 다가서자 날카로운 인상의 사내를 따라 모두 자리에서 일어났다.

"만나서 반갑습니다. 묵혼도 기세령입니다."

"반갑소. 유정검 강운천이라 하오."

웃는 얼굴로 인사를 나누었다.

그러나 바라보는 눈빛은 날카롭게 빛나며 서로의 모습을 빠르게 탐색하고 있었다.

'늙은 생강이 맵다고 하더니 내력을 갈무리할 정도의 고수라……. 대단하구나!'

'젊은 나이에 심상치 않은 내력을 지니고 있구나! 역시 우연히 흑룡방주가 된 것은 아니었어.'

두 사람의 묘한 분위기를 느꼈는지 주인이 나섰다.

"허허허, 인사를 나누셨으니 두 분 모두 좌정하시지요."

두 사람이 자리에 앉자 모두 따라서 앉았다.

"그럼 말씀들 나누십시오. 저는 차를 준비해 오겠습니다."

주인은 말을 마친 후 아래층으로 내려갔다.

서로 간에 잠시 어색한 침묵이 흘렀다. 잠시 후 묵혼도가 먼저 입을 열었다.

"명성이 자자한 유정검을 뵙게 되어 영광입니다."

"그 무슨 겸양의 말씀을……. 혼(魂)마저 떨게 만든다는 묵혼도를 만나게 되어 영광이오."

형식적인 인사가 오가자 묵혼도가 옆에 앉아 있는 무인들을 소개했다.

"이분들은 저희 흑룡방의 좌우호법이십니다. 그리고 저쪽은 총관을 맡고 있는 흑뇌라 합니다."

"흑룡방의 좌호법 유운창 장문연이오."

"우호법 무영장 남기운이오."

"흑뇌 하릉이라 합니다."

"만나서 반갑소. 유정검 강운천이라 하오. 참, 이쪽은 아들인 강무영과 내전주를 맡고 있는 양우진이오."

"조양문의 진원검 강무영입니다."

"내전주를 맡고 있는 양우진이라 합니다."

서로 인사가 끝나자 유정검이 입을 열었다.

"바로 본론으로 들어가겠습니다. 만나자고 청한 것은 다름이 아니라 귀 방이 영화객잔을 인수하려는 정확한 의도를 알고 싶어서요."

"객잔을 인수하려는 정확한 의도라……."

"그렇소. 어차피 귀 방의 지난 행보를 보면 객잔을 인수하려는 의도를 짐작할 수 있지만 방주가 원하는 것이 정확하게 무엇인지 알고 싶소."

턱을 쓰다듬던 묵혼도가 웃음을 터뜨렸다.

"허허허, 유정검이란 별호에 어울리지 않는 상당히 직선적인 질문이시군요."

"허허허, 그만큼 귀 방의 의도가 부담되기 때문이오."

"좋습니다. 그렇게 솔직하게 말씀하시니 저도 솔직해지겠습니다. 서로 좋은 결론을 맺기 위해 청혼했던 것인데 귀 문에서 거절했으니 다른 방법을 찾을 수밖에요. 사돈지간이 될 뻔한 사이가 원수지간이 되는 것은 원치 않습니다. 간단하게 말씀드리겠습니다. 조양문의 십 년 봉문을 원합니다."

"뭐요? 십 년 봉문이라고? 아버님, 일어나시지요! 이런 자와 상대하실 것 없습니다!"

강무영이 언성을 높이자 가만히 앉아 있던 유운창이 나섰다.

"새파란 애송이 놈이 버릇이 없구나! 어디 윗사람들 얘기하시는 데 끼어드는 것이냐?"

"당신은 나서지 마시오! 당신이 낄 자리가 아니오!"

"뭣이라? 이런 썩을 놈이 다 있나? 내 버릇없는 네놈에게 한 수 가르쳐 주마!"

어느새 유운창의 손에 들린 묵창이 살기를 띠며 강무영의 미간을 향했다.

"위험합니다, 사형!"

우진의 커다란 함성이 울림과 동시에 강무영의 손이 빠르게 검병으로 향했다.

"좌호법님, 멈추시지요."

묵혼도의 말에 강무영의 미간을 향하던 창끝이 파르르 떨며 거짓말처럼 멈춰 섰다.

"방주, 저 새파란 애송이 놈을 그냥 놔두실 겁니까?"

"허허, 기회는 다음에 얼마든지 있습니다. 오늘은 저를 봐서 참아주시지요."

"험험, 방주께서 그렇게 말씀하신다면야."

유운창이 창을 거두자 묵혼도가 강무영을 바라보았다.

"오늘은 자네가 나설 자리가 아닌 것 같은데, 어떻게 생각하는가?"

'으음, 실로 대단한 자들이구나!'

강무영은 내심 등줄기가 서늘해지는 것을 느꼈다.

말로만 들어오던 유운창의 창끝이 그리 매서울 줄은 몰랐다. 만약 묵혼도가 만류하지 않았다면 큰 낭패를 당할 뻔했다. 게다가 지금 자신을 바라보는 묵혼도의 눈빛에 소름이 돋아나고 있었다.

"그래, 무영아, 네가 잘못한 것 같구나. 방주께는 내가 대신 사과하리다."

"허허, 굳이 문주께서 대신 사과하실 필요는 없습니다. 누구나 종종 혈기 왕성한 나이에는 자제를 못하는 경우가 있지요. 물론 경우에 따라 결과는 참혹하지만요.”

언중유골이었다.

“아무튼 방주의 너그러움에 감사드리오. 그런데…….”

유정검의 시선이 묵혼도를 향했다.

“방주의 말씀이 너무한다고 생각지는 않으시오?”

“물론 그렇게 들리실 겁니다. 하지만 피를 보지 않기 위한 고육지책이죠. 사실 저희에게 어울리는 방법이 아닙니다. 다만 피를 보는 것을 원치 않으니 달리 방법이 없군요.”

“허허허, 날아오는 돌에 박힌 돌이 정신을 못 차리겠소!”

“그렇게 들리신다니 궁금해하시던 저의 의도가 제대로 전달된 것 같습니다.”

잠시 서로를 바라보는 눈빛에 불꽃이 튀었다.

“외길에 외통수라……. 너무 궁지로 몰고 있는 것은 아니오?”

“허허, 그렇게 들리신다니 유감입니다. 그렇다면 이 기모가 한발 물러나 드릴 수는 있습니다.”

“궁금하구려. 세이경청하겠소.”

묵혼도의 시선이 흑뇌를 향했다.

흑뇌가 고개를 끄덕인 후 유정검을 바라보았다.

“저희 흑룡방이 정식으로 조양문에 도전하겠습니다.”

“도전이라……. 무슨 뜻인지 설명해 주겠소?”

“말 그대로입니다. 저희가 도전하는 것이지요. 서로 원하는 것을 놓고 공개적으로 진검 승부를 하자는 것입니다."

"서로 원하는 것을 건다? 그럼 우리가 이길 경우에는 어떠한 이득이 있는 것이오?"

"객잔 인수 건은 물론 강서성의 경계에서 무한에 이르는 호북성의 땅에 십 년간은 절대로 발을 들여놓지 않겠다는 조건입니다."

순간, 유정검의 눈빛이 반짝였다.

"그 말은 호북성으로 진출하지 않는다는 뜻으로 생각해도 좋겠소?"

"꼭 그런 의미는 아닙니다."

"무슨 말인지 이해가 되지 않는구려. 무한을 거치지 않으면 호북성으로 진출하기가 어려울 텐데……."

고개를 끄덕이던 흑뇌의 시선이 유정검을 향했다.

"물론입니다. 어려운 일이지요. 안휘성에는 남궁세가가 버티고 있으니까요."

"이것도 아니고 저것도 아니다? 그럼 어떻게 하겠다는 것이오?"

"아무튼 십 년간 무한으로의 진출은 일체 미루겠다는 것이지요. 대신 다른 곳을 모색하겠다는 겁니다."

"그렇다면 호남성밖에 없을 텐데… 혈왕채와 연합해 수로연맹채를 압박하고 형주로 진출하겠다는 것이오?"

유정검의 말에 흑뇌가 웃음을 터뜨렸다.

"허허, 그것은 알아서 생각하십시오. 어쨌든 저희 흑룡방 역시 이번 대결에 부담이 크다는 것을 알아주시기 바랍니다. 방주께서 무척 큰 양보를 하시는 것이죠."

"음……."

유정검은 한동안 깊은 생각에 잠겼다.

아무리 생각해 봐도 지금의 난국을 타개할 만한 뾰족한 방법이 떠오르지 않았다. 차라리 공개 도전을 해온 것이 다행이란 생각이 들었다.

"좋소. 공개 도전에 대해 한번 말해보시오."

"흑룡방과 조양문에서 각각 세 명의 대표가 나서 삼판이승제의 대결을 벌이는 겁니다. 물론 생사결을 포함합니다."

"삼판이승제의 생사결이라……."

"분명하게 말씀드리지만 각 방과 문에 소속되어 있는 대표로만 구성되어야 합니다."

'음, 어려운 승부로구나.'

유정검은 마른 입술을 적시기 위해 차 한 모금을 마셨다.

말이 공개 도전이지 결과가 뻔한 승부였다. 그러나 달리 뚜렷한 해결책이 없었다.

"내가 대표로 나서도 되는 것이오?"

"물론입니다. 문도이기만 하면 누구나 상관없습니다."

"좋소. 그럼 참관인은 어떻게 할 거요?"

"귀 문에서는 무당을 불러도 좋습니다. 저희는 동정어옹(洞

庭魚翁)을 모시겠습니다."

"동정어옹을?"

동정어옹은 정사 간의 인물로 호남성의 고수였다.

"예, 저희와는 가까운 사이입니다. 또한 참관인의 자격이 될 만큼 높은 무공도 지니고 있으니 격정하실 필요가 없습니다."

"그럼 날은 언제로 잡을 것이오?"

"마침 무당의 혜진자 장로가 속가제자가 운영하는 무관을 들르기 위해 효감으로 오고 있다고 합니다. 그분을 모시면 될 것 같으니 달포 후로 정하시지요."

유정검의 눈이 동그래졌다.

"혜진자 장로라 하셨소이까?"

"그렇습니다. 일대제자인 청월과 동행하고 있다고 합니다. 효감까지의 거리가 멀지 않으니 달포면 충분할 겁니다."

'허! 혜진자 장로가 언제 무당을 나왔단 말인가? 정말 뛰어난 정보력을 갖고 있구나.'

유정검이 고개를 끄덕였다.

"좋소. 그럼 장소는 어디로 정할 거요?"

"아무래도 호북성과 강서성의 경계 부근이 좋지 않겠습니까? 구궁산(九宮山)에 구천문(九天門)이라는 문파가 있습니다. 나름대로 구궁산에서는 전통이 있는 문파지요. 그곳으로 정하면 어떻겠습니까?"

"구궁산의 구천문이라……. 혹여 구성검(九星劍) 이충이 문주로 있는 곳이 아니오?"

　구성검 이충은 유정검이 젊은 시절 만난 적이 있는 무인으로 무공이 그리 뛰어난 편은 아니었지만 가문의 중흥을 위해 무척이나 힘쓰던 인물이었다. 또한 처세술만큼은 상당히 뛰어났던 것으로 기억되었다.

　"알고 계시다니 다행이군요. 그럼 어떤 하자나 의심의 여지는 없으시겠지요?"

　"그렇구려. 그렇게 하도록 합시다."

　묵혼도가 웃음을 띠며 유정검을 바라보았다.

　"허허허, 아주 좋은 만남이 된 것 같습니다."

　"진퇴유곡(進退維谷)이니 달리 선택의 여지가 없지 않겠소?"

　"본시 무림이란 약육강식의 세계가 아니겠습니까?"

　"오늘날 조양문이 이렇게 된 것은 모두 내가 부족해서 생긴 일이오. 수원수구(誰怨誰咎)요. 누구를 원망하겠소?"

　"허허허, 그럼 달포 후에 구천문에서 뵙기로 하지요. 저희는 이만 물러가겠습니다."

　"먼 길 조심해서 가시오. 따로 배웅하지 않겠소."

　유정검은 담담한 표정으로 아래층으로 사라져 가는 묵혼도 일행을 바라보았다.

　"아버님, 어찌 그런 무모한 결정을 내리셨습니까?"

　"후유, 달리 방법이 없단다. 너도 알다시피 현재 우리 조양문이 그들과 정면 대결을 벌이는 것은 그야말로 무모한 짓이다. 화무십일홍(花無十日紅)이라 했다. 지금은 그들이 욱일승천의 기세로 무섭게 떠오르고 있지만 영화는 오래가지 못할 것이다. 조금씩 잠식당하다 멸문을 당하느니 차라리 십 년 봉문의 치욕을 안고 훗날을 기약하는 것이 낫다."

쓸쓸한 표정의 강무영이 고개를 끄덕였다.

그러더니 잠시 후 무엇이 생각난 듯 눈빛을 반짝였다.

"아버님, 아직 한 가닥의 희망은 남아 있지 않습니까?"

"그게 무슨 말이냐?"

"장 소협이 있지 않습니까? 장 소협에게 도움을 청하는 것이 어떻겠습니까?"

"물론 장 소협이 도와준다면 조금 희망이 있지만 아까 문도에 한해서 대표를 구성해야 한다고 말하지 않았느냐?"

강무영의 눈빛이 반짝였다.

"그렇습니다. 분명 문도에 한해서 대표를 구성해야 한다고 말했지요."

"그런데?"

"어차피 얼마 전의 일도 있고 하니 이미 장 소협과는 남이 아니지 않습니까?"

"얼마 전의 일이라니?"

"소문을 못 들으셨습니까? 두 사람이 벌써……."

순간, 유정검의 얼굴이 보기 좋게 일그러졌다.

"크음, 어찌 다 큰 사람들이 그새를 참지 못하고. 쯧쯧쯧!"

  침묵을 지키던 우진이 입을 열었다.

  "사형의 말이 맞습니다. 구몽도조께서는 확실히 저희와 남이 아닙니다. 사부님의 사위가 된 것이나 마찬가지입니다. 따라서 조양문의 대표가 될 자격이 있습니다."

  "음, 그렇긴 하다만… 어찌 시집도 가지 않은 처녀가 그런 소문에 휩싸이게 됐는지. 쯧쯧쯧!"

  "소문이 아닙니다. 분명 아가씨가 외치는 소리를 들은 문도들이 많이 있습니다. 그러니 실제로 일어난 상황이 틀림없습니다. 그것도 다섯 번이나요."

  "됐다. 그만 하거라. 그 무슨 자랑할 일이라고 떠드는 것이냐? 문도들의 입단속이나 잘하거라."

  "예, 알겠습니다."

  "쯧쯧쯧, 양상군자(梁上君子)가 따로 없구나. 얌전하게 생긴 사람이 어찌 그런 일을 벌일 수 있단 말이냐? 게다가 힘은 왜 그리 좋은 거야? 다섯 번이 뭐야, 다섯 번이?"

  영화객잔의 이층에는 묘한 표정의 세 사람이 다 식은 씁쓸한 차를 마시고 있었다.

『검황지존보』 제1권 끝

못할게 뭐있어?!
다세포소녀
줄기면서 사는 고딩들의
Fun 뻔하고
Sex시한 로맨스
〈정사〉〈스캔들〉
이재용 감독
김옥빈 박진우 이켠 유건 김별 이민혁 이용주 남호정 박혜원 이은성 이원종 임예진 박용식 이재용 김수미
2006년 8월
문제적 고딩들이 온다!

초등학생이 반드시 읽어야 할 좋은 책 49권

각 학년별로 초등학생이 반드시 읽어야할 좋은 책을 선정하여 통합논술의 기본이 되는 '올바른 독서법'을 일깨워 줍니다.

교과서와 함께하는 초등학교 통합논술

초등1학년 | 값 12,000원 / 초등2학년 | 값 9,500원 / 초등3학년 | 값 11,000원 / 초등4학년 | 값 9,500원 / 초등5학년 | 값 9,500원 / 초등6학년 | 값 11,000원

♣ 혼자 할 수 있어요.

엄마가 책 읽는 방법을 가르쳐 주어도 좋아요.
독서지도하는 선생님이 가르쳐 주어도 좋답니다.
"초등 교과서와 함께하는 **통합논술 시리즈**"는
아이 스스로 독서할 수 있도록 꾸며진 책이에요.
엄마와 선생님은 요령만 가르쳐 주시면 된답니다.

♣ 교과서의 중요한 내용이 총정리되어 있어요.

각 학년별로 중요한 교과 내용이 함께 수록되어 있어요.
초등학생은 교과서 내용을 충실하게 공부해야 합니다.
아울러 그와 병행한 독서가 대단히 중요하지요.
"초등 교과서와 함께하는 **통합논술 시리즈**"는
두가지 방법 모두 알려준답니다.

♣ 이 책은 훌륭하신 선생님들이 함께 쓰신 책이랍니다.

동화작가 선생님들이 쓰셨어요. 소설가 선생님도 쓰셨답니다.
국어 논술독서지도 선생님들도 함께 쓰셨지요.
"초등 교과서와 함께하는 **통합논술 시리즈**"는
엄마의 마음으로 모든 선생님들이 함께 꾸민 책이랍니다.

'다세포 소녀'는 '무쓸모 고등학교'를 배경으로
'뽀샤시한' 순정만화 주인공 같은 외모의
남녀 고교생들이 펼치는 엽기적이고 황당한 내용과
성(性)에 관한 발칙한 상상력을 보여주면서
네티즌들로부터 폭발적인 반응을 얻고 있다.
"제 또래들과 함께 나누고 싶은 성,
사회 문제 등을 짚어보고 싶었다"는 작가의 변에서
볼 수 있듯 만화 속 이야기의 절반가량은
주변에서 전해 들은 '실화'를 참고했다.
작품에서 보여지는 비꼬는 패러디와
냉소적인 유머에서 삶에 대한 진지한 성찰이
엿보이는 것은 그 때문이 아닐까!
300만 네티즌을 열광시킨
상식을 뒤엎는 엉뚱한 만화 세계!!
다가오는 2006년 7월
무더위를 한방에 날려 줄 발칙한 상상력!
DASEPO
girl
다세포 소녀
인터넷 원작
만화 출판!!
도서출판 청어람